ハヤカワ文庫 NV
〈NV1438〉

暗殺者の潜入
〔上〕

マーク・グリーニー
伏見威蕃訳

早川書房

8233

AGENT IN PLACE

by

Mark Greaney

Translated by

Iwan Fushimi

First published 2018 in Japan by

HAYAKAWA PUBLISHING, INC.

This book is published in Japan by

arrangement with

TRIDENT MEDIA GROUP, LLC

through THE ENGLISH AGENCY (JAPAN) LTD.

あなたがた読者に捧げる

謝辞

以下のひとびとに謝意を表したい。リップ・ローリングズ中佐（米海兵隊）、アマンダ・シュルター、スコット・スワンソン、マイク・コーワン、ミステリー・マイク・バーソー、ジョン・ハーヴィー、ジョン・グリフィン、ジョシュア・フッド、ジョン・バスビー、ニック・シューボタリュー、ダン・ニューベリーとヴァージニア州ウィズヴィルのバングスティール（長距離射撃訓練学校）のスタッフのみなさん、ジェイムズ・イェーガー、テネシー州カムデンのタクティカル・レスポンスのジェイ・ギブソンとそのほかのみなさん、クリス・クラーク、デヴォン・グリーニー、デヴィン・グリーニー、タルサのグリーニー一族、ドロシー・グリーニー。

エージェントのスコット・ミラー、トライデント・メディア・グループのチーム、わたしの編集者トム・コルガン、ローレン・ジャガーズ、ジン・ユー、グレイス・ハウス、ペンギン・ランダムハウスのそのほかのみなさんに感謝している。ジョン・カシアとCAAのチームのみなさんにも感謝している。

経験はもっとも過酷な教師だ。だが、諸君は身をもって学ぶことになる。

——C・S・ルイス

諸君は戦争に関心がないかもしれないが、戦争のほうは諸君に関心がある。

——レフ・トロツキー

暗殺者の潜入

〔上〕

登場人物

コートランド・ジェントリー…………グレイマンと呼ばれる暗殺者
ターレク・ハラビー……………………自由シリア亡命連合の共同指導者
リーマ・ハラビー………………………同。ターレクの妻
フィラス…………………………………リーマの甥
ヴァンサン・ヴォラン…………………元フランス情報機関員
アフメド・アル=アッザム……………シリア大統領
シャキーラ・アル=アッザム…………アフメドの妻
ビアンカ・メディナ……………………アフメドの愛人
ジャマル・メディナ……………………ビアンカとアフメドの息子
ヤスミン・サマラ………………………ジャマルの子守り
セバスティアン・ドレクスラ
(エリック)…………マイアー銀行のコンサルタント。シャキーラの専属工作員
アンリ・ソヴァージュ…………………パリ警視庁司法警察局警部
アントン・フォス
ミシェル・アラール
アンドレ・クレマン ……………………ソヴァージュの部下
マリク……………………………………シリア総合保安庁の海外工作員
シュテファン・マイアー………………マイアー銀行の副頭取
ラース・クロスナー……………………クロスナー世界訓練(KWA)社の社長
ファン・ヴィック………………………KWA社契約武装社員のチームリーダー
ソーンダーズ
ブロズ
ブルネッティ
アンダース ……………………………同契約武装社員
ワリード…………………………………砂漠の鷹旅団少佐
ポール・ボワイエ………………………元フランス外人部隊少佐
アブドゥル・バーセト・ラハール……自由シリア軍の兵士

プロローグ

　捕虜たちは、カチコチと時を刻む時計のような正確さで、効率よくひとりずつ惨殺されていた。もう二十四人が死に、処刑人は調子が出はじめていた。

　殺戮の現場は、酸鼻をきわめていた。血の流れる悪臭、茶色い湖に浮かぶ死体の鼻を刺す臭気。どろどろの脳漿が飛び散り、陽に焼けて白茶けた桟橋にこびりつく。

　その殺戮を見おろしている岩場の斜面が、午後の暑気のなかできらきらと輝いているのは、何カ月も前の戦闘の残骸から突き出しているねじれた金属やガラスの破片が、陽光を反射しているからだ。おおぜいが死に、撃破された側の数すくない生存者は、必死で逃げて、荒廃した土地を勝者に明け渡した。

　いまではＩＳＩＳ（イラクとシリアのイスラム国）の黒い旗が町の広場に掲げられ、破壊された建物の屋根で揺れ、荒れ果てた通りを走るほとんどのピックアップ・トラックの後部でもはためいている。安物の戦術装備を身につけて武器をふりまわし、おぞましい死のカルトに熱狂して目を血走らせている顎鬚の若者が、どの車にも乗れるだけ乗っている。

ごつごつした山の斜面と塩湖のあいだに、塩気を帯びた干潟と茶色い低木林が細長くのびていた。オレンジ色のつなぎを着た捕虜四十三人が、処刑されるのを待って、そこにひざまずいていた。わずか二十分前にトラックでここに連れてこられたときには、六十七人いたが、いま生き残っているのは、それだけだった。

捕虜たちは、マスクで顔を覆い、いつでも撃てるようにライフルを構えている戦士の群れに包囲されていた。捕虜の手首は体の前で粗い紐で縛られ、長いロープで全員がつながれていた。立ちあがって逃げるのを防ぐためだったが、必要のない用心だった。だれも逃げはしない。戦争に引き裂かれているシリアからトルコ国境まで、死地が一〇〇キロメートル近くひろがっていて、逃げても生き延びられる見込みはない。

ロープでつながれてひざまずいている捕虜たちが、自分を見舞うはずの悲運に抵抗する気配はなかった。抵抗しても無駄だし、この薄汚れた地上で残された短い時間は祈るのに使うのがいちばんいいと悟っていた。

処刑人はベルトに短剣を二本差していたが、それは飾りものだった。惨殺にじっさいに使っている道具は、刃物ではなかった。顔を覆って桟橋の端に立つ処刑人が両腕で抱えていたアフトマット・カラシニコワ74U——いわゆるAK‐74U——が使われていた。

それまでの二十分間やってきたのとおなじ手順で、見張りふたりが処刑人のそばで捕虜をひざまずかせ、顔をマスクで隠している処刑人が、AK‐74の銃口を捕虜の右耳に向けて、間を置かず、ひとことも漏らさず、一瞬のためらいもなく、引き金を引いた。

捕虜の頭から真っ赤な血しぶきが噴き出し、体が前にのめり、ぐしゃぐしゃになった顔から先に湖に落ちてゆく。死体が湖面を割る。それまでの二十四人はすべてそうなり、残っているものもすべてそうなるはずだった。

そして、後世に伝えるために、ビデオカメラを持った男が、岸から一部始終を撮影していた。

しだいに数が減ってゆく捕虜たちは、湖岸で一列になっておとなしくひざまずいていた。十数名の武装した男たちが、いつでも撃てるように身構えて、四方を固めていた。ライフルの銃声や死体が落ちる水音にひるむものもいた。自分の死体が、まもなくおなじ憂き目を見るとわかっていたからだ。ほどなく、武装したISIS戦士ふたりが、長さ一五メートルの木の桟橋を進んで、岩の多い湖岸へ行き、オレンジ色のつなぎを着た手近の男の肩をつかんだ。ひざまずいていた男を立たせて桟橋を歩かせるために、べつの戦士ふたりが腰に巻かれたロープから捕虜を切り離した。捕虜の歩みが一瞬でも鈍くなると、戦士が背中を押した。

体の前で両手を縛られた捕虜は、湖や桟橋の突き当たりの先に浮かんでいる十数人の死体には目を向けず、足もとの板を見ながら、アラビア語でそっと祈っていた……死んだ友人や同志を見ようとはしなかった。

歩く時間は三十秒たらずで、木の桟橋の突端にある血だまりで、捕虜はサンダルをはいた足をとめた。処刑人の親玉が、首から吊ったカラシニコフを低く構え、そこで待ち構えていた。

処刑人は無言だった。オレンジ色のつなぎの捕虜がひざまずいた。なんの感情も表わさず、いまでは目を閉じて、祈りつづけていた。

捕虜をそこへ連れてきた戦士ふたりが、一歩さがった。ブーツやズボンばかりではなく、胸につけた弾帯にも、血が跳ねかかっていた。ふたりとも銃を構えて、捕虜の耳のすぐうしろを狙っていたが、撃ちはせず、見守っていた。処刑人がカラシニコフを構え、桟橋の間際でビデオカメラを持っている男をちらりと見て、一部始終が撮影されているのを確認し、若い捕虜の右こめかみを撃った。

捕虜の頭の半分が炸裂し、湖面の三メートル上に向けてほとばしった。体がぐるりとまわって、前のめりになり、それまでの二十五人とまったくおなじように、血に染まった湖に顔から先に落ちて、水しぶきがあがった。

護送役の戦士ふたりは、つぎの捕虜を連れてくるために、早くも向きを変えて、どんどん数が減る捕虜の群れを目指していた。

あと四十一人。

アルアッザム塩湖の岸でけさ処刑される捕虜の群れには、イラク人、シリア人、トルコ人がいた。護送役ふたりはまもなく、黒い目をした二十八歳の男の肩をつかんだ。もつれた髪がアフロヘアのようになり、顔に血がこびりついている。ふたりはその男を立たせ、死への短い歩みをはじめさせた。

これで、オレンジ色のつなぎを着てひざまずいている捕虜は、四十人になった。つぎに番がまわってくる男は、ほかの捕虜とおなじような見かけだった。汚れてもつれた髪に、瓦礫(がれき)やガラスの破片がからまり、目にかぶさっていた。顔を伏せて神に哀願し、眼前でくりひろげられている凄惨な光景から、目をそらしていた。昨夜、にわか造りの監獄で殴られたために、顎鬚を生やした顔で血が固まり、鼻が腫(は)れていた。一発くらった顎に擦(す)り傷と痣(あざ)が残り、口を大きくあけることができなかった。右耳の上にもひどい切り傷を負い、左目の上に血まみれの裂傷があった。

それでも、まだ生きているほかの捕虜のなかでは、そんなにひどいありさまではなかった。その男とほかの捕虜のおもなちがいは、いたって些細(ささい)なことで、ほかの捕虜の慰めにはならなかった。その男が先に死に、ほかの捕虜はそのあとで死ぬ。ただそれだけのことだった。

その男の左にいた捕虜が、自分を捕らえている男たちの命令に背(そむ)いて、殴打の跡の残る顔をあげ、周囲のおぞましい光景を眺めた。その捕虜の名はアブドゥル・バーセト・ラハール、シリアの反政府武装勢力のひとつである自由シリア軍(FSA)の兵士だった。バーセトは、つぎに殺される傷だらけの顔の男とともに、きのうの夕方に捕らえられた。二十四歳のバーセトは、勇敢な男だったが、いまは怯(おび)えていた。バーセトもやはり人の子だった。それでも、みんなとおなじように死んで殉教者になれるのを慰めとしていた。ただ、右にいる傷だらけの顔の男だけはべつだ。その男は獅子奮迅(ししふんじん)の勢いで戦い、バーセトたちの正当な大義に尽くした英雄だったのに、殉教者にはなれない。それがバーセトには悲しかった。

なぜなら、その男はイスラム教徒ではないからだ。

アブドゥル・バーセト・ラハールは、おとといはじめてそのアメリカ人に会ったのだが、すぐに同胞の勇士だと見なすようになり、馬が合い……友だちだとすら思った。

この偉大な兵士と最期の一瞬を過ごせることに、バーセトはいくらか安らぎをおぼえていた。自分たちを捕らえているISISの連中に、彼が西洋人だというのを見抜かれていないことにも、安堵していた。ISISがそれを知ったら、派手な演出で処刑を撮影するはずだ。どういう方法を選ぶにせよ、単純にこめかみをライフルで撃つよりも、ずっとおぞましいことをやるにちがいない。

脳を撃ち抜かれて、それで終わりなのだから、このアメリカ人は運がいい。

バーセトが膝のあいだから塩湖の岸を見やったとき、護送役のふたりがひきかえしてきた。アメリカ人のロープが切り離された。岩をブーツがこする音がして、アメリカ人は両肩をつかまれ、立たされて、押され、水辺を桟橋に向けて歩かされていった。

バーセトは、用心深くアラビア語でアメリカ人に呼びかけた。バーセトは英語が流暢にしゃべれるが、ISISの悪逆なやつらに、アメリカ人だと気づかれてはいけないからだ。

「いとしき友よ！　あなたとともに戦って死ぬのは、大いなる名誉だった」

その言葉を発したために、バーセトは後頭部をライフルの銃床で殴られて、顔を地面にぶつけ、腰のロープでつながれている捕虜たちがひきずられて倒れた。

だが、アメリカ人には聞こえなかったのか、理解できなかったのか、それとも顎が腫れているせいで口がきけなかったらしく、返事はなかった。

コートランド・ジェントリーの素足が、木の桟橋でパタパタと音をたてた。体の前で手首を縛っている粗い麻紐(あさひも)が、皮膚に食い込んでいた。左右の男たちのAKの銃身が、腰のうしろに押しつけられ、背後のISIS戦士十四人の視線が感じられた。トラックからおろされたときに人数を数え、ほかの捕虜とともに水辺に連れてこられたときもう一度数えた。

武器を持っていないカメラマンのそばを通って進みつづけ、いまでは目をあげて、桟橋の血みどろの突端に焦点を合わせていた。マスクをつけて折り畳(たた)み銃床のAKを持ち、腰に短剣を差している男が、退屈そうにライフルをふってせかしている。がっしりした男だったが、それでも、処刑人としてビデオカメラとその山裾(やますそ)にいる敵味方全員の目を意識して、胸をふくらましているのがわかった。

ジェントリーは、進みつづけた。桟橋の突端に彼の命運がある。

歩く時間は短い……運命が早く一日の仕事を終わらせたがっているかのように。

処刑人の前を一歩過ぎると、ジェントリーはひざまずかされた。板を覆う血糊(ちのり)で滑ったが、姿勢を立て直した。うなだれてひざまずき、一メートル先の湖面を見おろした。茶色い水が真っ赤に渦巻いている。さきほど処刑された男の死体は、数メートル離れたところを漂っていたので、湖に落ちてもぶつかるおそれはないが、そんなことはなんの慰めにもならなかった。

護送役ふたりが半歩さがり、ライフルの銃口をジェントリーの頭に近づけた。処刑人がAKを持ちあげて右耳のうしろを狙っているのが、吊り紐の動く音でわかった。

これで終わりだ。

コートランド・ジェントリーは、顔をあげて顎に力をこめ、決然と目の焦点を合わせた。

「よし、やるぞ」とささやいた。


つぎに死ぬはずのシリア人の若者、アブドゥル・バーセト・ラハールは、アメリカ人勇士が処刑されるのを見ていなかった。ただ目を閉じて、ライフルの轟音が聞こえるのを待った。それがこれまでの銃声よりもずっと激しい音だったので、耳を澄ましたが、銃声はそのまま消えて、水音が聞こえた。

アルアッザム塩湖が、あらたな犠牲者を受け入れた。こんどは自分が血みどろの桟橋を歩く番だと、バーセトは思った。

1

一週間前

ペール・ラシェーズ墓地は、パリのランドマークのひとつで、世界でもっとも訪れるひとびとが多い墓地だが、その平日の朝は雨が降り、薄暗く、うすら寒く、閑散としていた。年配の夫婦が石畳の上でリスに餌をやり、柵に囲まれたジム・モリソンの質素な墓所の前に、若者十数人が厳粛な顔で立っていた。最新流行の服装で身を固めたドイツ人の一団が、オスカー・ワイルドの墓のまわりの墓にたむろしていた。作曲家フレデリック・ショパンの壮麗な墓石の上で泣いている音楽の女神エウテレペの像を、ひとりの男が写真に撮っていた。

墓地を訪れていたひとびとは、七十五人ほどいたかもしれないが、丘や森が多く、一〇〇エーカーもの広さで、墓や霊廟（れいびょう）や石畳の小径（こみち）やオークの古木が入り組んでいるので、いくらでもプライバシーを保てる場所があった。

そして、その男は、まさにそれを利用していた。五十五歳で、顔が浅黒く、灰色の髪が薄くなりかけている男が、モリエールの墓から数列、坂をあがったところにあるベンチに、独りで座っていた。そこにベンチがあるのを知っているか、あるいはたまたま見つけたのでなければ、だれにもわからないようなところに、そのベンチはあった。男の名はターレク・ハラビー博士、中東系のありきたりのパリの住人だというほかに、これといった特徴はなかった。ただ、ファッションに詳しい人間なら、彼が着ているレインコートが〈キートン〉というブランドだと見抜いたはずだ。だとすると、二千ユーロを優に超えているから、かなり財力がある人物だと察しがつく。

墓地の静寂に包まれて座っていたハラビーが、財布を出して、そこに入れてあった小さな写真を見た。若い男女がならんで立ち、レンズに向かってほほえんでいる。未来を自分たちの思いどおりにできるという希望と知性が、ふたりの目に宿っていた。

雨粒が落ちてきて、写真にかかり、ほほえんでいる顔がぼやけるまで、ハラビーは二十秒のあいだ写真を見つめていた。

ハラビーは、親指で写真を拭き、財布をジャケットにしまって、空を見あげた。傘を取ってひらこうとしたが、そのときベンチに置いてあった携帯電話が鳴り、画面が明るくなった。本降りになりそうなのもかまわず、ハラビーは傘を置いて、メールを読んだ。

「火葬場。独りで来い。間抜けどもは追い払え」

ハラビーはさっと背すじをのばし、不安げにまわりを見た。だれもいない。墓、墓石、木立、鳥だけだ。

襟足に冷たい汗がにじんだ。

立ちあがり、歩き出す前に返信した。

「わたしは独りだ」

つぎのメールが画面に表われ、ハラビーの胸の奥で心臓が激しく鼓動した。

「コートに銃を忍ばせたふたりが入口にいる。あんたの五〇メートル東にもふたりいる。そいつらが消えるか……おれが消えるかだ」

ハラビーは一瞬、携帯電話を見つめてから、ふるえる指で返事を打ち込んだ。

「わかった」

ある番号にかけ、携帯電話を耳に押し当てて、フランス語でいった。「彼はきみを見つけた。きみたちがいたらこれをやらないといっている。ほかの連中も呼び戻して、コーヒーでも飲んでいてくれ。あとで連絡する」間があった。「だいじょうぶだ」

ハラビーは電話を切り、レインコートのポケットに携帯電話をしまって、坂の上の火葬場に向けて歩きはじめた。

五分後、ハラビーは傘をさして、降りつづける雨のなかを歩いていた。ペール・ラシェーズ墓地の巨大な火葬場は、坂の上のほうにあるので、あと六〇メートルほど登らなければならない。ハラビーはなおも、背の高い壮麗な墓に囲まれた狭い通路を進んでいった。登りながら、やはり傘をさしている男に、目を向けていた。その男は巨大な火葬場の横をまわって現われ、ハラビーと火葬場のあいだの駐車場に出た。そのまま近づいてくるものとハラビーは思ったが、男は小さな作業用トラックに乗って、西へ走り去った。

そのとき、うしろから声をかけられたので、ハラビーはまたしても驚いた。三メートルと離れていない霊廟のあいだの奥まったところから聞こえた。

「そこでとまれ。ふりかえるな」低い声で、英語だった。ハラビーの傘を打つ雨音と変わらないくらい、ひそやかな声だった。

「いうとおりにする」ハラビーは答え、手のふるえを精いっぱい我慢しながら、じっと立っていた。霊廟の大理石の壁に三方を囲まれた場所で、正面には、濡れた叢(くさむら)から突き出している腰の高さの墓石が、幾重にもならんでいた。

うしろの声の主がいった。「持ってきたか？」

ハラビーはフランスに住んでいるシリア人だが、英語は上手だった。「指示されたとおりに。ズボンの前ポケットにはいっている。自分で出してもいいか？」

「まあ……あんたのズボンに手を突っ込みたくはない」

「そうか」ハラビーは、ゆっくりとポケットに手を入れて、紐(ひも)のついたプラスティック・ケースにはいった青いIDカードを出した。住所を書いて折り畳んだ紙片も出した。それらを肩ごしにうしろに差し出した。「IDカードで会場にはいれる。VIPの入場資格だ。当然ながら、写真はない。自分で用意してくれ」

うしろの男が、IDカードと紙片を受け取った。「ほかにあらたに報告することは？」

ハラビーは、アメリカ英語だというのを聞き取るとともに、きわめて高く推奨されている例の男にまちがいないと確信した。評判のほかには、なにも知らなかった。この資産（アセット）（工作や支援活動に使える個人・集団・装備・施設など。CIAではことに、任務を行なう非局員の個人を指す）は諜報や秘密作戦の世界では伝説的人物だと教えられた。だから、当然、高い要求に応じられるように、下準備は徹底的にやるはずだ。

ハラビーは答えた。「きのう教えた情報から、なにも変わっていない」

「ターゲットを取り囲む警備は？」

「いったとおり、五人だ」

「脅威は？」

「それもおなじだ。敵は四人。多くても五人」

「五人と四人はちがう」

ハラビーは、生唾（なまつば）を呑んだ。「ああ……そうだな……十中八九、敵は四人だと思われるといわれたから、情報部には確信がないのだろう。しかし、心配はいらない。敵はあすまで行動しないし、あなたは今夜やる。そうだろう？」

資産は、その質問には答えなかった。「それで、ターゲットは？　やはりあすフランスを離れるのか？」

「それも変わらない。午後一時発の便だ。やはり今夜が、わたしたちに――」

「この紙に書いてある住所は、RPか？」

「それは……つまり？」

「集合地点（ラリー・ポイント）か？」

「すまないが、その言葉の意味がわからない」

男がいらだったような低い溜息を漏らすのが、聞こえたような気がした。やがて男がいった。「これが終わったときにおれが行く場所か？」

「ああ……そうだ。そこがわたしたちのパリの隠れ家だ」

こんどは長い沈黙があった。傘をさしているハラビーの数メートル先で、一羽のホシムクドリが墓石に舞い降り、雨がいっそう激しくなった。

アメリカ人資産（アセット）が、ようやく口をひらいたが、さきほどのような確信に満ちた声ではなかった。「おれが電話で話をした男は、フランス人だった。あんたはフランス人ではない」

「あなたが話をした相手、モンテカルロの組織を通じて、あなたを雇った人間は……わたしの配下だ」

濡れた地面を踏む低い足音が聞こえ、アメリカ人が傘をまわって視界にはいった。三十代で、身長一八三センチのハラビーよりもわずかに背が低く、黒い顎鬚（あごひげ）を生やし、地味な黒いレインコートを着ていた。目の上にフードを引きおろしていて、顔の前を雨水が流れ落ちていた。

アメリカ人がいった。「あんたはターレク・ハラビー博士だな？」

自分の名前をこの危険な男がいうのを聞いて、ハラビーの心臓は激しく脈動した。「ウィ、

「そのとおりだ」傘を左手に持ち替え、右手を差し出した。「自由シリア亡命連合の指導者だな」

アメリカ人資産は、握手に応じなかった。「共同指導者だ、じっさいは。家内もおなじ立場だ」

「あんたたちは、医療機器、医薬品、食糧、水、毛布を、シリアの市民や抵抗運動の戦士たちに供給している」

「まあ……当初はそうだった。以前は救援だけがわれわれの権限だった。しかし、いまはアフメド・アル＝アッザム政権との直接対決にも関わっている」ハラビーは、不安げな笑みを浮かべてしゃべっていた。「そもそも、あなたを雇ったのは、毛布を届けてもらうためではない」

アメリカ人が視線を据えたままだったので、ハラビーの不安はつのった。「もうひとつだけきく」

「どうぞ」

「あんたはどうしていまだに生きているんだ？」

傘やふたりのまわりの大理石の建造物に、雨が小やみなく降り注いだ。ハラビーはいった。

「よく……意味がわからないが」

「あんたが死ぬのを見たいと思っているやつはごまんといる。シリア政府、ＩＳＩＳ、ロシア、ヒズボラ、イラン。それなのに、あんたは知らない人間とじかに会うために、けさこうして出かけてきた。それに、ここでは独りきりだ」

ハラビーは、むきになって弁解した。「あなたが、わたしの配下を遠ざけさせたんだよ」

「自分で自分の顔を撃てとおれがいったら、あんたは従うのか？」

ハラビーは、息を整えようとした。精いっぱい自信ありげにいった。「怖くはない」怯えきっているというのが事実だったが、隠そうとした。「あなたは最高だと聞いた。怖れる理由がどこにある？」

「おれの殺しの技倆が最高だといわれただろう。それが怖れる理由だ」

ハラビーは蒼白になったが、すぐに気を取り直した。「しかし……味方だからね。そうだろう？」

「おれは金をもらって仕事をやる。味方とはいえないだろう？」

ハラビーは、強いて笑みを浮かべた。「それなら、あっちの側がわたしを始末するために、もっと高い金額を示さないことを願おう」アメリカ人が笑みを返さなかったので、つけくわえた。「どうしてもあなたに会いたかった。わたしたちの運動にとって、今夜がきわめて重要だということを、知ってもらいたかった」

アメリカ人は、ハラビーの言葉をじっくり考えているようだった。ＩＤカードを泥の地面に落として、背を向け、すべてを忘れ去るつもりのように見えた。だが、こういっただけだった。「妙な信頼は、あんたの命取りになるぞ」

怖くはあったが、品定めされているのだと、ハラビーは気づいた。この男の尊敬を勝ち取るように自己主張しなければならない。胸を張り、顎を突き出した。「では、ムッシュウ、ここでわたしを殺すのなら、さっさとやってくれ。そうしないのなら、話を切りあげよう。きょうはおたがいにやることが山ほどあるからね」

フード付きのレインコートを着たアメリカ人が、鼻を鳴らした。せかされるつもりはないのだ。周囲の墓地につかのま視線を走らせてから、またハラビーを見据えた。「おれはあんたのやっていることを支持する。仕事を引き受けるのは、力になりたいからだ」

ハラビーは、そっと安堵の息を漏らした。

「だからこそ、あんたたちが素人だとわかって、腹が立ったんだ。あんたも自由シリア亡命連合も、大きなことをやり遂げる前に、死に絶えてしまうだろう。注意に注意を重ねて自分と自分の作戦を護らないかぎり、あんたみたいなすかしたやつは、革命家として長くは生き延びられない」

ハラビーは、それまでの半生で〝すかしたやつ〟といわれたことはなかったが、そもそも、たまにひらかれる外科学会以外では、アメリカ人との交流はほとんどなかった。「危険は承知のうえだ。あなたを雇ったのは正しい決断だったといわれた。それを証明してもらいたい。わたしたちの行動が、シリア政府に痛烈な打撃となり、この悲惨な戦争が早く終わるかもしれない。今夜、このパリであなたがわたしたちの運動のためにやってくれることは、なによりも重要なんだ」ハラビーは、片方の眉をあげた。「シリアに潜入して、アッザム大統領を始末するように頼めるのなら、また話はちがってくるが」

ハラビーは冗談のつもりでそういったが、アメリカ人資産は笑わなかった。「あんたたちがやっていることを支持するといったが、自殺するとはいっていない。いいか、あんな地獄みたいな国に行くのは、まっぴらごめんだ」

「その地獄みたいな国は……わたしの祖国だ」

「そうか……おれの祖国ではない」

ふたりはしばし雨音を聞いていた。やがて、ハラビーはいった。「頼む、ムッシュウ、今夜、わたしたちが成功するよう力を貸してくれ。ここで」

また沈黙が流れ、フード付きのレインコートを着た男が口をひらいた。「ターゲットに対する監視をすべて引き揚げろ。おれが代わりにやる。それから、身辺に気をつけろ。まだだれもあんたを付け狙っていないとしても、今夜以降、それが変わる可能性が高い」アメリカ人が向きを変え、西の墓石をまわって歩き出した。

ハラビーがうしろから呼んだので、数歩進んでから、アメリカ人が立ちどまった。「どうしてわたしがまだ生きているのかと、さっきあなたはいった」

アメリカ人は、ふりかえらなかった。ただ顔をそむけて立っていた。

「家内が、それについてひとつの考えを持っている。最高の人間、もっとも勇敢な人間は、紛争の最初の数年のあいだに死んだと、家内は考えている。英雄が一世代、丸ごと消え失せたと。いま……七年間の戦いのあとで残っているわたしたちは……最初のころは怖くて関われなかったものばかりだ。

家内がいうには、いまの抵抗運動の指導者たちは、もっとも力が強いから権力を握っているのではないそうだ。大胆なわけでもなければ、有能なわけでもない。わたしたちが権力を握り、生き延びているのは、残されたのがわたしたちだけだからだ」

アメリカ人資産がまた歩きはじめ、墓石のあいだを縫って離れていったが、雨音のなかで聞こえるように、声を張りあげた。「気を悪くしないでもらいたいが、あんたの奥さんのいうことには一理あるかもしれない」

アメリカ人の顔を自分があまり観察しなかったことに、ターレク・ハラビーは気づいた。対面してから三十秒しかたっていないのに、また会っても見分けられるかどうか、自信がなかった。

雨と死者のあいだを抜けて、アメリカ人はたちまち姿を消していた。

2

パリ一五区にあるその飾り気のない狭い貸し間は、エレベーターがない建物の三階にあった。陽が出ているときも自然光がはいらず、角のデスクに電気スタンドがあるだけなので、いまのような雨の午後には、まるで地下室のように見える。

ひとりの男が、その明かりの下でデスクにかがみ込むように座っていた。なにかの作業をやりながら、鎧戸を閉めてあるそばの窓ごしに雨音を聞いていた。屋根からしたたっている水の音よりも大きな音を聞きつけ、やっていたことから目をあげた。窓の外の専用庭で足音がして、やがてドアが閉まる音が響いた。

男は音もなく立ちあがって、窓に寄り、鎧戸を細めにあけて、下を見た。右手が、ウェストバンドに差したグロック・セミオートマティック・ピストルのグリップの上を泳いでいた。

物音の源を、すぐさま見分けた。2Cに住む年配の女が、雨のなかに立ち、ゴミ容器の蓋をあけて、猫のトイレの砂を捨てていた。蓋を閉めて、階段のドアにひきかえし、なかにはいってからドアをバタンと閉めた。

コートランド・ジェントリーは、眼下の光景をゆっくりと念入りに観察してから、気を静めるために息を吸った。鎧戸を閉め、椅子に戻って、やっていたことを再開した。

テーブルには、バックパックとならべて、いくつかの品物が置いてあった。巻いた登山用ロープ、銃のクリーニングオイル。墓地で例の男からもらった青いIDカードが目の前に置いてあり、明るい光を浴びていた。その横には、パスポート用の五センチ四方の写真があり、いまの服装のまま写っていた。チャコールグレイのスーツにスプレッドカラーの白いシャツ、黒いネクタイ。じっくりと写真を調べて、完璧ではないが、ありきたりの検査なら通用すると判断した。

その貸し間には、ほとんどなにもなかった。身の回り品はなにもなく、きょうの作戦に必要なものだけがあった。ジェントリーの座っているところから一メートル半しか離れていない左側の壁の下のほうに、青いテーブルクロスが押しピンで留めてあり、その正面の木の椅子にカメラが置いてある。床に置いた蛍光灯の電気スタンドが、テーブルクロスに向けてあった。ジェントリーは五分前に電気スタンドをつけて、カメラのセルフタイマーを十秒に合わせ、青い背景の前で床に座って、シャッターがおりるまでレンズを見つめた。それから電気スタンドを消し、隅に置いたプリンターでプリントアウトした。五センチ四方の写真一枚をプリントアウトするだけのために、ジェントリーはそのプリンターを買った。

そしていま、ピンセットを持って、手芸店で買ったスティック糊（のり）で、写真をIDカードに貼りつけていた。キッチンから持ってきたプラスティック・カップの底を使って押しつけ、角がめくれないようにしっかりと貼った。

糊が乾くまで、何度か首をまわして、緊張をほぐした。この仕事に付き物の工作や手芸が、ジェントリーは好きではなかった。やるのが遅く、几帳面（きちょうめん）すぎるので、この手のことにはストレスを感じる。必要だし、長年やってきたので、ようやく上手になったのだ。

ジェントリーは、CIAの仕事を十年以上やり、そのあとは金で雇われる暗殺者として民間セクターで五年働いた。CIAに使われていたときには、書類、身分証明書、クレジットカード、完璧に補強された伝説（レジェンド）（短期間だけ必要な偽の身分は「偽装」だが、「伝説」はそれよりも巧妙で、それまでの半生や出自まで創りあげる）をなんなく用意させることができた。だが、一匹狼として行動するには、民間の〝書類偽造師〟を見つけるか、必要なものを自分で創るしかない。

必要な書類の供給をすべて依頼人（クライアント）に任せざるをえないこともあるが、きょうはハイブリッドの状況だった。潜入しなければならないイベントにはいれるほんもののIDカードを、クライアントは手に入れることができた。だが、ジェントリーはクライアントをあまり信用していなかったので、写真を渡してIDカードを完成させる作業は任せなかった。

身の安全をはかるためには、自分でやるしかない。

ジェントリー自身も、ハイブリッドのようなものだった。臨時の契約でCIAの仕事に復帰したが、自分が望めばフリーランスの仕事を受けられる自律性は保っている。そして、きょうの仕事は一〇〇パーセント、フリーランスだった。ジェントリーがどこにいてなにをやろうとしているかを、CIA本部（ラングレー）はまったく知らない。あえて知られないようにしたのだ。

きょうの任務をCIAが容認するかどうかは不明だし、どのみちCIAの意向など知ったことではなかった。

　シリア政府に対抗する戦いを支援するためになにかをやりたいと、ジェントリーはずっと前から考えていた。これなら、シリアへ行かずにそれができる。現状の研究と、諜報と工作の資産（アセット）としての長年の経験から、シリア潜入任務は……骨折り損になりかねないだろうと判断していた。

　ジェントリーは、モンテカルロを本拠とする調教師（ハンドラー）（諜報員や工作員の管理者）を通じて、この仕事を引き受けた。ハンドラーは、請負人（コントラクター）とクライアントの最初の交渉で安全器（カットアウト）（要員同士がじかに接触するのを避け、任務の安全を保つ役割）の機能を果たし、二〇パーセントの仲介手数料を得る。頼まれた仕事は難しいが実行可能だと、ジェントリーは考えた。仕事の場所がパリなのは、ありがたい余禄だった。たぶん、パリはジェントリーが世界一好きな街だった。

　しかし、クライアントの素人（しろうと）そのものの行動に、不安を感じずにはいられなかった。たしかに、今夜のターゲットに関して最高の情報を入手してはいるが、作戦上の諜報技術（トレードクラフト）がすべてまちがっている。

　それでも……正しい仕事に思えたので、だからジェントリーはここにいる。最近、東南アジアで任務をみごとに成功させたのだが、その作戦では怒りと虚脱感が残った。ジェントリーの働きでアメリカが最終的な勝者になり、それは計画どおりだったのだが、汚い作戦だったし、作戦中の自分の行動が腹立たしく、葛藤（かっとう）が生じた。それで、ＣＩＡと和解する前の日々のように、自分のやっていることに前向きになりたいと思った。

かなり危険だと案じてはいたが、ジェントリーは今回のパリでの仕事に確信を抱いていた。困難な任務を達成するいっぽうで、暗がりに潜み、ひと目につかないようにする能力を備えていることから、ジェントリーは目立たない男(グレイマン)という異名を得ていた。成功するのにじゅうぶんな技倆(ぎりょう)はある。ジェントリーは、自分の計画に自信を持っていたし、今夜の仕事をやり終えて生き延びられる技倆があると確信していた。クライアントの愚かな行動で正体がばれないように、注意を怠(おこた)らないようにすればいいだけだと、自分にいい聞かせた。

これは二カ月ぶりの仕事だった。それまでずっと身を隠していた。最初はスロベニアにいて、そこからオーストリアへ行った。じっくり時間をかけて訓練し、隠れ、読み、考えた。数年ぶりのいい体調だったので、もっぱら肉体を鍛えるのに集中した。精神面で一歩踏みはずしているという不安があったからだ。精神を鈍らせていたのは、PTSD（心的外傷後ストレス障害）や震盪症(しんとうしょう)や若年性認知症ではなく……もっと心を衰弱させることだった。

それは女だった。

ジェントリーは前回の作戦で彼女に出会い、わずか数日をともに過ごしただけだったが、心から追い払うことができなかった。その女はロシアの情報機関の工作員で、いまはCIAに保護され、アメリカのどこかの隠れ家にいる。したがって、彼女がモスクワのルビヤンカ（ロシア連邦保安庁本部）に勤務している場合よりもずっと、会える可能性が低い。

ふたりの仲が引き裂かれる運命にあるということは、ジェントリーも認めていた。だが、彼女への思いは残っていて、彼女と会う前とは自分が変わってしまったのではないかという気がした。自分は一歩踏みはずしてしまったのか？　危険に際してためらうのではないか？　自分にとって大切な人間がいるために、妥協しやすくなっているのではないか？

ＩＤカードを偽造しながら、ジェントリーはそれをくよくよ考えていた。この二カ月のあいだに、何度考えたかわからない。そして、またしても自分を叱った。

やめろ、ジェントリー。そんな考えは追い払え。そういう思いは命取りだ。

恋する男の人生を歩んでいるのではない。ジェントリーは自分を、任務に極度に集中する機械や道具だと見なしていた。心のなかにいる女は、地球の反対側にいて、自分自身のややこしい問題に巻き込まれているにちがいない。一〇〇パーセントの状態で作戦を行なえるように、彼女のことを忘れるよう努力しなければならない。

精神も鋭敏にしておかなければならないと、わかっていた。きょうはなおさら、そうする必要がある。今夜は夜が明けるまで、狂乱の事態がつづくのだ。

暗い貸し間に座っていたジェントリーは、精神の警戒態勢が弱まっているかもしれないという懸念をふり払い、上下に分かれた黒いバイク用レインスーツを、〈アルマーニ〉のスーツの上に着込んだ。それから、黒いバックパックふたつをかつぎ、部屋を出てからドアに鍵をかけ、暗く狭い階段を通りへおりていった。

パリは午後の陽射しのなかで輝いていた。建物や通りが三十分前に去った通り雨でまだ濡れていて、ぎらぎら光っていた。威風堂々とした凱旋門(がいせんもん)から数ブロックしか離れていない、セーヌ川北岸の第八区の十七世紀や十八世紀の荘厳な建築物の前を、車がさかんに走っていた。

フリードラン大通りにあるオテル・ポトツキーは、世界のほかの都市にあれば、かなり華麗な建物として目を惹(ひ)いただろう。しかし、このパリには、美しい建物が建ち並ぶ美しいブロックがいくらでもある。オテル・ポトツキーは、そういう界隈(かいわい)の美しい建物のひとつでしかなかった。建てられたのは二百年前で、ヨーロッパ各地に凝った装飾の住居を建築することを生涯の仕事としたポーランド貴族の館だった。この一族は、自分たちの富と権力をパリっ子に見せつけるために、ふんだんに金を使った。パリでもっとも優美なこの館はいまでも、エリートのパーティ、イベント、私的な集まりに、高額で貸し出されている。

その午後、オテル・ポトツキーのエントランスには、館内の非公開の集まりの出席者を撮ろうとして、カメラ付き携帯電話を高く掲げたひとびとが群がっていた。野次馬、カメラマン、レポーター数百人にくわえて、リムジンの運転手たちが、近くの駐車場で磨き込まれた車のそばに立ち、民間警備員が通りや歩道に配置されていた。

だが、ほんとうに活発な動きがあるのは、その館の奥だった。〈クリストフル〉製の堂々としたブロンズの扉を抜け、立派な大理石の階段をあがって、豪奢(ごうしゃ)なシャンデリアの広間(サレ・ドゥ・リュストル)にはいると、高級な身なりの男女三百人が、クリスタルのシャンデリアがならぶ下にある長くて明るいランウェイを囲んで着席していた。肩がくっつくくらい窮屈で、重いリズムの音楽とまたたく光のせいで、その場はエネルギッシュというよりは熱狂的な雰囲気に包まれていた。

司会者が冬のコレクションがまもなく登場すると告げると、観衆は身を乗り出し、しなやかな体つきのモデルがひとりずつ、派手なベルベットのケープ、太腿(ふともも)まであるブーツ、刺繡(ししゅう)されたシフォンのドレスなどを身につけて、自信たっぷりに細いランウェイを闊歩(かっぽ)した。観衆が明らかに嘆賞だとわかるつぶやきを漏らした。

ランウェイの右側の九列目、広間の南の端に、カメラとiPadを掲げて、チャコールグレイの〈アルマーニ〉のスーツを着た男が座っていた。隣には、プードルを抱いた年配の女性がいた。男の眼鏡(めがね)はシルクのネクタイやポケットチーフとおなじように洗練されたデザインだったし、まわりの観客とおなじように、首をのばしてランウェイのモデルの列を眺め、ニュールックにうなずいては、タブレットでメモを書き込んでいた。

その男は、カメラにはほとんど写らないように気を配っていたし、ランウェイの照明の光もその席には届かなかった。群衆のなかのひとつの顔でしかなかった。だれもその男を見ていなかった。男が会場にはいったのは九十分前だったが、入場証を確認した警備員と、フルートグラスのシャンパンのトレイを持って歩きまわるウェイトレスのほかには、だれとも言葉を交わしていなかった。

あらたなモデルが舞台の袖(そで)から出てきて、ランウェイを進むとき、〈アルマーニ〉を着た男はつかのま注意を向けたが、すぐに目をそらした。

あの女ではない、と心のなかでつぶやいた。

コート・ジェントリーは、周囲をもう一度ちらりと見まわして、自分の頭にある地獄とはこういう場所だろうと思った。この一時間半、何度もそういう考えが浮かんだ。明るすぎる照明のなかで、だれもが退屈しきった目つきをしていて、やかましすぎる音楽のなかで、さまざまな言語の馬鹿げたやりとりが聞こえる。そういう会話を聞いていると、自分もどんどん馬鹿になるような気がした。

服、色彩、スタイル、〝シーン〟についての話題は、ジェントリーにとってはほとんど外国語のようだったが、すこしは理解できた、要するに、ここで話し合われていることや、この建物内のことはすべて、ジェントリーにとってはどうでもよかった。まわりの観衆、彼らが口にする言葉、ランウェイで披露される服を見て彼らが漏らす嘆声くらいいらだたしいものは、ほかにはないと思った。ランウェイ以外の場所でそれらの服が着られることはないし、軽い食事を一度とるだけでもそんな服が合わない体形になるにちがいない。

ここにいる人間はすべて、これをパリ・ファッション・ウィークと呼んでいるが、ジェントリーは地獄にいるという思いをふり払えなかった。

これはズハイル・ムラドのオートクチュールのショーで、ジェントリーは傍流のファッション報道機関のレポーターに化けてゆるい警備を通過できる程度に、そのデザイナーと業績を下調べした。招待客、服、どういう意味かわからない〝シーン〟を記録し、オンライン・ファッション・マガジンにファッション・ウィークの周辺の感想と画像を送る、フリーランスのレポーターという偽装だった。

ジェントリーは、まわりを見た。ランウェイの向こうで、フェイスリフトのやりすぎでホラー映画の登場人物みたいになった顔にアイライナーを引いた六十代の男が、コカインでラリって、椅子に座ったまま踊り、隣の十九歳の青年の脚にシャンパンを半分こぼしている。

ジェントリーが取材することになっているシーンが、こういう醜態(シーン)でないのははっきりしている。

だが、どんな周囲の状況にも溶け込むのがジェントリーの仕事だったし、その仕事をみごとにこなしていた。姿が見えないようにすることが仕事だし、ワシントンDCで地下鉄に乗っているときや、香港の街路を歩きまわっているときや、メノルカ島沖でヨットを操船しているときとおなじように、ここでもそうしていた。

ランウェイにふたたび視線を戻し、ひとりずつ登場する美しいモデルを観察しつづけた。

あの女ではない、あれもちがう、あれもちがう。

ジェントリーは、ゆっくりと歩いているモデルやランウェイから、完全に注意をそらした。スポーツマンのような体格で黒いスーツを着た男がふたり、舞台の上手(かみて)に近い通用口から、ジェントリーの右のほうに出てきた。そのふたりは、壁ぎわに立ち、観客に目を配っていた。ジェントリーはすぐさまふたりに目をつけて、モデルが現われるカーテンにそのふたりが近づくのを、さりげなく目で追った。

ランウェイの照明の向こうに、べつの二人組がいるのを見つけた。おなじ服装で、いずれも髪が黒く、浅黒い顔だった。ふたりがショーの近くに立ったままだったので、まうしろの席の数人が、どけと叫んだ。

会場の警備員ひとりが、ランウェイの向こう側の二人組に近づいて、壁ぎわにさがるよう促した。ふたりはおおむねそれに従ったが、それでも舞台とランウェイのモデルに手が届きそうな距離を保っていた。

そのとき、漆黒の髪の長身の女性モデルが、舞台袖から堂々と出てきた。シルヴァーのパイピングのある黒いシフォンのドレスを着ていた。ほかのモデルにひけをとらない美しさで、ランウェイに進んだとき、それまでのモデルよりもいっそう熱心で真剣なように見えた。数十台のカメラのストロボが光るなかで、インダストリアルテクノにアレンジされたデイヴィッド・ボウイの古い曲に合わせ、スティレットヒールをはいた足を進めた。黒いスーツの男四人がそのモデルのほうを見あげてから、向きを変えて、観衆に視線を走らせるのを、ジェントリーは見た。四人は、高くなっているランウェイを歩くモデルを目で追わず、三百人ほどの観衆を見渡していた。

ジェントリーは、ボディガード四人から注意をそらし、モデルに目の焦点を合わせた。うっとりするような美しさだった。そして、彼女がジェントリーのターゲットだった。

3

ジェントリーは、彼女の経歴を暗記していた。名前はビアンカ・メディナ、二十六歳で、モデルにしては年がいっているが、ジェントリーがこれまで見たなかでもっともきらびやかな美貌を備えている女性のひとりで、すばらしい美女ぞろいのランウェイでも際立って美しかった。

彼女の動きには自信がみなぎっていて、ファッションモデルの世界にうといジェントリーにも、すぐさま見分けがついた。

ジェントリーはカメラ付き携帯電話を構えて彼女に向け、観衆とおなじように何枚か撮ってから、レンズを奥の壁ぎわにいるボディガード二人組に向けた。何枚か撮ってから、体をすこしまわして、ランウェイのこちら側の右手にいる二人組も数枚写した。

ズハイル・ムラドのショーで個人に警護がつくのは、ふつうではないが、ジェントリーは周囲の観衆とは異なり、ビアンカ・メディナについてさまざまなことを知っていた。それが原因で、ビアンカはきょうランウェイを歩くほかのモデルとは、あまり共通点がない。

ドレスを目立つように見せつけたビアンカが、舞台の奥のシークインで飾られたカーテンを通って退場した。それと同時に、ボディガードが舞台横の通用口の奥へ姿を消した。舞台裏から楽屋まで、ビアンカを護衛するためにちがいない。あわただしく着替えて、またランウェイに戻るはずだとわかっていたが、必要なことはすべて見届けたので、ジェントリーは席を立ち、サレ・ドゥ・リュストルから出ていった。

大階段をおりて、オテル・ポトツキーの横手の通用口に向かうあいだ、ジェントリーは自分が知った情報について考えた。メディナには五人の専属警護チームがいると聞かされていたが、今回の任務であたえられた情報はすべて、正確かどうかをたしかめる必要があった。自分の目で見たボディガードは四人だったので、もうひとりは車で待っているのだろうと思った。だとすると、情報は正確のようだ。

よし、と心のなかでつぶやいた。クライアントの諜報技術（トレードクラフト）は素人（しろうと）っぽいかもしれないが、これまでのところ、情報の産物（プロダクツ）（分析などを経てからあたえられる最終的な情報）はしっかりしている。

ジェントリーは建物を出て、通用口から出てくる有名人の招待客か美しいモデルをひと目見ようと集まっている若者数十人のそばを通り、二ブロック離れたシャトーブリアン通りの駐車場にとめておいた黒いヤマハXJ6バイクのところまで歩いていった。そこでバイクの後部のケースをあけて、〈アルマーニ〉のスーツのジャケットを脱いだ。ウィングチップの革靴を脱ぎ、ケースから上下のバイク用レインスーツをすばやく着ると、黒いテニスシューズをはいた。ジャケットと革靴をケースに突っ込み、ロックして、黒いヘルメットをかぶり、スモークを貼ったバイザーをおろして、バイクにまたがった。

ファッションショーの会場の裏へバイクで行った。モデルたちが使う出入口は、すでに下見してある。そのドアから五〇メートルほど離れたところにバイクをとめ、またがったままで、長い待機に備え、気を引き締めた。

ジェントリーはバイクにまたがったままで、オテル・ポトツキー、道路を通過する車、近くの建物の窓や屋根に目を配っていた。ときどき車が通用口に近づいてとまり、だれかがおりて建物にはいったり、建物から出てきただれかが車に乗ったりした。歩道の野次馬三十五、六人がロープの向こう側に群がり、警備員に押し戻されながら、ひとの出入りを写真に撮っていた。だが、そういう動きがあっても、ターゲットが現われる気配はなかった。

ジェントリーが監視をはじめてから一時間四十分後に、シルヴァーのキャデラック・エスカレードが、オテル・ポトツキーの通用口に横付けされた。大型のキャデラックの到着と同時に、通用口があいた。熟練した警護行動だと思われたので、ジェントリーは通用口に視線を据えた。その読みは当たった。ビアンカ・メディナのボディガードが建物から出てきて、数十人の群集と通りを見まわし、すぐに本人が現われた。ビアンカはキャメルのレインコートの襟をかき合わせ、大きなバッグを肩から吊って、決然とした足どりで歩いていた。顔は伏せていた。彼女がだれなのかを知らなくても、いかにも有名人のように見えたので、おおぜいが写真を撮った。

五秒後には、ビアンカは車内に身を隠し、最後のドアが閉まると同時に、大型のＳＵＶは走り出していた。

ジェントリーは、バイクのエンジンをかけ、エスカレードを追って、東へと走らせた。

ジェントリーのヤマハは、エスカレードと一五〇メートル弱の距離をあけて、夕方のフリードラン大通りの車の列を縫って走った。一度、離れすぎたと思ったときに、ジェントリーは車線区分を無視して、交差点の渋滞のなかを抜けた。周囲の乗用車やトラックがのろのろと走っていたので、弾みを保つために、ジグザグに走った。

ジェントリーは、ハンドルバーの支点に顔を伏せ、ビアンカの警護チームと協働して追躡している車がないことをたしかめるために、バックミラーに視線を走らせた。それに、ビアンカとその取り巻きに狙いをつけて追っているべつの集団がいないともかぎらない。自分は見つかっていないと確信していたが、高い諜報技術を備えたものの常で、数秒ごとにたしかめずにはいられなかった。

エスカレードは東に向かっていたので、ズハイル・ムラドのショーのモデルのために部屋を予約しているホテル三カ所のいずれかを目指しているのではないとわかった。ターゲットがモデル仲間とあまり接触しないはずだと、ジェントリーは最初から推理していたが、それが裏付けられた。

ビアンカがパブリックスペースに近づかないようにしているのは、意外ではなかった。ジェントリーはバイクの上で伏せて、いま見失うわけにはいかないと、自分をいましめた。エスカレードが車の流れのなかに消え失せたら、もうビアンカを見つけることはできないだろう。

ジェントリーにとってさいわいなことに、ターゲットは目的地までわずか十分間、移動しただけだった。キャデラック・エスカレードは、トロンシェ通り七番地の赤いアーチ門があいている前でとまった。ジェントリーが、第八区にある広壮なカトリック教会、マドレーヌ教会の前で方向転換したとき、シルヴァーのSUVから出てくるビアンカの黒髪が見えた。ビアンカは、ボディガード五人のうち四人に囲まれて、あいたドアからすたすたとはいっていった。

ジェントリーはそのまま北へバイクを走らせて、そこを通過した。アーチ門から覗くと、暗い庭が見えた。ビアンカがはいっていったのがどういう建物かを示す表札や標識はなにもないとわかった。

一ブロック北でジェントリーはバイクを歩道に乗りあげ、公衆便所のそばにとめた。そこからでもトロンシェ通り七番地の建物が通りの向かいに見えたが、建物の周囲に防犯カメラがあったとしても、その視野の外だった。

ジェントリーは、ヘルメットを脱がずに、携帯電話を出した。いくつかボタンにタッチして、相手が出るのを待った。すぐに男の声が、ブルートゥースで接続しているイヤホンから聞こえた。

「ウイ？」

「トロンシエ通り七番地（セット・リュ・トロンシエ）」

「たしかか？（エトウ・ヴー・スュール）」

「まちがいない（ビャン・スュール）」

　接触相手がその住所を調べるあいだ、すこし間があったので、そのあいだにジェントリーは自分の周囲の安全をたしかめた。よくある曇った春の午後で、パリ中心部のどこにでもあるような交差点だった、つまり、歩行者と車の往来が激しく、ただ立っている人間はすくない。ウィンドウショッピングをしているものもいれば、商店やオフィスビルの前で煙草（たばこ）を吸っているものもいる。食べ物の屋台や新聞店の男や女の売り子もいる。

　だが、目を配りはじめてから十秒とたたないうちに、向かいの歩道にいるふたりを見て、ジェントリーの頭のなかの警報が鳴った。そのふたりはバイクをならべてとめていた。ひとりのバイクは黒いホンダ、もうひとりのバイクは赤いスズキで、ジェントリーとおなじようにあたりに視線を走らせていた。

　ジェントリーはそのふたりのうしろの建物をいくつか眺めて、その場所にバイクをとめる当然の理由があるかどうかを見極めようとした。だが、それらしいものは、なにもなかった。婦人用品店。香水店。高級な菓子を製造して売る店。

　まあ……奥さんや恋人への贈り物を選んでいると考えられなくもない。しかし、買い物袋を持っていないし、兵士や警察官によく見られるように、装備を余分に取り付けられるストラップ付きのバックパックを背負っている。

三十代後半か四十代のはじめだろうと、ジェントリーは判断した。強健そうで、ひとりは顎鬚（あごひげ）を生やし、茶色い髪がウェーブしている。もうひとりは完全に禿（は）げあがり、髭をきれいに剃（そ）っている。遠目にも、そのふたりは明らかに鋭敏な感じだった。兵士ではない——とにかく現役ではないだろう——それに、パトロール警官でもない。だが、なんらかの形で警察か政府に属しているかもしれない、とジェントリーは思った。

ふたりのバックパックとヘルメットは使い古されているようなのに、バイクはいずれも新しいように見える。ふたりとも、いままたがっているバイクよりも馬力が大きいバイクを操れそうな感じだから、あの二台はレンタルにちがいない。

ジェントリーが、感覚を研ぎ澄ませることに集中し——向かいのふたりを監視しながら、対監視活動の気配はないかと神経をとがらせていると——フランス人が応答し、イヤホンから声が聞こえた。

「トロンシエ通り七番地（セット・リュ・トロンシェ）は、個人の大邸宅（オテル・パルティキュリエ）だ。パリに来る金持ち専用のゲストハウスだ。四階建てで警備は最低限だが、ロビー、階段、エレベーターにカメラがある。錠前は厳重で、屋根からは侵入しづらい」

「おれの問題だ。あんたは心配しなくていい」

「同感（ダコール）だ。必要なものは？」

「車だ。ターゲットの位置から三ブロック以内のどこかで」

「届ける。配達場所はメールで知らせる」

「わかった」ジェントリーはきいた。「質問だ……ターゲットに尾行をつけているか？」

「ノン。監視を中止しろというのが、そっちの要求だった」

「このあたりに、そっちの人間はいないんだな？」

「ぜったいにいない。彼女がトロンシェ通りへ行くことなど、予想もしていなかった。われわれの資産（アセット）の居場所はすべてわかっている。どうしてだ……？　問題があるのか？」

ジェントリーは、バイク二台のほうを見た。ホンダに乗っている茶色の髪の男は、いなくなっていた。南へ行ったにちがいない。そうでなければ、前を通るのが見えたはずだ。スズキに乗っている禿頭の男は、ヘルメットをかぶっていた。すぐにエンジンをかけて、北へ走り去った。

「もしもし（アロー）？」

ジェントリーはきいた。「ほかにターゲットに関心がありそうな連中は？　白人か、ヨーロッパ人だ」

すこし間を置いてから、フランス人が答えた。「だれもいない。白人はぜったいにいないと思う。ひとりも」

だが、バイクの二人組について、ジェントリーは無関係だといい切る自信はなかった。正体を見破られてはいないと確信していたので、ふたりが急にいなくなった理由が思いつかなかった。もちろん、ビアンカを尾行していたか、あの建物を監視していたのなら、話はちがってくる。それに、周囲をじっくり観察しても、あのふたりと見張りを交替しそうな人間は見当たらなかった。

「アロー？」フランス人がふたたびいった。

「なんでもない」ジェントリーは答えたが、自信はなかった。「車を届けて、場所をメールしてくれ」

ジェントリーが電話を切ろうとしたとき、相手がいうのが聞こえた。

「いつやれると思うか――」

ジェントリーは電話を切った。

ジェントリーはヤマハのエンジンをかけ、気にかかっているバイクの二人組のことを頭からふり払った。監視に適した場所を探して、そのブロックを一周した。今夜は、そこにターゲットが泊まるはずだし、今夜、彼女を襲うつもりだったからだ。

4

午後十時、ビアンカ・メディナは、トロンシェ通りの秘密宿泊所を出て、警護チーム全員とともにシルヴァーのエスカレードに乗り、バイロン卿通りにあるミシュランふたつ星のレストランに向けて、十分間、無言で座っていた。

レストランに着くと、ボーイ長に案内されて、凝った装飾の個室にはいった。ドアが閉まり、ビアンカは独りで食事をした。

じっさいには、独りきりではなかった。

ボディガード五人のうち三人が、べつのテーブル二卓に席を占め、四人目がメイン・ダイニングルームに通じるドアの外に立ち、五人目がエスカレードに残った。

三人はビアンカと目を合わせなかったし、ビアンカも三人に目を向けなかった。警護されているビアンカと警護チームが言葉を交わすことは、めったにない。警護チームとビアンカの関係は刺々（とげとげ）しかったし、だれもそれを直そうとはしなかった。

ビアンカは、キャンドルに照らされたテーブルで、フルートグラスのシャンパンをゆっくり飲みながら、ドレッシングをかけないサラダをつついていた。食べながら、ハンドバッグから出したフランス版の《ヴォーグ》をめくっていた。ビアンカはスペイン人だが、モデルとして働いてきた月日、パリとニューヨークに住んでいたので、フランスと英語を流暢に話すことができる。ファッションの二大聖都を十年間行き来したあと、ビアンカは三年前にほぼ引退した。

ウェイターは、ビアンカよりもすこし若い二十代なかばの美男子で、性格はずっと明るく、話好きだった。それに、高価なジュエリーを身につけ、何人もの護衛を引き連れている、不機嫌な顔の美女に、すっかり魅了されているようだった。ビアンカの堂々とした態度や、周囲のむっつり顔の男たちに気後れしていないのを示そうとして、ウェイターは隙を見ては話しかけて、たわむれようとした。

ビアンカは、ウェイターのおしゃべりにはじめのうちは知らん顔をしていたが、この色男は拒否されるのに慣れていなかった。ビアンカがそっけなくすればするほど、ウェイターは彼女の硬い殻を破ろうとした。

サラダの皿をさげて、ナイフやフォークを取り替えるときに、ウェイターはきいた。「こちらには観光で見えたのですか？」

「仕事」《ヴォーグ》から目を離さず、ビアンカは答えた。

「でしょうね。ファッション・ウィークのために見えたにちがいありません」

ビアンカは答えなかった。

「スーパーモデルでしょう。セレブ雑誌をもっとよく読んでいれば、どなたかわかったのでしょうが」

無言。

ひと呼吸置いて、ウェイターがすこし身をかがめた。「マダム……ひとこと申しあげるなら――」

ビアンカは、《ヴォーグ》のページをぱっとめくった。「だめ、ムッシュウ……いわないで」

その返事にびっくりして、ウェイターはまた口ごもったが、気を取り直した。ビアンカがからかっていいような相手ではないという気配を、感じ取れなかったようだった。「失礼ですが、お客さまのように美しいかたが護られなければならないというのはわかりますが、ほんのすこしでもほほえんでいただけないのは、どういうわけなのでしょうか。お独りでお食事をなさるのは、わびしいです。たしかに。でも、百点満点のレストランに来た百点満点の女性は、せめてうれしい気持ちになろうとしてもよいのではありませんか」

ビアンカは、ようやく《ヴォーグ》から目をあげたが、フランス人のウェイターは見ないで、警護チームのリーダーのシャリシュにちらりと視線を投げた。シャリシュは、キャンドルに照らされたドア近くのテーブルに向かって独りで座っていたが、注意怠りない男なので、やりとりを聞いていたはずだと、ビアンカにはわかっていた。

シャリシュがあとのふたりに目配せをすると、ビアンカはウェイターに目を向けて、フランス語でいった。「出ていって。食事を持って戻ってくるか、それとももう戻ってこなくていいわ」

ウェイターは、口説くのにてこずる女性には慣れていても、これほど邪険にされたことはないようだった。一瞬の間を置いて、そっけなくお辞儀をすると、向きを変えてドアのほうへ行った。

若いウェイターがそばを通るときに、シャリシュが睨みつけた。ビアンカが雑誌にまた目を落としたとき、ボディガードふたりが立ちあがり——シャリシュが目で合図したにちがいない——若いウェイターを追ってドアを出るのが見えた。

十秒後、厨房から絶叫と皿やグラスの落ちる音が聞こえた。

ビアンカには、その光景が想像できた。ウェイターは壁に叩きつけられたか、床に倒され、痛めつけられたのだ。目のまわりに痣ができるか、肩の関節を痛めて、今夜は帰るよう命じられるだろう。

ボディガードやレストランの従業員、ことに体と誇りを傷つけられたウェイターには、冷酷で嫌な女だと思われるだろうが、女たらしのウェイターには、このほうがよかったのだ。ビアンカがすこしでも興味を示したために、ウェイターが大胆になり、強引に口説こうとしたら、ボディガードたちは得たりとばかりにウェイターの骨や歯をへし折って、病院送りにしていたにちがいない。

男がこちらには目もくれずに通り過ぎるよう仕向けるのが、その男にとってもっとも親切なふるまいだということを、ここ数年のあいだにビアンカは学んでいた。

数分後に、年配の温和で無表情なウェイターが、アントレの若鶏の赤ワイン煮込みとシルヴァーの舟形ソース入れを持ってはいってきた。早口でおざなりに「たっぷりと召し上がれ（ボナペティ）」といって、ビアンカの前に置き、すぐに出ていった。

ビアンカ・メディナは、フォークとナイフを手にした。美男のウェイターのことは頭から追い出し、二度と考えなかった。

エスカレードがトロンシェ通り七番地のアーチ門の前に帰り着いたのは午前零時で、ビアンカ・メディナは五階にある二八〇平方メートルのスイートに戻った。黒いスーツの男ひとりがロビーに残り、あとの四人はビアンカといっしょにスイートにはいった。四人はリビング、キッチン、ゲストルームで位置につき、ビアンカはひとことも交わさず、独りで主寝室にはいった。

あすには帰国するが、出発は昼過ぎだし、空港へ向かう前に朝食をとるほかには、外出させてもらえないとわかっていた。だから、朝寝坊ができる。ビアンカは寝室でしばらくぐずぐずしていた。ベッドに横になって《ヴォーグ》を読み終え、バルコニーにしばらくたたずんで、屋敷の庭を眺めた。ベッド脇のナイトスタンドに置いてある鉛クリスタルの大きなデキャンタを、ビアンカはじっと見た。そこに用意してあったスニフターに、ワンショット分のブランデーを注いだ。また《ヴォーグ》を見ながら、甘口のブランデーを飲んだ。そして、午前一時をすこしまわったころに、バスルームのドア近くのリネンクロゼットから予備の毛布を出し、ベッドにはいって、そばのエンドテーブルの明かりを消した。

　そしてすぐに泣きはじめた。


　嘘だろう？

　コート・ジェントリーは、わずか六メートル離れたところにいて、リネンクロゼットのドアの羽板の隙間から、ビアンカを見守っていた。細い月光が額を照らし、うっすらと浮かんだ汗が光っていた。クロゼットの下の段にあったものをどかし、膝を曲げて暗く狭いそこに潜り込んでから、大きな枕ふたつで体を覆った。ターゲットがドアをあけて予備の毛布を出したときも、中段の棚の下に隠れていて見つからなかったので、そうしておいてよかったと思った。

　立って脚をのばせるのが待ち遠しかったが、ジェントリーの計画では、襲いかかる前にターゲットが眠るのを待たなければならない。

　だが、なぜか彼女が泣いているので、眠るまで時間がかかるのではないかと、ジェントリーは不安になった。

　時計を見た。時針と分針の先端にトリチウムガスを封入した空洞があるので、完全な闇でもかすかに見える。あと三十分は待てると自分にいい聞かせた。だが、そのときには、彼女が眠っていなくても、行動しなければならない。

　ジェントリーは、頭のてっぺんから爪先まで黒ずくめだった。懸垂下降器具を取り付けた小さな黒いバックパックを背負い、サプレッサー付きのグロック19をオープンスタイルの成形合成樹脂製ホルスターに収めて、腰につけていた。ケヴラーのベストには、特殊閃光音響(フラッシュ・バン)弾を二発、取り付けてある。黒い〈ベンチメイド〉の〝インフィデル〟飛び出しナイフを尻ポケットに留め、発煙弾と鞘(さや)入りの固定ブレード・ナイフを装備着装帯(ユーティリティ・ベルト)に吊るし、もう一本のナイフを黒い〈メレル〉のブーツのいっぽうに留めてあった。

ジェントリーは今夜の計画を立て、それに応じて準備していた。これだけの装備を身につけるのは、やりすぎかもしれないが、現場では自分以外に頼るものがないということを、過酷な経験から学んでいる。だから、作戦に必要になる可能性があるものはすべて、行動開始前から手が届くようにしておきたかった。

ジェントリーは、CIAで訓練を受け、ことにモーリスというベトナム戦争に出征した経験のある白髪(しらが)まじりの男に教導された。モーリスの教訓は、いまもジェントリーの脳裏にたびたび蘇(よみがえ)る。若造……溺(おぼ)れそうだったり、体が燃えていたりしないかぎり、弾薬はいくら持っていても多すぎることはない。

モーリスがはじめてそういったときに、ジェントリーは笑ったが、その教訓のおかげではじめて命拾いしたときに、笑うのをやめた。

ビアンカ・メディナの泣き声は、数分のあいだ激しくなったが、やがてすすり泣きに変わり、それもとぎれた。どうして感情が乱れたのか、ジェントリーにはわからなかったが、どうでもよかった。今夜の仕事を片づけられるように、早く眠ってくれることを願っていた。

ベッドまで部屋を横切るときに、彼女が大声で用心棒どもを呼ぶようなことは、なんとしても避けたい。

まもなくビアンカが寝がえりを打って横向きになり、ジェントリーのほうを向いた。バルコニーに出るフレンチドアのブラインドがあいていて、淡い月光が射し込み、ビアンカの顔を照らした。広い主寝室のリネンクロゼットからでも、目があいていて涙ぐんでいるのが見えた。

羊でも数えてくれよ、お嬢さん。夜明かしするわけにはいかないんだ。

ありがたいことに、ビアンカが目をつぶり、そのまま目を閉じていた。ようやく息遣いが遅くなるのがわかり、眠ったか、もうじき眠るはずだとジェントリーは判断した。

また時計を見て、五分後には行動を開始すると決めた。

そのとき、ビアンカの顔に当たる月光の条が変化したので、ジェントリーは左に身を乗り出して、外のバルコニーを見ようとした。膝を曲げていて、あまり動けなかったが、顔を壁に押しつけると、光をさえぎっているものが見えた。

びっくりして、ジェントリーは目をしばたたいた。

ビアンカのボディガードのひとりが、フレンチドアのすぐ外でバルコニーに立ち、ベッドに横たわっているビアンカを、ガラスごしに見ていた。

ビアンカと警護チームが食事に出かけているあいだずっと、ジェントリーは自由に動きまわれたので、屋敷の間取りはわかっていた。侵入するときには、小売店が何軒もはいっている隣のビルの屋根から、いまボディガードが立っているバルコニーに跳びおりた。バルコニーへ行くには、この寝室を通るしかないので、スイートのもうひとつの寝室の窓から出て、幅三〇センチのでっぱりを伝い、バルコニーまで来たにちがいない。

いったいどういうことだ？　ジェントリーは不思議に思った。あの男は、警護する相手が寝ているときも監視するよう命じられているのか？

ビアンカは、歩哨がそこにいるのに気づいていないのか、それともずっとこういうふうに見張られているのに慣れて、嫌だとも思っていないのだろう。

そうではないかもしれない。もうひとつの可能性のほうがありうると、ジェントリーは思った。嫌だからこそ、眠る前に泣いたのだ。

一瞬、彼女のことが気の毒になりかけた。

ほんのすこしだが、そう感じた。

近接警護チームのひとりがバルコニーに現われたことで、状況は一気にややこしくなった。ジェントリーは、グロックに〈ジェムテック〉のサプレッサーを取り付けていたが、ボディガードを撃てばかなりやかましい音をたててしまう。スイートのべつの部屋にいるボディガード全員が聞きつけ、クライアントを護るために銃を持ってすぐさま突入するだろう。

立ち去るか、せめてうしろを向くかどうか、ボディガードを数分のあいだ観察することにした。だが、ボディガードがずっとそこにいて、バルコニーのフレンチドアのガラスごしにビアンカを見つづけているようなら、任務を実行する前にその男を片づけるしかない。ボディガードに見られずにビアンカのところへ行くのは、不可能だからだ。

夜更けの第八区は、車がほとんど走っていなかった。人通りもなかったが、バイクに乗った男がひとり、マドレーヌ教会のそばを通って、トロンシェ通りを走っていた。数秒後に、もう一台のバイクが北から現われ、さらにもう一台が、そのすぐうしろで西の通りから曲がってきた。個人の大邸宅（オテル・パルティキュリエ）の庭に通じる大きな赤い両開きの門は閉ざされていたが、バイクは三台ともそのすぐ南で速度を落とした。

ふたりがバイクをおりて、門のすぐ脇で塀によじ登った。もうひとりはバイクのスタンドをかけて、門の前の歩道に向いている防犯カメラの真下にとめた。片足を車体のフレームにかけ、もういっぽうの足でシートを踏んで、たくみにバイクの上に立ち、建物の壁を左手でつかんでバランスをとった。右手でフーディー（フード付きのスウェットシャツなど）のポケットから黒いスプレーペイントの缶を出した。二度ばかり缶をふって、下からスプレーし、カメラのレンズをあっというまに黒く塗った。

あとのふたりは、それを見守り、レンズが黒くなると駆け出して、門の掛け金のそばにしゃがみ、ロックピッキングの道具を出した。ひとりが錠前をフラッシュライトで照らし、もうひとりがピッキングをやった。バイクから跳びおりた男が、携帯電話を出して、短縮ダイヤルでかけた。歩道をだれかが通りかかったり、車がやってきたりしたときに、錠前破りチームに警告できるように、通りの左右を見ながらそこに立っていた。

すぐに車が一台見えたが、男は仲間に注意しなかった。ライトを消した黒い作業用バンが、南のマドレーヌ教会の向こうに姿を現わした。数百メートル離れたそこで、バンがとまった。

見張りが携帯電話に向かってささやいた。「そっちを目視している（ジュ・テ・ヴワール）」

うしろでカチリという低い音がした。錠前破りチームが仕事を終えたのだ。アーチ門の向こうの庭は石畳（いしだたみ）なので、音が響かないように、ひとりがそっと掛け金を引きおろした。

ひざまずいていたもうひとりがささやいた。「侵入する」

それと同時に、見張りが緊張した声で、携帯電話にささやいた。「行け（アレ）！　行け（アレ）！」

バンが猛スピードでトロンシェ通り七番地に向けて走り出し、門の前の三人がジャケットの内側からサブマシンガンを出した。

5

脚がひきつりかけていたので、早く片づけようとジェントリーは決意した。それに、これからの数分間を生き延びるためには、まともに歩けなければならないし、ことによると走らなければならないだろうという、妙な予感がしていた。できるだけ長いあいだ、隠密に動くつもりだが、銃撃が必要になったらすぐにやかましい音をたてる覚悟がある。サプレッサー付きのグロックを右手で抜き、リネンクロゼットのドアを膝でゆっくりとあけた。クロゼットを出て、痛む脚をのばして立ち、部屋の奥の縁に沿って、左へゆっくりとなめらかに移動していった。バルコニーから遠ざかり、ベッドとは反対側へ進んだ。

まず行こうとしたのは、主寝室とスイートのほかの部屋を隔てているドアだった。闇のなかで壁ぎわをじりじりと進みながら、ベッドの女のほうを向いている歩哨を片目で見ていた。ジェントリーは歩哨の左真横にいるので、視野にははいらない。反対の目で、こちらに顔を向けているビアンカを観察し、目を醒ましていないのをたしかめた。

寝室のドアまで行くと、ジェントリーは足をとめて、部屋の中央を向いたまま、そこに背中をつけた。左脚のカーゴポケットに手を入れ、ひとつの器具を出した。〈タクウェッジ〉

というプラスティックのドアストッパーで、ドアの下に差し込んで固定すると、反対側からドアをあけるのはほとんど不可能になる。ジェントリーはゆっくりとしゃがみ、部屋の向こうの人影ふたつを見て、歩哨がバルコニーにいて、ビアンカのほうを向いているのをたしかめた。ビアンカは眠っているか、武装した黒ずくめの男が一二メートル離れたところにいるのに気づいていないようだった。

ドアストッパーを持った手をのばして、スイートのボディガード四人がビアンカのところへ駆けつけられないようにしようとしたとき、建物の外の地上から男の叫び声が聞こえ、ジェントリーははっとした。

そして、それとほぼ同時に、下の庭からライフルの轟音が聞こえた。

歩哨のボディガードが、身をかがめてバルコニーの端から離れ、ポケットから銃を抜いた。

どういうことだ？

最初の銃声の一秒後に、自動火器の一連の銃声がつづいた。ドアの向こう側のリビングから叫び声が聞こえていた。ビアンカのボディガードたちが、脅威に気づいたのだ。ジェントリーは膝立ちの姿勢でグロックをバルコニーに向け、うしろに手をのばして、〈タクウェッジ〉をドアの下に押し込んだ。そして、立ちあがり、踵(かかと)で押し込んで固定した。

ジェントリーの行動の音は、表の爆発音にかき消された。爆発により、近隣のあちこちで車の盗難防止アラームが鳴り、ガラスが割れた。爆発音の反響が消えると同時に、また激しい一斉射撃がはじまった。男たちの叫び――独特の抑揚で律動的に〝アッラーは偉大なり(アッラーフ・アクバル)〟

とくりかえす声が、四階上まで届き、バルコニーのフレンチドアを通り、寝室にも聞こえていた。

ジェントリーは、いま襲撃が開始されたことに驚いてはいたが、襲撃そのものは意外ではなかった。ターゲットがなんらかの脅威に直面しているのは明らかだったからだ。下にいるのはISISで、やはりビアンカが狙いなのだ。しかし、クライアントはジェントリーに、彼らの襲撃はあす以降だと請け合っていた。

ジェントリーは、偶然の一致を信じないように訓練されている。はめられたのだと悟って、気が滅入った。そうでなくても、故意に偽情報をあたえられたのだ。ジェントリーはそれに腹を立てた。この大混乱のさなか、目標の直前でいくつもの差し迫ったあらたな危険にぶつかっても、ジェントリーは平常心を保っていた。これが終わったら、この作戦に自分を雇った連中を叩きのめすと誓った。

だが、その前にビアンカ・メディナをなんとかしなければならない。

その瞬間、ウォームアップスーツとスウェットシャツを着たビアンカが、表の銃声を聞いてあわてふためき、ベッドから跳び出した。バルコニーにいたボディガードが、フレンチドアをあけて、ビアンカを安全な場所へ移動させるためにはいってきた。まだジェントリーには気づいていなかった。だが、ジェントリーは広い部屋の中央まで進んでいたし、ボディガードもおなじ目標に向かっていたので、じきに姿を見られるにちがいなかった。

ジェントリーのうしろでだれかが寝室のドアをあけようとして、あかないようになっていると気づき、叫び、ドアを叩いた。ボディガードがその物音のほうを向き、闇のなかのジェントリーを見て、銃を構え、撃とうとした。

ジェントリーはすでにターゲットにグロックを向けていて、先に発砲し、九ミリ・ホローポイント弾一発をシリア人の喉(のど)に撃ち込んだ。シリア人ボディガードが、ショックのあまり叫んで、うしろによろけた。ボディガードが傷口をつかみ、ジェントリーはみぞおちに二発目を撃ち込んだ。ボディガードは、両腕をひろげ、バルコニーに半分体をはみだして、仰向(あおむ)けに倒れた。

ビアンカ・メディナが、すさまじい恐怖にかられて、悲鳴をあげた。

サプレッサーで減音された銃声は、石畳の庭と一階のロビーで同時に発射されている何挺もの銃のけたたましい音にまぎれていたので、寝室のドアに肩からぶつかっている男たちには、聞こえなかっただろうが、ビアンカは聞きつけたし、拳銃が発した閃光も見た。マスクで顔を覆(おお)った亡霊のような姿が、拳銃を持ち、ベッドから五メートルしか離れていないところから走ってくる。ビアンカはキングサイズのベッドに跳び乗って、反対側に転がった。そこでぱっと立ち、ブランデーがはいっている鉛クリスタルのデキャンタを持ちあげて、バットのように頭の上にふりあげた。

ジェントリーは、逃げるターゲットを追って、ベッドに跳び乗った。その間に拳銃をホルスターに収め、ベッドの向こう側で着地したときには、両手があいていた。

「おれはあんたの味方だ、ビアンカ」

ビアンカは、黒ずくめの男に向けて鉛クリスタルのデキャンタをふりおろしたが、相手は身をすくめてなんなくかわした。

フランス語で、ビアンカが叫んだ。「お金を持っていって！ わたしに乱暴しないで！」

ジェントリーはふたたびビアンカに近づき、デキャンタがまた顔をかすめた。ジェントリーはビアンカの手からデキャンタを払いのけ、ベッドの向こうの床に叩き落とした。それから、ビアンカの両手をつかみ、うしろ向きにさせて壁に押しつけた。動けないように自分の体で押さえて、ビアンカの両手をうしろにまわさせた。

「話を聞け！ 落ち着け！ おれは乱暴しないが、まわりのやつらはあんたをただじゃおかないだろう。逃げないといけない。それにはあんたに協力してもらわないといけない」

ビアンカが、英語で壁に向かって叫んだ。「なにが起きているの？」

銃声はいまでは建物内で鋭い音をたてていた。襲撃者たちは、屋敷の反対側で二階ぐらいまで進んでいるようだった。ほかにもエレベーターに乗っているものがいるかもしれない。もうじき最上階へ達するおそれがある。ボディガードたちは、必死でビアンカのそばへ行こうとして、主寝室のドアに激しくぶつかっている。

「なにが起きているの？」ビアンカが、また叫んだ。

ジェントリーはいった。「おれもあんたも、ここを出る。この騒ぎは、屋敷の警備員やあんたのボディガードが、ISISと戦っているからだと思う」

ビアンカが目を丸くして、ジェントリーのほうをふりかえった。「ISIS？ どうして

ＩＳＩＳがわたしを狙うの？」

ジェントリーはビアンカのほうを見なかった。腕をつかんだままでふりむかせただけだった。あたりを見まわし、彼女と自分が安全なところへ逃れる手立てを考えようとした。そうしながらいった。「お嬢さん、その質問の答は、おたがいにわかっているはずだ」

ビアンカにはたしかにわかっていたが、知られたくなかったのだろうと、ジェントリーは推測した。

ビアンカ・メディナはさすがに頭の回転が速く、自分が深刻な窮地に陥っていて、この黒ずくめの男だけが命綱だと悟ったようだった。「わたしはどうすればいいの？」

ジェントリーは、広い部屋を見まわした。ボディガードたちが、躍起になってドアにぶつかっている。「ちょっと待ってくれ」

取り乱した声で、ビアンカがいった。「いますぐに出ないといけないって、いったじゃないの？」

ジェントリーは、バックパックのロープと懸垂下降器具を使い、ハーネスでふたりの体をつないで、スイートの一階下のバルコニーにおりるつもりでいた。そこから階段へ行き、ひそかに裏口から出る。しかし、パリの中心街でこういう激しい銃撃戦が起きていれば、警察が大挙して駆けつけることはまちがいない。警察が到着して敷地に非常線を張る前に、警備陣とテロリストのあいだを縫って、邸内の階段を下るような時間の余裕はないとわかっていた。

庭にじかにおりて、路地から隣の屋敷に抜けなければならない、とジェントリーは判断した。二、三分のあいだにそうしないと、警察の大がかりな非常線に捕らえられてしまう。

ジェントリー独りなら、二、三分あれば下降して建物を脱出することができるが、怯えた女と体をつないでやるのは無理だ。もう一度寝室を見まわし、急いで計画を立てた。死体とリビングとの境のドアを見てから、バルコニーの手摺に目を向けた。

「ちょっと！」ビアンカが叫んだ。「なにをするつもり――」

ジェントリーは、その方程式の解が部屋の向こうにあるのを見つけた。バルコニーとの境に倒れているシリア人の死体のほうへ走っていって、腋の下に手を入れ、部屋の反対側にあるリビングとのあいだのドアまで、石灰華の床をひきずっていった。ドアの向こうで銃撃が激しくなり、それまでドアを破ろうとしていたボディガードたちが、いまはスイートの外側のドア近くの何者かと撃ち合っていた。いまのところ、主寝室に突入しようとしているものはいない。

ジェントリーは、巻いた登山用ロープの端をバックパックから出して、死体の脇をくぐらせ、ひっぱられると結び目がいっそうきつく締まる舫い結びでしっかりと縛った。

「なにをやっているの？」ビアンカがきいた。

ジェントリーは、ビアンカに近づきながら、ロープをバックパックからひっぱり出し、床でとぐろを巻くようにした。「信じてもらわないといけない」

「わたし……あなたなんか信じられない！」

「それじゃ怖れてくれ。それでうまくいく」ジェントリーは、〈ベンチメイド〉の飛び出しナイフを出した。飛び出した刃が、月光を浴びてギラリと光った。ジェントリーは、ロープがバックパックから出ている部分を、そのナイフで切った。ロープの端を持ち、バックパックから引き出したナイロンと伸縮性のベルトの一点ハーネスにすでに取り付けてあった留め金に結びつけた。

ビアンカは恐怖を忘れて、まごついていた。「なんなの……？」

ジェントリーは、ビアンカの上半身のうしろに手をのばして、脇にハーネスを巻きつけ、乳房の上に来るようにして、金属製の留め金でしっかりと固定した。

ビアンカが逃げようとしたが、ジェントリーは力が強く、手早かった。自信たっぷりにやった。

「どうしてわたしとムハンマドをつないでいるのよ？」

「ムハンマドに役に立ってもらうためだ」ジェントリーは、ビアンカをバルコニーに向かわせ、あいているフレンチドアから押し出した。

黒ずくめの男が、吊りおろすために手摺を乗り越えさせようとしているのだと、ビアンカはすぐさま悟り、立ちどまろうとした。「だめ！」

スイートの銃声が急に熄んだので、ジェントリーもビアンカもその静けさのほうをふりかえったが、ジェントリーはすばやく作業を再開して、ビアンカの肩をつかむ手に力をこめ、手摺のほうを向かせた。「急がないといけない。だいじょうぶだ。約束する。ただ目を閉じていればいい」

一五メートル離れているドアを、だれかが叩いた。

「できない！」

ジェントリーは、飛び出しナイフの刃をたたんで、ビアンカの上半身に巻いたハーネスの内側に差し込んだ。「ゆっくりおろす。地面におりたら、ロープを切るんだ。庭にある石のプランターの蔭に隠れろ。おれは自由下降でおりる。待っていてくれ」

「だめ！　できない！　怖い！」

ジェントリーは、ビアンカの体を持ちあげて、両腕で抱えた。スイートのドアのほうをさっと見た。「あのドアから通ってくるもののほうが、これよりもずっと怖い」

ボディガードの死体を釣り合い重りに使うつもりだった。また、死体が寝室の石灰華（トラバーチン）の床を一五メートルひきずられ、バルコニーの石のタイルの上を通るときの摩擦を利用すれば、ビアンカだけを吊りおろすよりも、落下を制御しやすい。ボディガードはスペイン人ファッションモデルのビアンカよりもずっと体重が重いから、ビアンカを吊りおろすには、重りのボディガードをたぐり寄せないといけないが、自分の力で体重五〇キロの女性を四階下の石畳まで吊りおろすよりもずっと楽だし速い。

ジェントリーがバルコニーの手摺に近寄ると、ビアンカがぎゅっと目を閉じた。

「お願い、ムッシュウ……わたし――」

「そっとおろす。できるだけゆっくり。あんたが暴れなければ、すんなりとおりられる――

――」

背後で爆発が起き、ふたりともさっとふりむいた。リビングとの境のドアが、爆薬で吹き飛ばされ、破片が部屋に飛び散っていた。バルコニーのふたりが見ていると、戦闘服姿のふたりが煙と塵埃（じんあい）のなかから寝室に突入してきた。その背後のリビングにも、亡霊のような影が三つ見えた。全員が銃を持ち、黒い戦術装備に身を固めていた。煙が漂うなかで、危険そのものが姿をなして浮かんでいるようだった。

ジェントリーはビアンカとともに、そこから一五メートル離れたところで立ちあがった。サブマシンガン五挺の射線にはいっていた。

グレイマンことジェントリーは、その危険に背を向け、体をまわす勢いを目いっぱい使って、ビアンカをバルコニーの手摺の上に押しあげ、夜の大気のなかにほうり出した。

ジェントリーはさっと向きを変えて、グロックを抜いた。うしろではビアンカ・メディナが、まっすぐに落ちながら悲鳴をあげていた。

6

ロープがぴんと張り、粉々(こなごな)になったリビングとの境のドアの前から、シリア人の死体が勢いよく動き出し、石灰華(トラバーチン)の床をすさまじい速さで進みはじめた。ジェントリーが予想していたよりも、ずっと速い。

ビアンカをほうり投げて襲撃者と交戦するほかに方法はなかったが、投げたために勢いがつきすぎたのだとわかった。庭の硬い石畳にぶつかる前に落下をとめないと、死んでしまうかもしれない。

だが、いまはその問題に取り組む余裕がない。最初に襲ってきた連射は、甲高(かんだか)い音をたてて頭のずっと上を通ったので、ジェントリーはバルコニーを急いで前進し、フレンチドアの右側に頭から滑り込んで、右肩を下にして横転し、撒(ま)き散らされる銃弾をくぐってから、ニーパッドをついて膝射(しっしゃ)の姿勢をとった。そうやってぴたりと静止したときもなお、フレンチドアの横の小窓を通して敵を視界に捉えていた。グロックを前に突き出し、照星をターゲットに合わせた。敵は横向きで寝室を右から左に移動し、ジェントリーの位置をつかもうとしていた。

だが、ジェントリーのほうが先にテロリストを見つけ、先に狙いをつけ、先に撃って、右鎖骨に命中させた。二発目はその男のMP5サブマシンガンから跳ね返って、顔に当たった。男がうしろ向きに転がって、寝室の奥の壁にぶつかり、目を押さえ、悲鳴をあげて倒れた。三〇センチ以下の誤差ではずれた敵弾が、ジェントリーの顔の左で甲高くうなり、風圧が感じられた。前方に銃口炎が見え、リネンクロゼットのそばでひざまずいているターゲットの位置がわかった。寝室の奥は、いまも煙と闇でよく見えなかった。ジェントリーは、ビアンカとロープでつながれて床をうつぶせで進んでくる死体の上から、ターゲットの方角に四発をたてつづけに発射した。

ジェントリーの左うしろで、鉄の手摺（てすり）の上を通っているロープがうなり、焼けていた。素手で細いロープをつかんだとしても、掌（てのひら）が引き裂かれ、ビアンカはなおも勢いよく落ちつづけて、地面に衝突し、生き延びられないだろうとわかっていた。それに、たとえ死体がそばを通るときにつかんだとしても、肩を脱臼（だっきゅう）してしまい、やはりビアンカが石畳に激突するのを防げないだろう。

ビアンカが激突するのを防ぐには、彼女が地面に達する前に、釣り合い重りの死体の上に跳び乗るしかない。

ジェントリーは小窓ごしに、リビングとの境の戸口に向けてさらに三発放ってから、その隠れ場所から転がって離れ、脚のバネをめいっぱい使って、左に跳んだ。

手摺の六メートル手前で着地し、死体に覆（おお）いかぶさり、そのまま伏せて、死体とともに滑りながら、グロックの残弾をすべて戸口のテロリストに向けて発射した。バルコニーの端からわずか一八〇センチ上で、死体がとまり、弾薬がなくなったグロックのスライドが後退したままになった。

ビアンカは、路地の舗装面から数十センチ上で宙吊りになっている……ジェントリーの計算が正しければ、そうなっているはずだ。しかし、計算ちがいをしていたら、その先にある庭の石畳に倒れて死んでいるだろう。

熾烈な長い一斉射撃が湧き起こって、バルコニーが弾丸で穴だらけになった。ジェントリーは転がって死体から離れ、ふたたび敵からは死角の右へ動いた。だが、銃弾が寝室の石造りの外壁を削り取っていたので、危険から脱したわけではなかった。バルコニーのあちこちで、プランターにひびがはいって、土や植物がこぼれ、ガラスが砕け、甲高いキーンという音をたてて跳弾が夜の闇に飛んでいった。

こんな戦いをつづけられないことはわかっていたが、このまま建物の外側を伝いおりることはできなかった。それをやったら、敵がバルコニーへ進んできて、ロープで宙吊りになっているビアンカをあっさりと狙い撃つことができる。

ここで襲撃者を完全に打ち負かすか、それとも庭にもっと速くおりる方法を見つけなければならない。

バルコニーのタイルにぴたりと伏せて弾倉を交換したときに、ひとつの案が浮かんだ。敵がさらにリビングから出てこられないように、九ミリ弾を六発発射してから、ベストに手をのばして、左手でひとつの装備をはずした。それは〝九連発〟特殊閃光音響弾だった。ジェントリーはリングを引いて安全ピンを抜き、小さな缶の形のそれを横手投げで、戸口近くの敵のほうへ投げた。

わずか一秒後、まだ寝室を飛んでいるあいだに、〝九連発〟が起爆して、激しい白い閃光がほとばしって、とてつもなく大きな音が鳴り響きはじめた。そして、そのまま飛んでいって、戸口のそばでトラバーチンの床に落ちて跳ね、リビングのテロリストのどまんなかに飛び込んだ。

その特殊閃光音響弾は、閃光と轟音を九度ずつ発した。まだそれが炸裂(さくれつ)しつづけて、近くにいるものすべてを呆然とさせ、目をくらませているあいだに、ジェントリーはもうひとつの缶をベルトからはずした。それは単発の特殊閃光音響弾だった。リングを引いて安全ピンを抜くと、ジェントリーはリビングの脅威に向けて投げた。

こんどは、高い放物線を描かなかった。弾みながら寝室を滑って、やはり戸口で炸裂し、一八〇デシベルの爆音——ジェット機が離陸するときの爆音よりも三〇デシベル大きい——が鳴り響いた。それが発する閃光は一〇〇万カンデラにおよび、近くにいるものは閃光によってしばらく目が見えなくなる。

特殊閃光音響弾が炸裂するよりも前に、ジェントリーはバルコニーのタイルから身を起こし、危険に向けて精いっぱい速い駆け足で前進した。目を閉じ、顔を閃光からそむけて、敵を驚愕させるはずの轟音を頭で予期した。寝室を三秒以下で横切り、宙に身を躍らせて着地し、トラバーチンの床を腰で滑って戸口を抜け、リビングにはいった。呆然としている襲撃者三人のどまんなかにいるとわかった。三人とも目と耳が役に立たないはずだから、サプレッサー付きのグロックでひとりずつ撃ち殺すというのが、ジェントリーの計画だった。だが、滑って仰向けでとまり、呆然としているテロリストのひとりに銃口を向けたとき、階段に通じる廊下と広いスイートのあいだのドアから乾いた銃声が響いた。閃光がいくつもほとばしり、すくなくともひとりの敵が廊下にいて応戦しているのだと、ジェントリーは気づいた。

ジェントリーは狙いを廊下に移し、股をひろげて足のあいだから銃口をそちらに向けて、またしても弾倉が空になるまで撃ちつづけた。ひとりもしくは複数の敵が物蔭に隠れるあいだ、移動するための数秒を稼げる。

弾倉を交換して膝をついている三人を撃つ余裕はなかったので、樹脂製のホルスターにグロックを戻して、バックパックに手をのばし、しまってあった二本目のロープを出して、いちばん近いテロリストの弾薬ベストを反対の手でつかんだ。

ジェントリーはその男をぐいと引き寄せ、ロープの端のカラビナを弾薬ベストに取り付けて、ぱっと立ちあがり、身を低くして全力疾走で寝室にひきかえした。

二歩進んだとき、廊下からまた激しい銃撃が湧き起こった。つぎの二歩で、戸口のふたりのそばへ行った。ふたりともまだ四つん這いで、特殊閃光音響弾二発で狂った五感を必死で取り戻そうとしていた。

ふたり目のそばを通ったとき、野球のボールほどの大きさのM67手榴弾をベストのパウチに取り付けてあるのが目に留まった。ジェントリーは、駆け抜けながらそれに手をのばし、親指を安全ピンのリングに突っ込んで、レバーを手で押した。走りつづけて、そのままリングを引き抜いた。

まだぼうっとしていた男は、なにが起きたかに気づいたが、脳震盪(のうしんとう)を起こし、視界がぼやけていたため、反応が遅れた。立ちあがって、走り抜けた男のほうに弱々しく手をのばし、引きとめようとした。

ジェントリーはいっそう速度をあげて走り、リングを寝室の床に落とした。バックパックからロープがどんどんくり出されていた。MP5サブマシンガンの弾丸が一発、左前方のベッドの支柱に当たって、手彫りの頭部装飾が砕けたが、すこし右にかわして身を低くし、もっと速く走るほかに、ジェントリーにできることはなかった。

不安もつのっていた。不安材料が数多くある。バルコニーへ行く前に撃ち殺されるかもしれない。それに、ベストにロープをつながれた男が我に返って、三、四秒のあいだにカラビナをはずしたら、ジェントリーは墜落して死ぬおそれがあった。また、手榴弾の安全ピンを抜かれた男が、知恵を働かせて、それをこちらへ投げたら、手摺を乗り越える前に鋼鉄の弾子でずたずたに引き裂かれるだろう。

右前方のフレンチドアに銃弾が当たり、ジェントリーはふたたび左に進路をずらした。ケヴラーのロープがバックパックのなかのスプールからくり出されて、残りがすくなくなっているのが、音でわかった。地上まで届く長さはないとわかっていたが、バックパックの底から出てくるロープの端は、服の下のハーネスにつないである。それに、その長さでも、二階下ぐらいまでは届くはずだった。

ジェントリーは、バルコニーの手摺を頭から先に跳び越えた。うしろではケヴラーのロープを取り付けられた男が、ベストを脱ごうとしていたが、プラスティックのバックルをひとつはずしたときに、勢いよくひっぱられて、両膝をつき、顔から倒れ込んで、戸口へと滑りはじめ、破片手榴弾をアサルトベストにつけていたテロリストに近づいていった。その男も自分が危険にさらされているのに気づいていて、必死で手榴弾を体からはずそうとしていた。

手榴弾が爆発し、身につけていた男ともうひとりのＩＳＩＳ戦闘員が死んだ。特殊閃光音響弾の影響でまだ呆然としたまま、ジェントリーとロープでつながっていた男と、廊下からリビングにはいってきた四人目のＩＳＩＳ戦士も負傷した。

負傷した男は、そのままロープに引かれて、バルコニーへと滑っていった。

7

二階分落ちたところで、ジェントリーの股と腰をハーネスが支え、そのあとはリビングの人間釣り合い重りが揺れながら滑りはじめたので、ゆっくりと下降した。ロープでつながれたテロリストが壊れたフレンチドアにひっかかると、下降が完全にとまったが、まだ庭からはかなりの高さがあった。服の下のハーネスをはずすよりも、ロープを切るほうが早いとわかっていたので、ブーツからナイフを出し、そばのバルコニーをしっかりとつかんで、命綱を切った。そして、下のほうの階のバルコニーに足を突っ張って、ビアンカを下降させたロープを伝いおりた。

庭におりると、ビアンカが数メートルしか離れていないところにいて、背を向けていた。ロープは切り離したが、ショックのあまり物蔭に駆け込むことができず、そこに立っていた。

「だいじょうぶか？」ビアンカの片腕をつかみ、彼女がまだ持っていた飛び出しナイフを取り戻して、ジェントリーはきいた。しゃべりながら、ロビーや上のスイートからの射線にはいらないところへ連れていった。

ビアンカがさっとふりむき、ジェントリーの胸を殴った。その一発と二発目をジェントリーは受けとめたが、三度目はふりまわした腕をつかんだ。そのまま荒っぽくビアンカをひっぱって、庭を横切った。

「くそ野郎！」ビアンカが甲高く叫んだ。

ジェントリーは、バルコニーを見あげてから、ビアンカに視線を戻した。隣の庭に抜けられる路地に連れていった。「ああ、たしかにそうだな」

ビアンカを引き寄せたまま、隣の庭を走ったが、ビアンカがはだしで、まわりが暗いために、そう速くは走れなかった。戦術ライトを持っていたが、戦闘がはじまった直後に現場に到着した敏速な警官がいた場合には、発見されるおそれがあるので、使いたくなかった。

ビアンカが泊まっていた屋敷の三ブロック北西のルイ十六世広場に沿った通りに、車をとめてある。そこへ行ったときには、サイレンとタイヤが鳴る音が、夜の闇にさかんに響いていた。

ジェントリーは、ビアンカを車に乗せるときに目を見て、ショックを受けているようだと思ったが、ジェントリーが運転席に座ると、はっきりした声で話しかけた。

「どこへ行くの？」

ジェントリーは答えなかった。黙って濃紺の4ドアを発進させ、北へ向かった。

一分後に、またビアンカがきいた。それまでの五分間、混乱した状態でストレスを受けていたので、当然ながら涙があふれていた。「ムッシュウ、どこへ――」

「シートベルト」

「なんですって？」

「シートベルトをしろ。安全第一だ」

「冗談でしょう？」

ジェントリーが答えなかったので、ビアンカはいわれたとおりにした。手がふるえていたので、そんな簡単なことにも何秒もかかった。バックルがカチリと音をたてると、なにげない口調で馬鹿にするようにいった。「ムッシュウ、シャルル・ドゴール空港へ行ってくれない？　午後の便を予約してあるけど、もっと早いのを探してみるわ――」

ジェントリーはさえぎった。「安全な場所へ連れていく。この街に、あんたの友人がいる。手を貸してくれるだろう」

「友人？　ズハイル・ムラドの？」

ジェントリーは、運転しながらビアンカのほうを向き、すぐに目をそらした。「いや、ちがう。あんたをＩＳＩＳから救ったのは、デザイナーではない」

「それじゃ、だれなの？」

ジェントリーはポケットから携帯電話を出し、タップして、電話をかけた。自分の周囲でなにが起きているのかを、会話から知ろうとして、ビアンカがジェントリーのほうを見あげたが、十秒の間を置いて、「向かっている（アン・ルート）。十五分（ケンズ・ミニュット）」というのが聞こえただけだった。

さっきの言葉どおり、ほかにもからんでいる人間がいるということだけで、あとはなにもわからなかった。

ビアンカは、スウェットシャツの袖で涙を拭った。「ねえ、どうしても教えてほしいのよ――」

ジェントリーは、ビアンカのほうを向いた。「フロントウィンドウからまっすぐ前を見ろ。おれのほうを向くな。それから、しゃべるのをやめろ。いまのところ危険はない。それだけわかっていればじゅうぶんだろう」

ビアンカが従いたくないと思っているのはわかった。だが、怖がっていることもわかっていた。生き延びられたものの、恐ろしい目に遭ったからではなく、ジェントリーを怖がっている。

ビアンカ・メディナは、危険な男たちを知っているから、ジェントリーがいまなお脅威だというのを見抜けるのだ。

ビアンカは、ダッシュボードに一分近く視線を落としていたが、やがていった。「ありがとう、ムッシュウ」

ジェントリーが不意に顔を向けたので、ビアンカはぎょっとした。「礼はいい。あんたが好きだからやったのではない。それが仕事だったからやった。さっきもいったように、あんたがほんとうは何者かを、おれは知っている」

ビアンカは、前方を見据えた。すこしすすり泣いてから、感情をこらえた。「わたしがほんとうに何者かを知っているようなら、これからあなたはとんでもなく厄介なことに巻き込まれるわ。おおぜいがあなたを付け狙うでしょうね。このパリでも」

いる」

ジェントリーも前方を見据えたままだった。「付け狙えばいい。おれは本気でそう思って

ジェントリーの車は、何本もの通りを走って、トロンシェ通りの戦闘から七キロメートルほど北にあたるセーヌ・サン・ドニ県サン・トゥアンに着いた。

そこは北アフリカや中東からの移民が多い地域で、ここ数年はシリアからの難民が大挙して流入している。パリの中心部のような魅力はまったくない。もっと貧しく、犯罪が多い。サン・トゥアンは、パリの蚤(のみ)の市の本拠でもあり、中古家具の店が世界一集中している。巨大なビル十数棟で、週に何日か市がひらかれ、世界中からバイヤーがやってくる。

ジェントリーの車がマリ・キュリー通りに曲がったとき、真夜中過ぎの道路を走っている車はほんの数台だけだった。そこから狭い横丁にはいると、明かりはジェントリーの車のヘッドライトだけになった。ほどなく、修繕前のアンティーク家具がぎっしりと保管されている暗い倉庫ふた棟のあいだの、ゲートがあいている狭い駐車場にはいった。闇のなかでなんとか姿が見えている男が、うしろでゲートを閉めた。ジェントリーは車をとめ、エンジンを切った。

車の前をまわって、ビアンカがおりるのに手を貸し、片腕に手を添えて、駐車場のぼんやりした明かりのなかを進ませた。だれにも見られていなかったが、仮に観察しているものがいたとしても、女性をやさしく扱っているように見えたはずだ。とはいえ、若いファッショ

ソモデルのビアンカには、温かみのない握りかただと思われたかもしれない。じつは、トロンシェ通りのあの家にいたときよりも、荒っぽくひっぱっていたからだ。ここではふたりきりだから、従うしかない。ビアンカはショックを乗り越えていたが、まだ現状に抵抗するような気構えにはなっていない。いわれたとおりにして、引いていかれるところへ行くはずだった。

ジェントリーは、ビアンカの肘を持って、倉庫のあいたドアからはいり、螺旋階段を昇っていった。半分昇ったところで、顎鬚の男が階段の上の持ち場から身を乗り出し、見おろしているのがわかった。ジェントリーは拳銃を抜き、男の顔に狙いをつけた。

ビアンカが、驚いて悲鳴をあげた。

男がすぐさま、なにも持っていない両手をあげた。ジェントリーは男の顔に銃口を向けたままで、昇りつづけた。

「武器は持っているか？」ジェントリーは、フランス語できいた。

男がウェストバンドを指さした。ジェントリーは、ビアンカを放して、拳銃を左手に持ち替え、右手で男の体を探った。チェコ製の拳銃を引き出し、弾倉をイジェクトして落としてから、照門を男のベルトにひっかけることによって、片手でスライドを後退させた。薬室の弾薬が階段を転がり落ちた。ジェントリーはそのあとから拳銃を投げ、段にガタンガタンと当たって落ちてゆくのを聞いていた。

ジェントリーは、男をドアのほうに向かせて、押した。「あけろ」

顎鬚の男が、いわれたとおりにドアをあけると、ジェントリーはビアンカと男を促して、なかにはいった。

そこは狭いが家具がそろっているアパルトマンで、暖炉ではぜている火明かりに照らされていた。一九五〇年代に裕福な家具商人のために造られた居室で、調度と雰囲気が、素朴な石造りの倉庫の外観とは正反対だった。暖炉がリビングを暖め、セーターにスラックスという服装の中年女性が、その前に座っていた。黒いジャケットとジーンズを着た若い男ふたりが、カーテンを引いた窓のそばで壁に寄りかかり、年配の男が暖炉のそばに立って、写真を撮るためにポーズをとっているような感じで、凝った装飾のマントルピースに片手をついていた。

中年女性は、赤毛とオリーブ色の肌が魅力的で、明らかに中東系だった。暖炉のそばに立っている男は、ジェントリーがけさ墓地で会ったターレク・ハラビー博士だった。

ハラビーを見て、ジェントリーはいった。「こいつは階段にいた。おれは電話で話をしたフランス人にはっきりと指示した。おれが到着したときに武器を持ったやつを通り道にいさせるなといった」

「連絡の不備をお詫びする。そのものは、わたしの仲間だ」

ジェントリーは、拳銃をホルスターにしまった。「危うくこいつの頭をぶち抜くところだった。あんたの仲間は、指示に従えないのか？」

ハラビーが答えようとしたが、ビアンカが暖炉のそばのふたりに向かって英語でいった。

「あなたたちは何者？　わたしの知り合いじゃないわ」

赤毛の女性が立ちあがった。丁重で威厳のある物腰で、緊張した状況にもかかわらず、穏やかな笑みを浮かべていた。

その女性が、アラビア語でビアンカに答えた。「こちらに来てくれれば、お嬢さん、なにもかも説明するわ。お茶を用意してあるし、着替えもある。しばらくふたりだけで話をできるところもあるのよ」

ビアンカは答えなかったが、ようやくこういった。「英語かフランス語かスペイン語で話をして。そうでないなら、話しかけないで」

赤毛の女性が眉根を寄せ、なんなく英語でおなじことをくりかえした。

ビアンカはいった。「どういうことなのか、いま説明して」

暖炉のそばの女性が、笑みを浮かべた。「わたしはリーマ・ハラビー。こちらはわたしの夫のターレク・ハラビー」

ビアンカは、肩をすくめた。「あなたたちの名前を聞いても、しかたがないわ」

「わたしたちは医師、外科医で、パリに住んでいる」

「それで？」

「シリアから亡命してきた」

ビアンカは、目をしばたたいた。生唾（なまつば）を呑んだ。一瞬ためらってから、眉根を寄せた。

「つまり？」

駄々っ子を相手にしているかのように、リーマがにっこり笑った。「いまもいったように……こっちへ来てくれれば、あなたのきくことすべてに答えるわ」

漆黒(しっこく)の髪のビアンカは、赤毛のリーマよりも二十五歳くらい若く、頭ひとつ分、背が高かった。リーマがビアンカの腕にそっと手を添えて、廊下のほうを向かせ、アパルトマンの奥へ連れていった。

ジェントリーが部屋に押し込んだ男は、窓と窓のあいだで持ち場についていたが、ビアンカが従わなかった場合に手を貸そうとしたのか、一歩前に出た。だが、ビアンカは促されるまでもなく、抵抗せずにリーマのあとをついていった。

ビアンカが肩ごしにふりかえって、ジェントリーのほうを見たが、すぐにリーマにつづいて闇に姿を消した。

顎鬚の見張りと、窓のそばにいたもうひとりが、ふたりのあとを追った。ジャケットの腰のあたりに拳銃の輪郭(りんかく)が浮かんでいるのを、ジェントリーは見てとった。窓ぎわに残ったもうひとり——やはり銃を持っているにちがいない——は、そのまま壁にもたれて、目を配りつづけた。

ハラビーを警護しているのだろうと、ジェントリーは判断した。この組織の敵が何者かはわかっている。隠れ家のまわりに銃を持った男を数人配置したくらいでは、たいした防御手段にはならない。

ジェントリーは、嫌気がさして首をふり、ターレク・ハラビーを睨(にら)みつけた。

8

ハラビーは暖炉のそばに立って、今夜の仕事のために雇ったアメリカ人を探るように見た。顔にいくつか掻(か)き傷があったが、それはどうでもよかった。明らかに怒り狂っているとわかった。

ハラビーには、その理由がよくわかっていた。妻のリーマは、こういう危険な男をじかに扱うことに反対し、注意した。例によって、リーマの意見は正しかった。だが、ターレクは資産(アセット)と顔を合わせることにこだわった。

アメリカ人工作員との仲介をつとめたフランス人が、このアパルトマンの奥の部屋ではなくここにいてくれたら、とハラビーは痛切に思った。

資産に姿を見られないようにするというのは、フランス人の考えだった。そのフランス人はこういう事柄には経験豊富で、自分の仕事を心得ているのは明らかだったから、それなりの理由があるのだろうと、ハラビーは判断した。

ハラビーは、廊下の先でドアが閉まる音が聞こえるのを待って、新来の客に話しかけた。

「われわれは警察無線を傍受している。ダーイシュ（ISIS［ISIL］）は、今夜、マドモワゼル・メディナを襲うことにしたようだね。もちろん連中がそういう計画を立てているのは知っていたが、あなたに知らせたように、わたしたちのつかんだ情報では、あす空港に向かう途中でやるはずだとされていた」暖炉の向かいの椅子を示したが、アメリカ人が座ろうとしなかったので、ハラビーもマントルピースのそばに立っていた。

アメリカ人が答えた。「ああ、あんたはおれにそういった」

「ほんとうに申しわけない。わたしたちはその情報に基づいて――」

「敵は四人だといったな。あるいは五人かもしれないと」

「そのとおりだ。そういわれた。何人いた?」

「すくなくとも七人。もっといたかもしれない」

ハラビーは、それについて考えてからいった。「彼女が彼らにとって重要なターゲットだというのはわかっていた。しかし、今回のISISの細胞は、ブリュッセルから来たし、パリに何人来るのか、わかっていなかった。人数が予想どおりでなかったのは申しわけない」

「あんたはあの女の協力を得たかった。命を救えば、協力する気持ちになりやすい。おれが行動を開始したときにISISが現われたおかげで、今夜はなにもかもがあんたに有利な状況になった」怒りをこめて睨(にら)みつけながら、アメリカ人はつけくわえた。「こんなありがたいめぐり合わせは、めったにないだろうな」

ターレク・ハラビーには、その皮肉が耳に痛かったし、相手の怒りもわかっていたが、嘘の情報を教えたのではないと納得させられるような答は持ち合わせていなかった。だから、話題を変えた。「だれかに見られたか？」

アメリカ人が、激しい怒りを抑えようとして何度か息を吐いてから答えた。「まわりにいたやつらはもう口がきけない。カメラは避けた。車にはなんの証拠も残っていない」部屋を見まわした。「しかし……ただで助言しよう。あんたの仲間には、助言が必要だからな。あんたの組織に好意で教えてやる。この隠れ家はばれたと考えたほうがいい。できるだけ早く、本拠を移せ。一時間いくらでゴロツキを雇わなければならないとしても、警備は三倍にしろ」

「あなたの提案はよく考える」

アメリカ人が、あきれて目を剝いた。「実行しなかったら死ぬ。あんたしだいだ。本気でそういっているんだ。チャリティ・コンサートをやったり、食事を提供したりするのとはちがうんだ。あんたたちは戦争をやっているんだ。それがわかっているのか？」

「わたしたちは兵隊ではない。わたしも妻も……医師だ。病気や怪我を治すのが仕事だ。この戦争の最初の六年間は、救援物資を集めていた。一年に二度、やはり医師の息子や娘とトルコ国境からシリア北部へ行って、診療所を運営し、怪我をした民間人を手当てしている。わたしたちは暴力的な人間ではない。しかし、やむをえず指導することになって、苦手な活動をやっている。祖国がそういう活動を求めているから――」

「やめろ。質問しなかったことにする」

しばらくしてから、ハラビーはいった。「それはともかく……今夜は難しい状況だったのに、あなたは指示どおりにやってくれた。ありがとう」

アメリカ人が、ドアに向けて歩き出した。「力になりたいと思っていたが……いまはただの仕事だ。残金を夜明けまでにおれの口座に送金しろ。遅れたら、あんたを見つけ出す」時計を見た。「三時間半ある」

「あなたの時間枠どおりにやる。当然だが」

アメリカ人が、またドアのほうを向いたが、ハラビーは呼びかけた。

「ムッシュウ……怒っているのはわかっている。しかし、憶えておいてほしい。われわれには資金がある。世界中からの寄付が。あなたの技倆（ぎりょう）や行動の自由からして、将来、また仕事をやってもらうかもしれない。わたしたちの闘争には、ビジネスチャンスがいっぱいあるんだよ」

「あんたたちには、自分たちがどう行動するかを示すチャンスがあったはずだ。だが、重要な情報をあんたたちが教えなかったために、おれは死ぬところだった」ドアをあけた。「あとはあんたたちだけでやれ」

資産（アセット）がそれ以上なにもいわずに出ていくのを、ハラビーは見送った。

「彼女はバスルームで吐いているわ」リビングにはいってきたリーマ・ハラビーがいった。

まだドアのほうを向いて、アメリカ人のいったことを考えていたターレク・ハラビーは、話しかけられてびっくりした。

自信をなくして考え込んでいるのを見られて、ハラビーは気恥ずかしかった。「当然だろうね。しばらく時間をやろう。しかし、これを成功させるには、あまり時間がない」

リーマもドアのほうを見ていた。「あのアメリカ人。なにか問題があるの？」

「怒っている。ダーイシュが今夜、襲撃するのを、わたしたちが知っていたと思っているんだ」

「だとしたら、あの男はどうかしているわ。わたしたちが危険について嘘をつくわけがないじゃないの。作戦そのものが、ビアンカ・メディナが生きているかどうかにかかっているんだから」

「そうだが……ダーイシュの襲撃についての情報は、わたしたちがじかに手に入れたわけではなかった。伝えられた情報だ。わたしたちが操られている可能性はあるだろうか？」

「だれに？」

ハラビーは、妻のほうを向いた。「きみはどう思う？」

「ムッシュウ・ヴォランのことね？」リーマは、寝室がある暗い廊下のほうをふりかえった。

「もちろんちがうわ。ヴォランはわたしたちの味方よ。これまでずっと指導してくれたのよ。それだけじゃないわ。あのアメリカ人はただの傭兵だけど、あとのみんなは、おなじ目的のために努力しているのよ」

「それはどうだろうか」ハラビーはいった。「どういうわけか、あのアメリカ人はわたしたちの大義に関心があるようだった」

リーマは、夫の手を握った。「あの男が関心があるのは二百万ユーロよ。やめて。影の男たちの話はもううんざり。わたしたちの作戦のつぎの段階に移りましょう」

ターレクとリーマ・ハラビーが寝室へ行くと、ビアンカ・メディナがバスルームから出てきた。髪をおろし、リーマが買っておいた新しい服を着ていた。黒いジーンズ、茶色のカシミヤのセーター、飾り気のない平たい靴。小さな木のテーブルを挟んで、ハラビー夫妻と向き合って座り、さっきまで吐いていた気配はまったくなかった。ふるえてもおらず、背すじをのばし、テーブルの上で両手を組んでいた。まるで仕事の面接でも受けているようだった。

サブマシンガンを肩から吊った若い男が、窓枠に腰かけ、靄がかかっている駐車場を見おろしていた。濃紺のスーツを着ている痩せた小柄な男が、隅のほうでウィングバックチェアに座っていた。銀髪が波打ち、電気スタンドの暗い光の届かないところにいるために、顔は闇に包まれていた。

リーマ・ハラビーが最初に口をひらいた。「怪我はしていないのね、お嬢さん？」

ビアンカはそれには答えず、濃紺のスーツの男を指さした。「暗がりにいるあのひとはだれ？」

「友人よ」リーマが答えた。

ビアンカは、しばらくそっちを見てから、ハラビー夫妻のほうを向いた。「今夜、なにがあったのか話して」

リーマがいった。「ISISのテロリスト細胞が、あなたを殺そうとした。わたしの組織がそれを防ぎ、あなたを無事にここへ連れてきた」

「なんの組織？」ビアンカはきいた。

こんどはターレク・ハラビーが答えた。「あなたのことからはじめよう。あなたはビアンカ・メディナ。バルセロナのホテル経営者アレックス・メディナのご令嬢だ」

「そのせいでダーイシュに襲われ、あなたたちに拉致されたわけ？」

「救出したんだ。拉致じゃない」

ビアンカはいった。「疑わしいものだわ」

「あなたのお父さま」リーマがいった。「バルセロナのアレックス・メディナは、本名アリ・メディナ……ダマスカス生まれね？」

ビアンカが、すこし顎をあげた。「だとしたら、それは犯罪なの？」

「犯罪ではないわ」リーマがいった。「あなたの家族がシリアと関係があるといっているだけよ。あとでその話をするわ。あなたは二十六歳で、十三歳のときからモデルになった。一年とたたないうちに世界中へ行くようになったんだから、かなり優秀なモデルだったんでしょうね。バルセロナ、ニューヨーク、このパリを行き来して」

「古い雑誌でも読んだのね」

リーマはつづけた。「名声と成功の絶頂だった二十四歳のときに、あなたはシリアの建設業界の大立者で、政権とも密接なつながりがあるおじいさまの名誉を称えるパーティに出席するために、ダマスカスに招かれた。そこでシリアの大統領夫人シャキーラ・アル＝アッザムに引き合わされた。あなたたちは親友になった。やがて、宮殿のパーティに招かれ、シリア大統領アフメド・アル＝アッザムに出会った」

「ばかばかしい。シャキーラとは、ヨーロッパのファッション業界の友だちを通じて、ほんのすこし付き合いがあるだけだし、大統領とは一度も――」

こんどはハラビーが、テーブルの上に身を乗り出した。「わたしたちに嘘をついても無駄だよ。あなたが今夜ここにいるのは、あなたの行動が原因なのだ。ダーイシュがあなたを狙ったのとおなじ理由でここにいるんだ」

「どういう理由？」

「あなたは恋人……不作法ないいかたで申しわけないが……シリア大統領アフメド・アル＝アッザムの愛人だ。つまり、世界でもっとも忌むべき男と情を交わしている」

顔じゅうの筋肉がふるえはじめるのがわかったので、ビアンカは訊問者たちから顔をそむけ、落ち着いた態度を装って向き合える心境になるまで、壁のほうを向いていた。

やがて向き直り、女の目を見た。赤毛の女に注意を向けたのは、夫よりも与しやすそうだったからだ。ふたりとも自然で落ち着いていたが、この女が親切にしてくれるというような幻想をビアンカは抱いていなかった。カメラのレンズの前で演じるのとおなじように、自分の伝えたいことを伝え、役割を演じるための表情をこしらえた。感情と不安を隠し、モデルを長年やって身につけた、自信ありげなもったいぶったそぶりを見せた。

自分がどういう人間であるかを隠し、なにを感じているかを覆い隠すのが、ビアンカの専門だった。

「ふたりとも頭がおかしいんじゃないの。わたしはだれの愛人でもないわ」

リーマ・ハラビーの目は、カメラのレンズとおなじで、またたきもしなかった。「わたしたちはなにもかも知っているのよ、お嬢さん。事実だとわたしたちが知っていることを否定するのは、時間の無駄よ」リーマが片手をのばし、ビアンカの組んだ手にそっと重ねた。

「でも、心配しないで。ここにいるひとは、だれもあなたの決断を裁きはしないから」

「わかったわ」ビアンカはそういって、リーマの手が届かないところまで、手をすこしひっこめた。「わたしはダマスカスに住んでいた。でも、父の家があるからよ。パリやニューヨークから逃げたかった。自分のルーツ、先祖伝来のもののそばに戻りたかった。スペイン人のパスポートでシリアに暮らすのは、法律に反してはいない。それどころか、バルセロナにもブルックリンにも、アパートメントがある。

だけど、アフメド・アル＝アッザムとは関係していない」

リーマがまた腕をのばし、両手でビアンカの手を包み込んで引いたので、ビアンカはびっくりした。「よく聞きなさい、お嬢さん。あなたがアル＝アッザムと肉体関係にあるという情報は、シリアの上層部から伝えられたものだったのよ。はっきりいうと、あなたのことやなにが起きているかを、すべて知る立場にある人間が、情報源なの」

ビアンカは、笑いとばそうとした。「情報源？　その情報源って、だれなの？」

ハラビーが身を乗り出した。重々しい口調でいった。「シリア大統領夫人シャキーラ・アル＝アッザムだよ」

ビアンカはもう、気取ったり態度を取り繕(つくろ)ったりすることができなくなった。顔から血の気が引き、目を見張って、首の筋肉がふるえた。かすれた声で、ビアンカはつぶやいた。

「なんですって？」

リーマが、重々しくうなずいた。「事実よ。ダマスカスからベルギーのISIS作戦司令官に宛てた通信を、フランスの情報機関員が傍受したの。シャキーラに近い人間からだった。あなたがファッション・ウィークに出演するためにパリに三泊することと、ISISの宿敵のクウェート国王の愛人だということを伝えるためだった。もちろんそれは事実ではないけれど。シャキーラは、夫が女遊びをしているのが公(おおやけ)にならないようにして、あなたが狙われるように仕向けたかったんでしょうね。とにかく、わたしたちにはほかにもシリアに情報源があるから、あなたのことをもっと詳しく調べさせた。まちがいなくアフメド・アル＝アッザムの愛人だと確認できた」

リーマが、同情するような笑みを浮かべた。「こんな話をして気の毒だけれど、シャキーラは夫と寝たあなたをISISに殺させようと血眼(ちまなこ)になっていたようね」

ビアンカは椅子からぱっと立ちあがり、バスルームへ駆け込んだ。ドアをバタンと閉め、流しに吐く音が、ハラビー夫妻の耳に届いた。

9

シリアの首都ダマスカスを見おろすメッゼ山にある新大統領宮殿（カスル・アッシャアブ）は、大統領官邸らしくないウルトラモダンな立体派芸術の建物群で、まるでSF映画に登場するハイテク要塞のようだった。面積は五〇万平方メートルで、おもにイタリアのカララ産の大理石で造られた。ダマスカスの住民はだれでも、西のほうを見あげるだけで、独裁者の際限ない浪費を見せつけられる。

新大統領宮殿が建設されたのは七〇年代なかばで、現在のシリアの指導者の父ジャマル・アル＝アッザムのために日本の建築家が設計した。だが、ジャマルが巨大な宮殿に住むことはなかった。家族で住むには広すぎるし、派手な見せびらかしになると考えたのだ。さらに、息子のアフメドの統治に代わってからの十年間も、おなじ見かただった。ダマスカスに戦禍が及ぶ前には、アッザム一家は、ダマスカス中心街の西にあたるメッゼ地区の住宅街にあるモダンだがとりたてて特徴のない家に住んでいた。だが、爆弾による暗殺や誘拐が市内ではびこるようになると、アッザム一家にとって安全な場所は、派手な造りの山上の要塞だけになった。アフメド・アル＝アッザムは、もっとも信頼できる近衛兵、警官、情報機関員で施設の防御を強化し、家族とともにそこへ移った。

シリア大統領一家は、公式発表では、宮殿の北端にある三十室の迎賓館（げいひんかん）に住んでいることになっていたが、アッザム大統領はほとんど毎晩、家族がいる場所とは四〇〇メートルも離れたつづき部屋の執務室の居室に泊まっていた。大統領夫人にも宮殿の反対側につづき部屋の執務室があり、自由に使えるのだが、子供たちがまだ年端もいかないので、夜はたいがい迎賓館で過ごした。

だが、今夜はそうではなかった。今夜、四十七歳の大統領夫人は、専用居室の豪華な客間に独りで座っていた。午前三時、セーターにデザイナージーンズという服装で、ブロンドに染めた髪をピンでまとめ、脚をくずして、白い革のソファに横座りしていた。

衛星電話機をそばに置き、ボリュームを下げてアルジャジーラの世界ニュースを見ていた。

もう二時間もそうしていた。

六人いる専属アシスタントは深夜なので帰され、全員が宮殿内の居室にいるが、携帯電話の電源を入れておかなければならないことは承知していた。シャキーラが深夜まで起きていて計略を練ることが多いので、六人全員が、召集がかかっても応じられるようにしていた。

食事がほしいといわれるかもしれないし、情報を求められるかもしれない。車を走らせて、ティーンエイジャーの娘ふたり、アリーヤとカリーラをベビーシッターがちゃんと見ているかどうかをたしかめにいってほしいと命じられるかもしれない。

そういうときには、アシスタントのひとりがベッドから出て、遅滞なく命令に従わなければならない。移り気なシャキーラは、シリア大統領本人とおなじくらい、部下に敬われ、怖れられていた。

シャキーラは、成長するまで、宮殿での暮らしとは無縁な生活をしてきた。両親はシリア人で、ロンドンで生まれ、西欧のアッパーミドルクラスのなかで育てられた。経営学を学び、ロンドン大学経済大学院を卒業して、スイスの銀行に就職した。一所懸命働いて、成功した若い西欧人の暮らしを楽しんだ。だが、ロンドンに帰る旅で、当時、フラムの診療所で整形外科医のレジデントとして働きはじめていたアフメド・アル＝アッザムに出会った。

若くて美しいシリア人の男女は、たちまち恋仲になり、一年たたないうちに結婚した。その一年後、アフメドの父が肝臓病で亡くなったために、シリアに帰らざるをえなくなった。

アフメドは、シリアの指導者になるつもりはなかったが、権力を継承するはずの兄がダマスカスで交通事故のために死んだ。アッザム一族は、ジャマル・アル＝アッザムが苦労して手に入れ、維持してきた国の権力を放棄するわけにはいかなかった。シャキーラも大統領夫人になるような野心はなかったが、夫とおなじように職務にのめり込み、自分の体を血が流れているあいだは、だれにも奪わせはしないとすぐに決意した。

シリアを荒廃させている内戦が起きるまで、シャキーラは十年かけて自分のイメージを築いた。美しく、聡明で、どんなときでもシリアの庶民にやさしい。カメラで撮影されているときは、ことさらそういうふうに心がけた。アッザム大統領の残虐行為は、内戦前から非難を浴びていたが、シャキーラはロンドン、パリ、ミラノの名士の集まりには欠かせない人間だった。

ニューヨークのファッション雑誌は、シャキーラを〝砂漠のバラ〟と呼び、十年のあいだその呼び名は定着していた。べつの雑誌は、中東のレディ・ダイアナと呼んだ。

アフメド・アル＝アッザムは、社交が下手で、話しかたも柔弱で、動揺しやすかった。いっぽう、シャキーラは、大統領と国民の関係が良好になるように夫の主張を操作する名人で、大統領のイメージや意見がシリア国民や世界の市民にどう受けとめられるかをコントロールしていた。

アッザムはアラウィー派（アラウィー派はシーア派の一派とされるが、異端の要素が強く、差別を受けることが多い。だが、シリアでは支配層になっている）だったが、シャキーラはスンニ派だった。戦争が起きたときにシャキーラは、シリアのスンニ派組織の多くと取り引きして寝返らせ、スンニ派の主流と戦っているアッザム政権への支援を取り付けた。

アッザムの成功と、権力と、生存は、シャキーラに負うところが大きかったが、それはほとんど知られていない。

内戦はアッザムを変えた。この三年のあいだに、ロシアが大軍を派遣してアッザム政権を支援しているのは、好意からではないし、ましてアッザムの闘争が正当だと思っているからでもない。支援している理由は、中東に航空基地と地上軍の基地を得て、地中海の港に進出したいからだ。ロシアはイランとともに、反政府勢力を抑え込むのを手伝っている。長年、大統領である夫にとって計り知れないくらい貴重な存在でありつづけてきたシャキーラは、ロシアとの同盟によって、夫の目から見た自分の価値が下がるのではないかと怖れていた。

アフメド・アル＝アッザムは、陰謀をめぐらす残虐な独裁者になり、十五年にわたってその役割を演じてきた。その間、シャキーラは、表舞台に出ないで権力を操ってきた。

シャキーラ、イラン、ロシアが、これまでアッザム政権を支えて、崩壊寸前の状態から、一年以内に暴虐な内戦で勝利を収められそうなところまでこぎつけた。ところが、内戦が七年間、荒れ狂うあいだに、シャキーラが念入りに築いた公（おおやけ）のイメージは、完全に打ち砕かれた。国際社会はアッザムがどういう人物かを見抜き、シャキーラが売り込もうとすることをもはや信じない。ジェット族、欧米のマスコミ、アッザムに忠誠なシリア人勢力がシャキーラに対してまだ善意を抱いていたとしても、内戦におけるアッザムの残虐行為がそれをぼろぼろにしてしまった。シャキーラがイタリアの島々へ行ってロックスターと世界各地の飢（き）餓（が）について話し合うことは、もはや不可能になった。EUはシャキーラの入国を禁じ、制裁措置として、ルクセンブルクとスイスのアッザムの個人口座すべてとシャキーラの口座のほとんどを凍結した。

世界中のおべっかをつかうメディアも、もうシャキーラに媚（こ）びるのをやめている。

内戦がはじまる前、シャキーラの綽名（あだな）は〝砂漠のバラ〟だったが、欧米のマスコミはいまでは彼女を〝地獄の大統領夫人〟と呼ぶようになっている。

そしていま、シャキーラはテレビを見ながら、一分か二分ごとに衛星電話機をちらりと見ては、この数年間のことを考えた。夫のために耐えたこと、夫から受けた仕打ちを思った。見惚(みと)れてしまうような美しいスペイン人のモデル、ビアンカ・メディナをアフメド・アル＝アッザムに引き合わせたのは、シャキーラだった。そのことで一生、自分への怒りが消えないだろう。最初の一年間、その情事に気づかなかったことも、それとおなじくらい悔やまれる。自分と夫のために、もっと夫の行動に目を光らせているべきだった。

その情事そのものが心を悩ませたわけではない。夫がだれと寝ようが、べつにかまわなかった。アフメドは頭の回転が遅く、単純で、退屈で、愛情がこまやかではなかった。シャキーラも浮気したことがあったが、アフメドには気づかれていないという確信があった。子供を育て、政権を支えつづければ、自分は一生安泰だとずっと思っていた。すくなくともアフメドが生きているあいだは心配ない。これまではずっと、ふたりとも生き残ることがおたがいにとって重要だった。

ところが、事情が変わった。

シャキーラは最近、夫とビアンカ・メディナの関係について詳しいことを知り、いまではビアンカを脅威と見なしていた。これまで必死で努力して築いてきたものを打ち壊すおそれがあるような脅威。

だから、あの女は死ぬしかない。

ドアにノックがあり、居室に足音が近づいてきた。客が来るのを予期していたわけではないが、だれだかわかっていた。昼間であろうと夜であろうと、ノックに返事もないのに私室に立ち入るような人間は、ほかにはいない。まして、こんな不謹慎な時間に。

深夜の訪問者が、名前を呼ばれるのを待つあいだ、足音がとまったが、呼ぶ前にシャキーラはテレビをちらりと見た。アルジャジーラが、番組を打ち切って、生中継に切り替えていた。テレビのスタジオではなく、暗いパリの街路が映っていた。回転灯が光り、警官や救急隊員が走っていた。

完璧なタイミングでやってきた客が、大型テレビに映っている光景について詳しい説明をするのを期待して、シャキーラは淡い笑みを浮かべた。

シャキーラは、フランス語でいった。「はいって、セバスティアン」

ひとりの男が、照明を暗くしてある客間に音もなくはいってきた。座っているソファのうしろに男が近づくのが物音でわかると、シャキーラは衛星電話機を取って掲げた。「電話してくると思っていたのに。夜中にわたしの部屋にあなたがはいってくるのを、そのうちだれかに見られるわよ。わたしのスイスの持ち株の話をしにきたのではないと、疑われるでしょうね」

男がシャキーラのすぐ前でひざまずいた。キスしようとして身を乗り出したが、シャキーラのほうはかがまなかった。ふたりはキスをしたが、シャキーラは明らかにほかのことを考えていた。

男がいった。「ひと目につかないようにしている。じかに会って伝えたほうがいいと思った」

「いってちょうだい」

男がまた身を乗り出し、シャキーラはのけぞって離れようとした。冷静そのものだというのを、男に伝えようとした。だが、二度目もシャキーラが身を放そうとしたとき、男が力強い手をのばして、頭のうしろを押さえ、シャキーラの顔を引き寄せて、唇に激しいキスをした。

シャキーラがキスに応じかけたとき、男が手を放し、コーヒーテーブルの向かいの椅子へ行った。

シャキーラはすばやく座り直して、落ち着き、一瞬でも男の愛情に気を惹かれたのを隠そうとした。

その男、セバスティアン・ドレクスラは、四十三歳のスイス人で、白っぽいブロンドの髪を短く刈り、目はスティールブルーだった。痩せていたが、身長は一八〇センチを超え、成熟した大人の顔にはほとんど皺がなかった。美男であることはたしかだが、目は知性のほかに物騒な感じを宿していた。

シャキーラはドレクスラをよく知っていたので、守勢にまわっている物腰に気づいた。明らかに異変があったのだ。「電話しなかったのは、あなたのオフィスから歩いてくるあいだに、失敗したのをわたしにどう伝えるかを、考えなければならなかったからなのね？」

ドレクスラは自信満々の男だったので、悪い知らせを、落ち着いた口調で、まるで宝くじにでも当たったように伝えた。「まだわかっていないことが多いが、わたしはＩＳＩＳの海外作戦局とパリの細胞との通信をずっと傍受していた。ＩＳＩＳは目的を果たせなかったようだ。生き延びて襲撃現場から逃げた工作員がひとりだけいて、ビアンカ・メディナはスイートにおらず、襲撃隊八人のうち五人か六人がシリア人ボディガードに殺されたと司令部に報告した。あとはフランスの官憲に捕らえられた」

シャキーラの表情が暗くなった。自分を抑えようとして、ゆっくりした口調で話した。

「ビアンカはいまどこにいるの？　警察？」

「ちがう。それが不思議なんだ。わたしはパリの警察無線もずっと聞いていた。警察は、ビアンカが拉致されたと考えている」

シャキーラが、驚きのあまりあえいだ。「拉致？　だれに拉致されたのよ？」

「わかっていない。ダーイシュが捕らえたのではないことは、はっきりしている。ＩＳＩＳの海外作戦局長に連絡した男が、はっきりそういっている。女を殺すどころか、姿も見ていない。そいつの同志はすべて、死ぬか、警察に捕らえられたと」

シャキーラは立ちあがり、部屋のなかを歩きまわった。「あなたを雇ったのは、あの女を逃がすためじゃないのよ！　失敗は許さない！」

ドレクスラは、座ったままだった。落ち着き払っている。「失敗してはいない、シャキーラ。なにがあったのかを突き止めるし、きちんとやる。パリでは情報にきわめて通じている人間を雇っている。その連中が、ビアンカと連れ去ったやつらのいどころを見つけるだろう」

「あなたのすばらしい手先は、これが起きたときにどこにいたのよ？」

「昼間のあいだに、屋敷の警備が強化されていないことをたしかめるために、偵察させた。強化されていたら、ダーイシュのチームに注意していただろう。しかし、必要があって、午後にはターゲットから移動させなければならなかった」ドレクスラは、さらにいった。「わたしの手先は腕が立つし、答を見つけてくれるだろう」

シャキーラは、ソファからドレクスラに向けて衛星電話機を投げた。ドレクスラがたくみに受けとめた。シャキーラはいった。「それなら、そのひとたちに電話して、答をきいて！これになにが賭けられているか、知っているはずよ。女のいどころを突き止めなければならない。わたしたちを破滅させかねない汚い秘密を、あの女がだれかに話す前に、見つけなければならないのよ」

セバスティアン・ドレクスラは、立ちあがり、衛星電話機である番号にかけ、パリの配下と内密に話ができるように、客間から出ていった。

10

ダマスカスの四三七四キロメートル北西のサン・トゥアンにある、アンティーク家具倉庫の上のアパルトマンで、ビアンカ・メディナはバスルームに五分いてから、訊問の場に戻った。ハラビー夫妻はなおも寝室でテーブルに向かって座り、辛抱強く待っていた。窓ぎわの見張りもまだいた。濃紺のスーツを着た銀髪の男も、光の当たらない隅のほうから動いていなかった。

訊問が中断したあいだに、ビアンカは落ち着きを取り戻していて、座ったとたんに質問した。「あなたたちは何者なの？」

ハラビーが答えた。「亡命中の反体制派だ」

「反体制派？」ビアンカは、笑いながらそういった。「なにに反対しているの？　シリアに残って戦っているひとたちのことは聞いている。そのひとたちは、パリにはいない」

ハラビーはそういわれて、傷ついたようだった。弁解気味に答えた。「まもなく全世界が自由シリア亡命連合のことを知るだろうし、アフメド・アル＝アッザムはわれわれを怖れるはずだ」

ビアンカは、目の前の夫婦を交互に見た。「でも……わたしがあなたたちの敵と関係を持っていると思っているのなら、どうして救ったの？」

リーマが答えた。「わたしたちに手を貸してくれるとわかっているから」

そういうことだろうと、ビアンカは見抜いていたが、理解できないふりをした。「手を貸す？　どういうふうに？」

「わたしたちは、祖国を荒廃させた恐ろしい戦争を終わらせるのに、なんとかあなたの助力を得たいと思っているのよ。あなたのお父さまの祖国よ」

ビアンカは、テーブルの端をつかんで、体を支えようとした。「わたしが戦争となにか関係があると思っているの？　あれは、わたしの人生のだいじな部分ではなかった。二年のあいだ、ダマスカスで囚人のような暮らしをしてきたのよ。囚人に戦争を終わらせることはできない」

ハラビーがいった。「囚人とはいえないだろう。アッザムはあなたがパリに来るのを許したじゃないか」

「自分の最高のボディガード五人に一日中見張らせていたのよ！　ひとりには、毎晩、眠っているわたしを監視するよう命じて。自由だとはとてもいえないじゃないの」

「それなら、どうして来るのを許したのかしら？」リーマがきいた。

ビアンカが、馬鹿にするようにいった。「彼が来させたかったのよ。愛人がヨーロッパでモデルとして働いているというのが、いい気分だから。自分がコスモポリタンで、若々しく、男盛りだと思えるから。たぶんね。ききはしなかった。いいチャンスだから飛びついただけ」

ハラビーがいった。「あなたが逃げるおそれがあると思ったら、行かせなかったんじゃないのか」

ゆっくりと目をしばたたき、ほんとうに驚いたという表情で、ビアンカがいった。「逃げる？　逃げられるわけがないでしょう？」

テーブルの向かいのふたりが、自分とおなじように不思議そうな顔をするのに、ビアンカは目をとめた。だが、部屋の隅の闇に独りで座っている男は、まったく反応しなかった。

「それで、あなたたちの運動に手を貸すのに、わたしがどんなことを知っていると思っているの？」

リーマが、隅のほうで闇に包まれている男を手で示した。「あちらはムッシュウ・ヴォラン。元フランス情報機関員で、いまはわたしたちに協力している。あなたが先月、アッザムとテヘランへ旅行したときのことについて、ムッシュウ・ヴォランは情報がほしいのよ」

ビアンカは、黙っていた。

「あなたたちふたりは、極秘でイランの最高指導者に会った。ムッシュウ・ヴォランがそれを知っているのは、イラン政府に諜報員がいるからだけれど、会ったのを証明することができない」

ハラビーが口をひらいた。「あなたが証人になれるんだ、ビアンカ」

「それがどうして重要なの？　わたしは会見の場にはいなかった。なにが話し合われたかは知らない」

「アッザムがテヘラン行きを秘密にしたのは、イランの最高指導部と協力しているのを、ロシア側の支援勢力に知られてはならなかったからだ。アッザムは、イラン軍をシリアにもっと引き入れ、恒久的な基地を提供して、ロシアの支配力を弱めようとしている。戦争が下火になりつつあるいま、アッザムはシーア派と秘密交渉を行なっている。イランの最高指導者に会いに行った旅行の詳細をあなたが公にすれば、ロシア側がアッザムのもくろみを知ることになる」

「それでどうなるの？」

ハラビーはいった。「ロシア、イラン、シリアが仲たがいし、シリアの残虐な政権が倒れる見込みがあるとムッシュウ・ヴォランは考えている。イランへ行ったことを、あなたが公に話すだけでいい。それで血なまぐさい戦争が終わる。この八年のあいだに五十万人が死んだのを、あなたも知っているはずだ」

ビアンカは、信じられないという顔で天を仰いだ。「五十万人？　嘘よ」

「アッザムの空軍の爆撃機が投下した爆弾のサリンで子供たちが死ぬ映像を見せようか？」

ビアンカがふたたびいった。「嘘よ。アフメドは七年のあいだ、テロリストや反政府武装勢力と戦ってきた。西側の嘘とも戦ってきた」

ハラビーが、リーマの顔を見た。「すっかり洗脳されている。目を醒ましてもらわないといけない」

ビアンカは首をふった。「とんでもない。こんなことに付き合っている時間はないわ。午後一時の便に乗るのよ。帰らないといけない」

ハラビーが答えた。「ダマスカスへ？　わたしたちの話を聞いていなかったのか？　シリアでもっとも大きな権力を握っている人間が、あなたを殺そうとしたばかりなんだよ。帰れるわけがないだろう」

ビアンカが目を丸くし、狼狽が顔にひろがった。「帰れるし、帰るわ。午後の便でモスクワへ行って、あすの朝、ダマスカスへ行くつもりよ」

ハラビーが、酷薄な口調で話しかけた。「大量殺人を犯す残忍な男の愛情はべつとして、あなたにはシリアに残してきた大切なものが、ほかにもあるのか？　このパリになく、シリアにあるものとは、なんだ？」

ビアンカは、涙があふれる目でまばたきをした。「本気でそんなことをきくの？　わたしをどんな人間だと思っているのよ？」

その答はわかりきっていると考えて、ハラビーもリーマも最初は答えなかった。だが、すぐにリーマが女の勘で、パズルの重要なピースが欠けているのだと悟った。リーマは、身を乗り出した。「なんなの、ビアンカ？　シリアに残していくわけにはいかないなにかがあるのね。それはなに？」

ビアンカは、ゆっくりと目をしばたたいた。どういうことなのか、わからないようだった。

そのとき気づいた。「知らないのね？」

「知らないというのは、なにを？」リーマがきいた。

「わたしの……赤ちゃん。シリアにいるの」

ハラビーとリーマが顔を見合わせてから、ウィングバックチェアに無言で座っている男のほうを向いた。男が不安そうな目でふたりを見たが、ビアンカは男の目つきからなにかの感情を読み取ることはできなかった。

リーマがすぐさまビアンカのほうに向き直った。「子供がいるのね？」

ビアンカは、いまではあられもなく泣いていた。「わたしのことをなんでも知っていると思っていたのに、これは知らなかったのね。あの子はわたしの命よ。この世でだいじなたったひとつのものよ」

ターレク・ハラビーの額に浮き出した血管が、ぴくぴく動いた。「いつそうなった？」

「なった？　なったんじゃなくて、生まれたのよ！　男の子で、名前はジャマル。先週、四カ月になった」

リーマが、咳払いをした。「ジャマル」夫の顔を見てから、ビアンカに視線を戻した。「それで……父親は？」

ビアンカが、泣きながら腹立たしげに叫んだ。「あなたたち、だれだと思っているのよ？アフメド・アル＝アッザムが父親よ！」立ちあがった。「早くここを出ないといけない」

窓ぎわの見張りが片手をのばして進み出て、ビアンカに座るよう手ぶりで示した。ハラビーも立ちあがり、テーブルをまわってビアンカのほうへ行った。ビアンカはドアには向かわなかったが、座ろうとはしなかった。

「わたしは人質なの？」ビアンカが、かすれた声でいった。「ダマスカスとおなじで、ここでも囚人なの？」

リーマが立ちあがってテーブルをまわり、ビアンカのうしろへ行った。そっとビアンカを座らせた。「いいえ、お嬢さん。もちろんちがう。みんなにとって最善を望んでいるだけ。あなたにもきっとわかる。わたしたちは友だちよ」

シリア大統領に庶出子がいるという衝撃的な事実を聞いたハラビーは、立ち直るのに数秒かかった。気を取り直しても、リーマの口調ほど落ち着いてはいなかった。「あなたはわたしたちの客人だ。アッザム大統領とテヘランへ行ったことを公の場で話すまでは、ずっとそうだ」

ビアンカは、首をふった。「赤ちゃんがダマスカスにいるあいだは、あなたたちのためになにもやらない。拷問したければ拷問すればいい。でも、なんにもならないわよ」

ハラビーがきいた。「どうやってあなたの子供をシリアから連れ出せばいいというんだ？」

「わからない。でも、そういう状況にしたのはわたしじゃない。あなたたちよ。わたしはジャマルのことしか考えていない。いまわたしを解放するか、殺すか、どちらかにして。わたしが赤ちゃんを捨てると思っているようなら、あなたたちは正気じゃないわ」

濃紺のスーツの男が立ちあがり、ハラビー夫妻に目配せをして、ドアから廊下に出ていった。ハラビー夫妻がビアンカにはなにもいわずに、そのあとから出ていった。ビアンカは顎(あご)鬚(ひげ)の見張りとともに残された。

11

セバスティアン・ドレクスラは、大統領宮殿のシャキーラ・アル＝アッザムの居室を出て、暗い玄関ホールのベンチに腰かけた。衛星電話機を耳に当て、呼び出し音を聞いていた。大統領夫人が独りで居室にいるときに、こんな夜更けにそのすぐ外にいるのを衛兵に見つかったら、弁解するのは難しいだろう。しかし、ドレクスラの自信には、情報、精勤、緻密(ちみつ)な下調べという裏付けがあった。大統領宮殿で二年生活し、衛兵が行なっている警備手順はすべて、かなり前から把握していた。歩哨の交替、パトロールの時間割、宮殿に勤務している人間のひとりひとりの性癖、監視システムのカメラの角度を知っていたし……表の庭と遊歩道のモーションセンサーの光線の方向まで知っていた。情報工作の経験が豊富なドレクスラは、いまでは監視カメラに捉えられたり、歩哨に出会ったりせずに、宮殿本館のすべての廊下を歩くことができる。それに、宮殿の衛兵を出し抜くのを、ゲームのように楽しんでいる。

ドレクスラは、パリにいる〝手下〟について、シャキーラに大口をたたいたが、それにはもっともな理由があった。ドレクスラが雇った四人は、パリ警視庁の警官だった。それぞれ重要な職務について、パリで勤務している。ビアンカ・メディナがパリに滞在する三日間、その四人がドレクスラに情報を提供し、動きを監視して、これまでのところ、優秀な仕事ぶりだった。しかし、この小規模な汚職警官の細胞を指揮している警部に、ビアンカに興味を抱いている理由をすべて教えたわけではなかった。ビアンカに関わりのあるテロ攻撃がパリで発生したいま、彼女を探して殺せと命じても、警部は渋るかもしれない。

その役割を果たすはずだったISISは、とんでもない失態を犯してしまった。

ドレクスラのパリの細胞のリーダーは、アンリ・ソヴァージュ警部だった。この二年間、アンリとその配下は、フランス警察のデータベースや警察の監視カメラ網を使い、あるいは街をじっさいに歩いて、パリにいるシリア人不満分子、運動員、国外追放者のいどころを突き止め、監視してきた。

フランス人警察官四人は、信頼できることを実証し、目立たないようにしてきた。それはありがたいことだった。四人ともきわめて強欲で、それもドレクスラにしてみれば好都合だった。

呼び出し音があまりにも長く鳴りつづけたので、派手な銃撃戦が起きたせいで、ソヴァージュが電話に出ないことにしたのかと思い、ドレクスラは心配になった。カチリという音とともに、「アロー」という声が聞こえたので、ほっとした。

ドレクスラはフランス語で話し、パリの細胞といっしょに仕事をするときの暗号名を名乗った。「ソヴァージュ、こちらはエリックだ。なにがわかった?」

相手は電話に向かってどなった。「今夜、いったいなにが起きたんだ、エリック？」

「落ち着け」ドレクスラはいった。「トロンシェ通り七番地で事件があるかもしれないといったはずだ。なにかが起きたら、すぐに調べろと指示した」

「ＩＳＩＳだ。ＩＳＩＳのやつらが大規模な作戦をやらかした！　あんたはＩＳＩＳと組んでるのか？　くそ、おれはＩＳＩＳの仕事をやらされてるのか？」

「落ち着いてくれ。おおげさに考えるな。もちろん、わたしはＩＳＩＳと組んではいない。おまえもおなじだ。おまえたちとわたしは、しばらくいっしょに仕事をしてきたじゃないか。わたしは情報を集めているだけで、事実かどうかはともかく、重大なことを聞いた。気を静めて、知っていることを話せ」

「いま問題の屋敷の外にいるが、到着してすぐになかへはいった。スイートは血の海だった。死体がいくつも転がってた。血みどろだ。壁が焼け焦げ、弾丸の穴があき、ガラスが割れていた。まるで――」

「それで、女は？　行方がわからないと聞いた」

ソヴァージュは、最初は黙っていたが、やがてそっと答えた。「おれはおりる。みんなおりる。こんなことのために――」

ドレクスラは、強引にさえぎった。「だめだ、アンリ。おりられない。おまえもあとの三人も、深くはまり込んでいるんだ。わたしのいうとおりにしないと、おまえたちはたちどころに悲惨な目に遭うだろう」

「脅すのか？」

「やむをえないときだけだ。なにもかも、すぐに解決できる。おまえたちは、ケチな政府が払う給料数年分よりもでかい金を稼げる。そのあとで、みんなやり直せばいい」

ソヴァージュが口ごもったので、ドレクスラはつづけた。「それともおまえの上司に連絡して、過去二年間におまえたちが関わったべつの作戦のことをばらそうか」

ソヴァージュがまたすこしためらってから、ドレクスラが要求した情報を伝えた。「女はいなくなった。どこにいるのか、だれにもわからない」

「だれが連れていった」

「男が独り。たった独りでだ」

愕然として、ドレクスラは手にした衛星電話機を見つめた。「ボディガードか？」

「ノン。ボディガードは全員、現場で死んだ。女を連れていったやつは、旅行に同行していなかったし、ホテルの人間でもない。そういう人間はすべて——生死はともかく——身許がわかっている」

「防犯カメラは？」

「連れ去ったやつはプロだ。ホテルのカメラに写らないようにしていた。屋根から侵入したにちがいないと判断している。近隣の道路のライブカメラを調べて、相手は独りだけだとわかった。独りの男にせかされて足早に歩いている女が写っていた。男はＩＳＩＳのテロリストのようではなかった。身長一八〇センチほどで、顎鬚を生やし、黒っぽい服を着ていた。

そのふたりは北に向けて徒歩で進んでいたが、どこへ行ったかはまだ突き止めていない」

ドレクスラは、しばし考えた。「だれがやったにせよ、女がパリにいるあいだ、ずっと尾行していたにちがいない」

「われわれはだれも見なかったが、その可能性があると思って、調べているところだ。トロンシェ通り七番地のカメラの録画は見たが、なにも見つからなかった。しかし、フォスとアラールが、レストランやブティックなど、女がパリで立ち寄った場所を調べている。防犯カメラの画像も見るから、一時間以内になにかしら見つかるだろう」

ドレクスラはいった。「女が行った場所の近くの交通違反チケットも調べろ」

ソヴァージュが、冷たくいい返した。「あんたがほんとうは何者なのか知らないが、エリック、おれが警官だというのは知ってるはずだ。おれの仕事に口出しは無用だ」

シリア大統領夫人に雇われているスイス人資産（アセット）が答えた。「わたしが何者かは、よく知っているはずだ。わたしはおまえに金を払う人間だ。いうとおりにしろ」

すこし間があった。「ウイ、ムッシュウ」

「捕まったISISのやつだが、口を割りそうか？」

「いや。手榴弾の弾子をくらってる。たぶん今夜いっぱいもたないだろう」

そのほうがドレクスラには好都合だった。その男はもう作戦の役には立たないし、仕事に失敗したのだ。

ソヴァージュがつけくわえた。「いまもいったように、情報を一時間以内につかむつもりだ」

「十五分後にかけ直せ。女を連れ去った男の情報を見つけろ」

「しかし——」

「十五分だ」ドレクスラは答え、電話を切った。

12

息子がいることをビアンカ・メディナが明かしたあと、ターレクとリーマ・ハラビーは、訊問に使っていた寝室を出て、ヴァンサン・ヴォランのあとから廊下を進み、倉庫の上のアパルトマンのリビングへ行った。廊下を歩くあいだ、三人とも口をきかなかった。リビングのドアを閉めて鍵をかけると、リーマがキッチンテーブルに向かって座り、両手で頭を抱え、目をこすりながら、ようやく口をひらいた。

「どうして子供のことがわからなかったの?」

ハラビーは、腹を立て、神経をとがらせていた。部屋を歩きまわった。「だれも知らなかった。事実ではなく、手を貸したくないから、嘘をついているのかもしれない。シリアに帰る策略だ」

リーマは、夫のほうを見あげた。「あなたも彼女を見たでしょう。嘘をついているように見えた?」

ハラビーが足をとめ、肩を落とした。「いや」

「すごく取り乱していた」リーマはいった。「ほんとうに赤ちゃんがいるのよ。ほんとうにどうしていいかわからなくなっているのよ」

リーマと向き合って座っていたヴォランを、ハラビーが見た。「ムッシュウ・ヴォラン、あなたの情報源が知っていなければならないことだった」

ヴォランが、首をふった。「わたしはあなたがたにヨーロッパで雇われている。ビアンカがアフメド・アル＝アッザムの愛人だというのは突き止めたが、それは電子的な盗聴によるものだった。ダマスカスに浸透済み諜報員（エージェント・イン・プレイス）がいないことは、最初から説明してあったはずだ。シリア国内の連絡相手は、わたしよりもあなたがたの組織のほうがおおぜいいる」

リーマがいった。「問題は、いまわたしたちになにがあるか、でしょう？」

ハラビーが答えた。「これが事実だとすると、彼女をわたしたちの運動に協力させるのは難しくなる。アッザムに敵対する行動はすべて、自分の子供を脅（おびや）かすと見なすだろう。アッザムは子供の居場所を知っているにちがいない。テヘランの会見のことを彼女が公（おおやけ）にしたら、アッザムは報復として子供に危害をくわえるかもしれない」

ヴォランがいった。「たしかに、子供がシリアにいるあいだは、彼女はわたしたちに進んで情報を教えはしないだろう。そうはいっても、ぜったいにダマスカスに帰してはならない。彼女を拉致（らち）する作戦は、ものみごとに成功した。いまさら後戻りはできない。これを利用する方法を考えよう」

リーマが、眉間に皺（しわ）を寄せた。「どうやって？」

ヴォランは、テーブルの上に両手をあげた。「赤ん坊がいても、なにも変わらない。テヘラン行きの詳細を公にするよう、マドモワゼル・メディナを説得する」

「〝説得〟というのは……拷問のこと？」

ヴォランは、肩を耳まで持ちあげ、首をカメみたいにひっこめる、フランス人に独特のやりかたで肩をすくめた。「最初はやらない。もちろん、精神的に耐えられなくなるように、訊問の手順を強化することは、考えなければならないが、肉体的なこともやる。しかし、最初はやさしくやり、極端な手段はやむをえないときだけ採用する」

リーマが立ちあがり、リビングを歩きまわった。「彼女の手助けがほしい。どうしても手助けが必要なのよ」

「だから、手助けを得よう」訊問の手順を強化しても自分にはまったくストレスにはならないとでもいうように、ヴォランが冷たくいい放った。

「しかし……わたしたちは拷問はやらない」リーマがいい返した。

ヴォランは、奥の寝室のほうを手で示した。「マダム、あそこにいるのがどういう女かを、忘れてはいけない。ビアンカ・メディナは、アフメド・アル＝アッザムと情を交わした。アッザムのせいで、七年間に五十万人が死んだ。あなたがたの国が焦土と化し、あなたがたの友人たちや……家族が死んでゆくあいだ、あの女はダマスカスで贅沢な暮らしをして、最高の料理を楽しみ、中東の極悪人と寝ていたんだ」

リーマが激しく反論した。「アフメド・アル＝アッザムの犯した犯罪について、わたしに説教するのはやめて！　ターレクもわたしもよく知っている。パリにいる人間に、祖国の状況をどうこういわれたくないわ」

「まあ、そうだろうね」ヴォランが、頭を下げて詫(わ)びた。「ただ、わたしがこの手でメディナになにをやっても、そんなことは、死んだり怪我(けが)をしたり国外に追い払われたシリア人のみじめさとは比べ物にならないといいたかっただけだ。ことを進める勇気がないせいでこのチャンスを逃すわけにはいかない」そこでまた肩をすくめた。「わたしと配下がマドモワゼル・メディナを訊問するときに、あなたがたはその場にいなくてもいいんだ」

ハラビーがいった。「拷問すれば嘘やごまかしを聞かされるだけだ。彼女はいうことをきかないだろう」

「嘘は見抜ける。まず、わたしたちが知っていることを、知らないように思わせてしゃべらせる。真実をいっているとわかったら、つぎはこちらの知らないことを聞き出す」ハラビー夫妻が黙っていたので、ヴォランはきいた。「ほかに方法があるか？」

リーマは譲らなかった。「あのひとを拷問するのは許さない。だれと寝ていようが、それがいちばんいい方法だとは思えない」

「それなら、ほかの方法をいってくれ」ヴォランがどなった。リーマが答えなかったので、ハラビーのほうを向いた。「先生(ドクトゥール)、あなたの奥さんはわたしたちの任務に耐える力がないようだ。大統領の愛人を利用できるせっかくのチャンスなのに、リーマはわたしたちが必要な手段を講じるのを許そうとしない」

「家内とわたしはまったくおなじ意見だ、ムッシュウ・ヴォラン。彼女に危害をくわえてはならない」

リーマと夫は、それぞれの手をのばし、テーブルの上で握り合った。

ヴォランが身を乗り出した。「それじゃ、女をそのまま放せばいい。タクシーを呼ばせ、アッザムのもとに帰れるよう、つつがない旅（ボン・ヴォワイヤージュ）をと祈ってやれ」

リーマがいった。「わたしたちが戦っている極悪人に引き渡すつもりはないわ！」

ハラビーが口をはさんだ。「アッザムの犯罪の証拠を見せれば、そのうちに説得できるかもしれない」

リーマは首をふった。「ありえない。彼女は子供のことしか考えていない。母親はだれでもそうなのよ。ほら、ダマスカスの反政府勢力に伝手（つて）があるじゃないの。彼らに子供をさらわせて、ここへ連れてきてもらえばいい」

ヴォランが首をふった。「反政府勢力は、大統領の息子がどこにいるにせよ、その一キロメートル以内には近づけない。あなたがたがいう連中は、街の図書館の外のふたりしかいない哨所を襲撃しても、甚大な被害を受けるだろう。子供をさらいに行かせたら、大惨事になる」

ハラビーが、ちょっと考えた。「べつの方法がある。子供のところへ行くだけの高い技倆（ぎりょう）を備えた人間を送り込めばいい。赤ん坊をここまで連れて来させる。そうすれば、彼女に承諾してもらえるだろう。メディナと赤ん坊をいっしょにすれば、アッザムに対抗して話をする動機ができる」

ヴァンサン・ヴォランとリーマは、まごついた顔でハラビーを見た。ヴォランがきいた。

「それで、だれにシリアへ行ってほしいと頼むつもりなんだ?」

「例のアメリカ人資産だ。そういう仕事にかけては世界最高だと、あなたがわたしたちにいった。今夜の仕事で、あなたの言葉が正しかったことが証明されたようだし」

ヴォランが、首をふった。「いやはや、先生。あのアメリカ人資産はたしかに頭が切れるが、それが問題なんだ。頭の悪いやつを探さないといけない。シリアに潜入して、大統領の息子を連れ出せと頼もうとしているんだよ。まず成功の見込みはない」

ハラビーは反論した。「リーマとわたしには、ダマスカスにべつの伝手がある。ほとんどは医療関係だが、頼めば彼を支援してくれるはずだ」

ヴォランは信じていなかった。「伝手といっても、訓練されていない人間だ。よく聞いてくれ。前にもいったが、このアメリカ人はこの手の稼業では最高だ。すこぶる腕が立つ。今夜の仕事もみごとなものだった。しかし、乳児をシリアから連れ出すのに必要とされることを、たった独りでやってのけるのは無理だ。だいいち、今夜の作戦で使った携帯電話を、アメリカ人はとっくに破壊しているだろう。彼のような……才能を備えた人間を探すときに使う、特別の秘密情報交換センターを通じて見つけた。おなじ手順で連絡することはできるが、仲介人に彼がすぐに連絡するという保証はない。何日も、何週間も、あるいは何カ月もかかるかもしれない。それまで、接触する方法はほかにはない」

リーマがいった。「ターレク、今夜のようなことになったから、二度とわたしたちの仕事はしないと、あのひとはいったじゃないの。縁を切られたのよ」

ハラビーは答えた。「引き受けてもらえないかもしれないが、頼むことはできる」

銀髪のフランス人がゆっくりと何度か息を吐いた。馬鹿者を相手にしていると思っていることを、隠そうとしなかった。「しかしながら、連絡する方法がない」

「わたしにはある」

ヴォランは小首をかしげ、椅子に座ったまま体をまわして、ハラビーのほうを向いた。

「どうやって？」

「まだ払っていない巨額の残金がある。夜明けまでに送金しなかったら、わたしたちを見つけ出すと彼はいっていた」ハラビーはちょっと肩をすくめた。「払わなければいいだけだ」

ヴォランが、片方の眉をあげた。「あなたの計画なら、たしかにやつは会いにくるだろうが……こっちから会いに行くわけではないから」

ヴォランがなにをほのめかしているかを悟ったリーマが、夫の手を放して腕をぎゅっと握った。

ハラビーはいった。「金を払わなければ、向こうから接触しようとするはずだ」

ヴォランが、事情通らしいいいかたをした。「そうだろうな。こういう人間が〝接触する〟ときにどういうことになるか、わたしは犯罪現場の写真をさんざん見てきた。金で雇われてひとを殺す暴力的な人間を挑発するような計画は、承認できない」

ハラビーは、万力のような力で腕をつかんでいる妻の手に手を重ねて、そっと離れさせた。

「わたしたちがあなたに雇われているのではない。わたしたちがあなたを雇っているんだ」

「だから、わたしたちが共同で仕事をやりはじめてから、もっとも重大な助言をしているんだ。アメリカ人資産(アセット)はほうっておいたほうがいい。わたしがビアンカ・メディナを訊問するから、信頼してくれ。暴力的な方法は使わない。心理的な圧力をそっとかける」ヴォランは、薄笑いを浮かべた。「時間さえくれれば、あなたがたの望む結果を出す」

13

ダマスカス西部を見おろす山上の新大統領宮殿で、シャキーラ・アル＝アッザム大統領夫人は闇に沈んだ居室に座り、パリ発のニュースをなおも見つづけていた。しかし、レポーターが説明している銃撃事件と閃く回転灯は、現地での任務が成功した証ではなかった。

シャキーラは時計を見て、ドレクスラが出ていってから三十分が過ぎたことを知ったが、そのときドアを軽く叩く音が聞こえ、戻ってきたのだとわかった。ドレクスラがまた勝手にはいってきて、客間でシャキーラの向かいに腰をおろした。キスしようとはしなかったし、その顔を見て、ずっと楽しみにしていた今夜の任務が大失敗に終わったことを、シャキーラはあらためてはっきりと知った。

「どういうこと？」

「パリの手下が、ビアンカ・メディナは今夜の襲撃から、たった独りによって救出されたといっている。近くの道路のライブカメラが、屋敷の北の通りを走っているふたりを録画していた。いまのところ、行き先についての情報はない」

「警護チームの人間？」

ドレクスラは、首をふった。「メディナに付き添っていたボディガード五人の死体は、すべて現場で身許(みもと)確認された。スイートから彼女を逃がしたのがだれなのか、まったくわかっていない……だいたいの当たりはつけているが」

「話して」

「おととい、メディナとボディガードは、シャンゼリゼにあるブティックへ仮縫(かりぬ)いをしに行った。その店の向かいでスクーターが交通違反切符を切られた。所有者はシリア人移民だった。わたしの手先がライブカメラの映像を調べ、おなじスクーターとおなじ男が、メディナがパリで立ち寄ったその他の二カ所にもいたのを見つけた。メディナを監視していた可能性が高いと、わたしたちは判断した」

「何者なの？」

「スクーターの所有者は、自由シリア亡命連合のメンバーだ。詳しいことを知っているか？」

シャキーラは、小首をかしげた。「国外に追放されたスンニ派の医療援助団体で、反政府勢力と同盟を結んでいるわ。医者や看護師の団体が、どうしてビアンカを尾行していたのかしら？」

「それがもっと暴力的な組織に変わったというのが、唯一の推理だな」

シャキーラは、あきれて目を剝(む)いた。「筋金入りの反乱分子はひとり残らず死んだから、いまではだれでも旗頭になろうと思えばなれる。このシリア人がビアンカ・メディナを連れ去ったと考えているの？」

　ドレクスラは首をふった。「そのシリア人は二十二歳で、前歴からして、メディナを屋敷から連れ出すのに必要なことをできたとは思えない。だが、その他の日にメディナの近くにいたことからして、自由シリア亡命連合がなんらかの形で関わっていると考えられる。即動必須（アクショナブル）のたぐいのことがないかどうか、この組織をいま手下に厳しく吟味させている」

　シャキーラは、ソファに仰向（あおむ）けになって、目を閉じた。しばらく沈黙してから、静けさを破っていった。「あなたの計画の失敗で、あらたな危険が生まれた。あなたが有能なのかどうか、わからなくなってきた」

　ドレクスラは落ち着き払っていた。「やめさせたいのなら、いつでも仕事からはずしてもらってかまわないが、どういう選択肢があるかは考えておいたほうがいい。あなたはメディナがヨーロッパにいるあいだにダーイシュに殺させようとした。わたしの手下を使わずに。わたしはあなたの希望に従って、ベルギーのISIS作戦司令官に、メディナの旅程についての情報を伝えた。メディナはクウェート国王の愛人だと伝え、襲撃させるよう仕向けた。わたしが向こうへ行って自分で彼女を撃てばよかったとでもいうのか」

　シャキーラはいった。「わたしたちとは無関係の組織を使うしかなかった。殺し屋を金で雇ってメディナを暗殺し、それをアフメドに知られたら、アフメドは自分の情報機関に調べさせるでしょう。雇った資産（アセット）とあなたかわたしの結びつきが、ばれるかもしれない。そうならないように、こういうやりかたをするしかなかったのよ」

ドレクスラがいった。「とにかく、ベルギーのＩＳＩＳの計画を何者かが突き止めた。だれがメディナをかくまっているにせよ、こちらが欧米の情報機関に知られたくないことを、彼女から聞き出しているかもしれない」

メディナは、窓のほうへ行った。ダマスカスの北の平原を、しばらく眺めていた。「子供のことを話すかしら？」

ドレクスラは答えた。「たぶん。もう知られているかもしれない」

シリア大統領夫人は、情報工作責任者をつとめているスイス人のドレクスラのほうを、さっとふりむいた。「欧米が子供のことを探り出して公表しても、アフメドは平気でしょうね。でも、わたしの立場は傷つく。アフメドはあのスペイン女をなんとかシリアに連れ戻し、わたしと子供たちを宮殿から追い出し、彼女と子供を宮殿に入れるでしょうね」

ドレクスラは、床に目を落とした。この話は、前にも聞いた。「それはどうかな」

「いいえ、わたしにはわかっている。あの女が生きているかぎり、わたしにとっては脅威なのよ。わたしにとっても、あなたにとっても。あなたはフランスへ行って、あの女を見つけなければならない。たとえ自分でやらなければならなくなったとしても、あの女を殺さなければならない」

ドレクスラは、考えながらスーツのジャケットの折り目を手でなぞった。「この話はすんだはずだ。現場の仕事は、わたしのパリの手下がやれる。わかっているはずだが、理由がいくつもあって、わたしはヨーロッパを自由に動きまわることができない」

「わかっているわ。でも、あなたは悪知恵が働くから、ヨーロッパに戻れるような計画があるはずよ。書類や身許を偽造して」

「問題は出入国審査に指紋スキャナーがあることだ。スキャナーをごまかすのは、ほとんど不可能だ」

シャキーラは、あきれたという顔をした。「ほかのひとなら騙されるかもしれないけれど、セバスティアン、あなたのようなひとのことはわかっているわ。シリアで自分の運命が変わりそうになったときの脱出計画を用意してあるはずよ。スキャナーを避ける方法はあるし、あなたはそれを知っている。お金がもっとほしいのなら、その話をしましょう」

「金の問題ではない」ドレクスラは立ちあがり、シャキーラのほうへ歩いていって、目の前に立った。ほかの男だったら、とうていそんな大胆なまねはできない。「わたしはあなたを置いて逃げはしない」

シャキーラが、目をそむけた。無関心なのか、不安なのか、ドレクスラにはわからなかった。

無関心を装っているが不安なのだろうと思った。

ドレクスラはいった。「ヨーロッパへ行く方法はある。たしかにあるが、かなり危険だ」

「今夜のあなたの作戦の失敗で、あなたもわたしも危険にさらされているわけだし」

ドレクスラは、皮肉には答えず、任務の話をつづけた。「パリのチームが、今夜のことについてひきつづき詳しいことを調べる。フランスへ行くかどうかは、わたしが自分で検討する」

「行ったら、あの女を見つけたら……拷問して」シャキーラが要求した。「わたしのために。裏切りの代償は、死ぬよりもつらいことでなければならない」

ドレクスラは、薄笑いを浮かべた。「当然だな」

今夜の展開にまだ憤激していたシャキーラは、しばらくドレクスラを睨みつけてから、月明かりの風景に目を戻した。一五キロメートル以上離れた東で、閃光が二度、数秒の間を置いて輝いた。閃光と閃光の距離は、さほど離れていなかった。ロシアの戦闘爆撃機が、ダマスカス郊外のミスラーバにある反政府勢力の拠点を空爆しているのだろう。「息子がいるのをわたしが知っていることを、アフメドに知られてはならないし、パリの事件と関係していることも知られてはならない」

ドレクスラはいった。「いうまでもない。それに、これに関係していると片時でも疑われたら、わたしは即刻、撃ち殺されるだろう」

シャキーラがいった。「わたしたちは出会ってからずっと、おたがいの手に自分の運命を委ねてきたのよ。わたしが倒れれば、あなたも倒れる。そして、あなたが自分の仕事に失敗すれば」――肩ごしにふりかえった――「あなたを殺させる」

ドレクスラが、シャキーラに向かってお辞儀をした。「それなら、いまから手はずを整えておいたほうがよさそうだ」

シャキーラが、ドレクスラの腕にやさしく手を添えた。「あなたの身になにかあってほしくない」シャキーラはドレクスラにキスをして、ドレクスラがキスを返した。「どうやってヨーロッパへ行くの？」

暗い客間で、ドレクスラがシャキーラに笑みを向けた。「大統領がわたしに、代わりに行ってくれというのを待つ」

聞きちがいにちがいないと思いながら独りでたたずむシャキーラを残し、ドレクスラは出ていった。

シャキーラは窓のそばにいて、遠いために見分けられないターゲットが二度爆撃されるのを見てから、テレビの前のフラシ天のソファに戻った。

ソファに仰向(あおむ)けになり、天井を見つめると、涙があふれ、怒りが酸のように心を焼いた。


結婚してから十年のあいだに、シャキーラとアフメド・アル＝アッザムは子供をふたり授かり、ふたりとも女の子だった。アッザムが男の子を産むよう求め、四十歳になる直前に男の子が生まれたので、シャキーラはほっとした。アッザムはシリアのどんな女でも召し出して、シャキーラに替えて大統領夫人にすることができた。だから、息子のホスニが生まれたことで、シャキーラはようやく、自分の立場は安泰だと思えるようになった。

男の跡継ぎがいることは、アッザムにとってきわめて重要だった。いつかつぎの大統領を選出する選挙が行なわれるはずだが、亡父のあとをアッザムが継いだときとおなじように、候補者はひとりしか立たない。シャキーラが男児を産んだので、シリア国民は、すくなくともあと五十年はアッザム家が宮殿の主でありつづけるだろうと考えた。

息子が生まれてから数年のあいだ、シャキーラは安心していられたが、五歳のときに定期健診を受けたホスニに、手術が不可能な脳腫瘍が見つかり、六歳になる前に死んだ。

アッザムは息子の死を深く悲しみ、シャキーラがもう四十五歳になっていたために、いっそう暗澹とした。また、戦争がはじまってから五年が過ぎて、シリアではエリート層向けのの医療ですら悪化していた。

それでも大統領夫妻はふたたび子供をこしらえようとして、シャキーラが妊娠したが、アッザムがよろこんだのもつかのまだった。女児だと医師が断定し、まもなく中絶が行なわれた。

アッザムはまだ五十二歳なので、数十年は大統領をつづけられると、シャキーラは思っていた。ふたりはアッザムの妹の子である十三歳の甥に跡を継がせることを決めたが、本人も両親もそれを望まなかった。

シャキーラは、夫婦の愛情がどうであったかはともかく、大統領宮殿ではアッザムにとって重要な側近で、政権側について戦っているスンニ派との同盟の中軸だった。その地位については不安を感じていなかった。しかし、ダマスカスでアッザムが寝ている女がひそかに男児を産み、アッザムがシリアの前大統領の父にちなみ、ジャマルと命名したのを知ったとき、その安泰な地位が崩れかけているのを感じた。

シャキーラは、アッザムの情事そのものを妬んではいなかった。自分も、宮殿に勤務する情報工作責任者のドレクスラと、知り合った直後から関係を持っている。しかし、アッザムがビアンカ・メディナとのあいだに子供をこしらえたことを数カ月前に知ったときに湧き起こった怒りは、激しくなるいっぽうで、そのあいだずっと、打つ手を考えていた。冷酷で計算高い夫が、愛人をはらませて子供を産ませるというのは、シャキーラには想像もできないことだった。そうなったのは、アッザムが女と子供の将来について、なんらかの計画を立てているからにちがいない。中東で国家の指導者が婚外子をこしらえるのは、きわめて不都合なことなので、ふつうなら産んだとわかったとたんにビアンカを殺させていたはずだ。そうしなかったのは、夫人を替えて、その男児をアッザム家のシリア支配の三代目にするもくろみがあるからにちがいない。

そんなことを許すわけにはいかない。これを阻止し、自分と子供たちが権力の場から放逐(ほうちく)されないようにするには、ビアンカ・メディナを殺さなければならない。母親と男児をともに宮殿に入れることができなければ、自分たちを宮殿から追い出しはしないだろうと、シャキーラは判断していた。だから、ビアンカが死ねば、赤ん坊はもう脅威ではなくなる。

そのときに、大統領宮殿のほんとうの支配者がだれであるかをアッザムに思い出させ、自分の地位を主張すればいい。

セバスティアン・ドレクスラが、午前八時に執務室で自分の置かれている危うい状況について考えていると、衛星電話機が鳴った。パリで活動しているチームのだれかがかけてきたのを期待して、さっと取りあげた。即動必須情報（アクショナブル）をつかんだのであれば、なおのことありがたい。

「もしもし」

「ソヴァージュだ」

「なにかわかったのか？」

「おとといメディナを見張っていたやつを捕らえた」

「抵抗したか？」

「おとなしくついてきた。アリ・サフラという若い男だ。前にもいったが、自由シリア亡命連合のメンバーで、シリア人の移民だ」

「いまどこにいる？」

「クレマンの車のトランク。パリでビアンカ・メディナを尾行していたことは認めたが、監視して報告しただけで、大きな任務のことはなにも知らないそうだ。きのうの朝、ペール・ラシェーズ墓地で待ち合わせがあり、自由シリア亡命連合の指導者と外国人資産（アセット）が会ったそうだが、サフラはその場所には近づかなかったといってる。ほんとうのことを話していると思う。あんたの計画の中心に関わるような人間ではない」

「そいつは頭が悪いのか？」

「ただの移民で、半端仕事をやらされてるだけだ。自由シリア亡命連合の連中とつながっているだけだ」

「自由シリア亡命連合の指導者は？」

「そいつによれば、夫婦でやっているらしい。パリに住んでいる外科医で、ターレクとリーマ・ハラビーという名前だ。なにか知ってるか？」

「聞いたこともない。そいつらに会ったか？」

「まだ会っていないが、EUの犯罪データベースを調べた。ふたりとも不法入国でトルコで逮捕されたことがある。三年前にシリアから国境を越えたところで捕まったようだ」

ドレクスラは、それについてちょっと考えた。「ということは、シリアに密入国して反政府勢力を支援し、トルコに戻ったときに捕まったんだろう」

「だろうな。おれたちはどうすればいい？」

「その夫婦のいどころを探せ」

「住所はもうわかっている。パリのセーヌ川左岸だ」

「メディナを自宅にかくまっていると思うか？」

「それはないだろう」ソヴァージュがいった。「街の中心部の高級住宅地だ。それに、なにしろ自宅だ。武装してるかもしれないし、警備の人間がいるかもしれないが、女を捕らえておけるような場所じゃない」

ドレクスラは、口ごもった。ことによると、パリ警察の工作員たちと抜き差しならない関係になるおそれがあったからだ。「自宅を襲え」

こんどはソヴァージュが間を置いた。やがて答えた。「〝襲え〟とはどういう意味だ？」

「その家を手入れし、暴力沙汰になる備えをしろ」

「あんたは、これまではそういうことを一度も依頼していない」

「おまえは警官だ。警官は毎日そういうことをやっているんじゃないのか？」

じっくりと考えてから、ソヴァージュが答えた。「なにか口実をつけて、家にはいることはできる。合法的に見せかけるために、表にパトロール巡査を配置する」

「ふたり派遣しろ。おまえは行くな。それに、これをふつうの警察の捜査活動にしてはならない。われわれはメディナのいどころを知る必要がある。ハラビー夫妻がわれわれの手の届かないところに勾留(こうりゅう)されたら、見つけられなくなる」

「問題ない(パ・ドゥ・プロブレム)、ムッシュウ。アラールとフォスを行かせる。ふたりがハラビー夫妻をその場で訊問する。表の警官には、ふたりがなにをやっているかはわからない」ひと呼吸置いて、ソヴァージュはいった。「報酬の話をしていなかったな」

ドレクスラは答えた。「四人とも、合意した額の倍が支払われる」

「たいへんけっこう(トレ・ビヤン)、ハラビー邸手入れについては。しかし、トランクに入れたガキはどうする？」

パリの配下がこの作戦でどこまでやるかをたしかめるために、ドレクスラは強引にいった。

「そいつを探してもぜったいに見つからないところへ運べ」間を置いてからいった。「報酬は三倍にする」

「おれたちは殺し屋じゃない」

ドレクスラは、無理強いしないほうがいいと判断した。いまのところは。昨夜の失敗のことを思うと、パリのアンリ・ソヴァージュの目と耳は、作戦にとってきわめて重要だ。「二日ばかり、だれにも姿を見られないような場所はあるか？」

「市外に家がある。クレマンにそこへ運ばせて、見張らせる」つづいていった。「それでも作戦の報酬は三倍にしてもらう。おれは馬鹿じゃない。あんたはだれかを送り込んで、そいつを始末するつもりだろう」

「まあいい。ハラビー夫妻を押さえたらすぐにこっちに電話しろと、仲間に指示しろ。電話で訊問を手伝う」ドレクスラは、電話を切り、デスクを指で叩いた。ひとを殺すことに関しては、パリの手下を信用できないことがはっきりしたので、自分が行くことが不可欠になった。

14

トロンシェ通りの襲撃後、ターレクとリーマ・ハラビーは早朝までずっと、ビアンカ・メディナといっしょに、サン・トゥアンにある自由シリア亡命連合の隠れ家にいた。だが、ビアンカはもう役に立つ情報を明かさなかったし、話し合いがはかばかしくなかったので、ヴァンサン・ヴォランは腹を立てていた。ロシアに隠れてイランと交渉するためにアッザムがテヘランへ行ったことを公表するようビアンカを説得するという目標に、近づくことができなかった。

ヴォランは、ビアンカをよそに移すべきだというアメリカ人の助言に賛成だった。夜更けからずっと倉庫の周辺では動きが激しかったので、防犯カメラか近くの詮索好きな人間になにかを見られて、警察が来ないともかぎらなかった。ハラビー夫妻は自分たちの行動は道義的だと確信していたが、シリアの政権を崩壊させるための善意の行動で、フランスの法律をいくつも破っていることは、ふたりとも承知していた。

移動の準備に数時間かけてから、ヴォランと自由シリア亡命連合の警備員五人が、第二の隠れ家である、パリの南西の広壮な館に向かった。ハラビーとリーマは、信頼できる四十五歳の元シリア陸軍軍曹のムスタファに警護され、パリ市内を通り、第六区にあるアパルトマンの自宅へ向かった。ムスタファが運転し、道路に目を配った。食料品店にふたりが寄ったときも、いっしょに店にはいるといい張った。

午前十一時十五分、ハラビー夫妻の乗るメルセデスは、往来の激しいパリ中心街にはいった。ムスタファはあらゆる危険をじゅうぶんに意識して、警戒を怠(おこた)っていなかったが、ハラビー夫妻も通行人を観察したり、屋根の上を見たりして、メルセデスのそばをバイクが追い抜くと、はっとした。三人とも神経質になっていたが、おたがいにそのことはいわなかった。

ハラビーとリーマは、家に帰って、何時間か眠るつもりだった。これから数日か、あるいは数週間、重圧に悩まされそうだったが。反政府組織の指導者の外科医ふたりには、いまのところ体を休めるほかにやることがなかった。

メルセデスがアパルトマンのある建物の外で道端にとまった。食料品の袋を持ったハラビーとリーマがおりて、玄関ドアの脇の電子ロックに暗証番号を打ち込み、狭い通路にはいって、階段に向かった。ドアが閉まるカチリという音が聞こえてから、ムスタファはメルセデスを車の流れに戻して、二ブロック離れたガレージにとめ、そこでようやくハラビー夫妻はほっと安堵(あんど)の息を漏らした。

アパルトマンが二十ある建物の階段を、ふたりは二階へと昇り、遊歩道を見おろす窓がある長い廊下を進んだ。廊下が右に曲がり、外窓のない部分が数メートルつづいていた。そこでハラビーが鍵をドアの鍵穴に差し込んだ。二階のアパルトマンにはいると、ドアを閉めてかんぬきをかけ、玄関ホールの明かりをつけた。ふたりともレインコートを脱いで、ドアの内側の傘立てに傘を入れ、リビングを通ってキッチンへ行こうとした。

そして、リビングのまんなかでふたりは立ちどまった。リーマが食料品のポリ袋を落とし、リンゴが一個、床を転がった。

隅の窓ぎわの椅子に、玄関ホールのほうを向いて、独りの男が座っていた。サプレッサー付きの黒い拳銃が、そばのサイドテーブルに置いてある。

リビングのグランドファーザー・クロックが、うつろな音で二秒を刻んだとき、リーマが低いあえぎを漏らした。

ターレク・ハラビーは、あのアメリカ人だと見分けた。簡素なダークグリーンのプルオーバーにブラックジーンズという服装だった。両手は膝で組み、テーブルの拳銃に近づけてはいないが、アメリカ人の自信には慢心ではなく技倆の裏付けがあるのだと、ハラビー夫妻は気づいた。なにかの手段で阻止しようとしても、その前にアメリカ人は銃を手にしているはずだ。

リーマは、アラビア語で夫にそっとささやいた。「まあ……たしかに早かったわね」

アメリカ人が来るのをふたりとも予期していたが、こんなに早く会うとは思っていなかった。ふたりはヴォランの求めには応じず、金で雇う殺人者のハンドラーが管理している番号だけの口座に、残金を送金しなかった。大きな賭けだったが、どうしてもじかに会いたかった。

ハラビーが、不安を隠そうとして咳払いをした。英語で、ハラビーはいった。「あなたとまた会うための計画がうまくいってよかった」

「自殺するための計画だというものもいるかもしれない」

「話がしたかっただけだ。もちろんお金はすぐに送金する。あなたが見ているあいだに。この話し合いがどういう結果になっても、それはあなたのものだ。お願いだから、まず話をする時間を十分くれないか。ほんとうに急を要するんだ」

「あんたたちの提案には興味がないといったはずだ」

「五分でいいわ」リーマが哀願した。「お願い。ほんとうに重要なことだから」

アメリカ人が溜息をつき、時計を見た。「一分やろう。話に興味が持てたら、もう一分やる。ほんとうにおもしろいことなら、三分目もやろう」前のソファを示した。「それだけで、おさらばする」

夫とともに腰をおろしたリーマが、口をひらいた。「それでいいわ。ありがとう」

アメリカ人がいった。「あんたたちの運転手だが……車をとめたら、ここに来るのか?」

ハラビーがうなずいた。

「そいつは目に弾丸をくらいたいのか?」

ハラビーが、こんどは顔をしかめた。「いや、そんなわけがない。客が来ているから、廊下で待つようにいう」

アメリカ人資産(アセット)が、部屋の向かいにある枠入りの大きな写真二枚を指さした。一枚は男、もう一枚は女で、どちらも二十代のなかばか後半のようだった。「子供か？」

リーマがうなずいた。

「おれがいるあいだに訪ねてくるおそれは？」

ハラビーが、そっけなく答えた。「いや、ぜったいにない」

椅子に座ったアメリカ人がいった。「わかった。まず送金してくれ」

ハラビーが、バッグからノートパソコンを出し、蓋(ふた)をあけて、三分以内に口座に送金されるよう手続きした。そのあいだに、車をとめたムスタファが戻ってきて、見知らぬ男が警護する相手といっしょにいるのを見て、驚いた。左手がジャケットの下に突っ込まれたが、ハラビーが片手で制し、心配ないと安心させてから、廊下で待つよう命じた。

アメリカ人がスマートフォンで入金を確認し、ハラビー夫妻のほうを見た。「いまから秒読みだ」

送金が行なわれるあいだ、静かに座っていたリーマが、リビングにいる見知らぬ男に笑みを向けた。「あなたのお名前は？」

アメリカ人がくすくす笑い、あきれたというように目を剝(む)いた。「要求が多いな」

「ごめんなさい」リーマはいった。「あなたのようなひとにきくことじゃないわね」

「なんと呼んでもいいが、あと四十五秒しかない」

ハラビーが、早口でいった。「複雑なことになった」

またあきれたという目つきで見られた。「申しわけないが、返金はしない」

「誤解しないでほしい。あなたに関わることではない。あなたはすばらしかった。謳い文句どおりだ。そうではなく、マドモワゼル・メディナに関わる問題だ」

アメリカ人が拳銃に手をのばし、テーブルから取ったので、ハラビーとリーマはびっくりした。すると、アメリカ人がかがんで、腰のうしろでウェストバンドに拳銃を差し込んだ。

「話がまったく読めない。ひとちがいだったのなら、そっちの情報源の過失だ。おれじゃない」

「ひとちがいではないわ」リーマがいった。

アメリカ人が、首をかしげた。「それで……例の男の愛人ではなかったのか？」

こんどはハラビーが答えた。「愛人だ。しかし……それだけではなかったんだ。あなたに救出を頼んだときには、わたしたちはそのことを知らなかった」両手に視線を落としてから、目をあげた。

リーマが身をかがめた。「母親なの。シリアに四カ月になる男の子がいるの」

グランドファーザー・クロックが数秒を刻んでから、アメリカ人がいった。「なんとまあ」

「その子は、ダマスカスで子守りが面倒をみていて、警護がついている」

話がどういう方向に向かうのかを察したとおぼしく、アメリカ人が溜めた息を吐き出した。

「これから、父親がだれかという話になるんだろうな」

ハラビーがいった。「マドモワゼル・メディナは、アフメド・アル＝アッザムが父親だといっている」

アメリカ人は、宙を見つめていた。「それで、なにもかもぶち壊しになったわけだ」

ハラビー夫妻には、その英語のいいまわしがよくわからなかったが、ハラビーは答えた。「アッザムはその庶出子のことを知っている。しかも、自分の警護班から人数を割いて護っている」

アメリカ人が背すじをのばし、心底から興味を持ったことがハラビーにはわかった。運動に手を貸してもらうのに、つぎの一分を使える。

アメリカ人がきいた。「護る……だれから護っているんだ？」

リーマが答えた。「大統領夫人、シャキーラ・アル＝アッザムから。大統領夫人がふたりの関係を知っていることはまちがいない。子供のことをもう知っているかどうかはわからないけれど」

「つまり……ビアンカを寝返らせ、アッザムがロシアに対抗する計画を立てていることを暴露させ、政権を揺るがすというのが、あんたたちの全体計画だった。ところが、ビアンカはシリアに赤ん坊を残してきた。その赤ん坊は、アッザムの掌中にある。いまアッザムを裏切ったら、むごい母親になってしまう」

ハラビーはうなずいた。「だからわたしたちに協力するのを拒んでいる。いうまでもないが、ダマスカスの息子のそばに帰りたがっている。これもいうまでもないが、わたしたちは帰すわけにはいかない」

アメリカ人資産（アセット）がいった。「わかりきったことをいうのは嫌だが、あんたたちふたりのやることは杜撰（ずさん）すぎる。ターゲットが危険にさらされているのに気づかなかったことだけではない。彼女が情報資産（アセット）として価値がなくなるような失態が重なった。おまけに、この無様（ぶざま）なやりかただ。おれと話がしたいために、フリーランスのおれへの支払いを怠（おこた）った……この稼業では、それをやったら三分の二の確率で殺される。おれに話を聞かせるための策略は、今回はうまくいったが、次回にべつの金で雇う資産（アセット）におなじことをやったら、話が聞こえない距離から射殺されて、それで終わりだ」

「あなたが手を貸してくれれば」リーマがいった。「次回はない。それに、べつの資産（アセット）を雇うあてもないのよ」

アメリカ人が、低く口笛を鳴らした。「ああ……わかったぞ。ここでおれを説得し、シリアに潜入して大統領の息子をかどわかせと頼むつもりだな」

ハラビーは首をふった。「かどわかすのではない。救出任務だ」

「そうか。ボディガード、警官、情報機関員、軍の部隊にどう説明すればいいかを、そこまで行くあいだにおれが考えればいいだけだな」ハラビーもリーマも答えなかったので、アメリカ人はまた椅子にもたれた。「ふたりとも正気とは思えない。おれがシリアに行くわけがないだろう」

ハラビーがいった。「潜入と脱出を手伝える。向こうであなたに手を貸す人間がいる」

「先生（ドクトウール）、おれの人生でやばいことが起きるのは、四分の三の確率で、馬鹿なやつがそういう台詞を吐いたときなんだよ」アメリカ人が立ちあがり、出ていこうとした。

ハラビーとリーマも立ちあがり、リーマがいった。「あなたにできると思っているからこそ、行ってくださいとお願いしているんです。シリア政府の病院で手術するために、外科医たちが週に一度、チャーター便でダマスカスへ行っているので、西洋人ならそれに乗れます。あなたが安全なように書類をすべてそろえて、そこにまぎれこむよう手配します。きのうのことからもわかるように、わたしたちの書類は申し分ありません。あなたが任務を成功させるのに必要な情報と書類を提供します」

「知っているかどうかわからないが、きのうのことは杜撰そのものだった。あんたたちがおれに嘘をついたのか、それともだれかがあんたたちに嘘をついている。昨夜は聞いたことと実態がまったくちがっていた。仕組まれていた」

「仕組まれていた？」リーマは愕然とした。

「あんたたちの組織のだれかが故意に、ＩＳＩＳがビアンカを襲う計画を立てていた時刻に、おれがあの屋敷へ行くようにした」

「馬鹿げているわ」そういってから、リーマはきいた。「わたしたちの仲間がそんなことをする理由は？」

「ビアンカの信頼と忠誠を得るのが重要だからだ。おれがボディガードから引き離したら、彼女から感謝されていたかもしれないが、それでも拉致されたと思う可能性がある。しかし、テロ攻撃のさなかから連れ出せば、感謝し、救ってくれた人間に恩を感じるだろう」

リーマはいった。「でも、わたしたちの組織でこの作戦のことを知っているひとはすべて、アフメド・アル＝アッザム政権を転覆させることに一所懸命、取り組んでいるのよ。テロリストが襲撃するとわかっている時間にあなたを送り込んだら、殺されて失敗するおそれが大きくなるだけよ。あるいはビアンカが殺されて、わたしたちもあなたも任務を果たせなくなる」

アメリカ人は、それに対する答を用意していた。「あんたたちの組織のだれかが、おれの評判を知っていた。ほかのやつにはできなくても、おれにはできるとわかっていた。それを知っている人間はごく少数だし、それを知らない人間が、こんな賭けをするはずはない」

ハラビーとリーマは、こっそりと目配せを交わした。

アメリカ人がいった。「そして、その人間がだれかということを、あんたたちははっきりと知っている」ふたりとも黙っていたので、アメリカ人がきいた。「そいつは何者だ？　おれが話をしたフランス人か？　あいつがあんたたちを操っているのか？」

苦しげな沈黙が流れ、やがてハラビーがいった。「こんなことをいうのは申しわけないが、あなたは金で雇われた手伝いだ。わたしたちの組織についての情報を教えるわけにはいかない。仕事をやるのに必要な情報しか教えられない」

ジェントリーは、品のいい中年夫婦を眺めた。反政府勢力を動かしているような人間には見えない。「あんたたちは、どうしてこんなことをやっているんだ？」

リーマが、夫のほうを見てから、ジェントリーに視線を戻した。目がうるんでいた。「わたしたちは、アッザムと戦争がしたかったわけではないの。勝てると思った若いひとがいたのよ。古い世代のわたしたちは、若いひとたちにいった……〝あなたたちはアッザム家のことがわかっていない。彼らが権力を手放すはずはないし、国を血の海にするでしょう〟と。でも、若いひとたちは耳を貸さず、死んでしまった。

抗議行動は、最初は踊ったり歌ったりするように楽しかった。自分が信じていることのために戦うのが誇らしかった。

その美しい若者たちも、美しい思い出も、希望も、すべていまは瓦礫に埋もれている。残っているのはアッザムやシャキーラだけよ。彼らは反乱分子の死体の上で笑っている」

リーマが吐露した思いに、ハラビーがつけくわえた。「個人的には、反政府活動が終わったほうがいいと思っているが、そんなことは公にはいえない。アッザムを支持しているからではない。反対する人間をアッザムが皆殺しにするとわかっているからだ」

「それなのに、どうして反政府活動を指揮しているんだ?」

ハラビーが、夫婦の意見をまとめていった。「わたしたちには、わたしたちなりの理由がある。アッザムを倒すために、できることはなんでもやらなければならない。ビアンカ・メディナは、そのために重要なんだ」

ジェントリーはいった。「自分がやっていることをコントロールしているつもりのようだが、ふたりともただの操り人形だ」そういうと、ふたりの横を通って玄関に向かった。ドアの掛け金に手をかけた。あと数歩で、また姿を消す。

リーマがいった。「あなたが行ってしまったら、シリアの戦争はどうなるの？」

「おれがはじめたんじゃないし、終わらせることができるわけがない」ジェントリーは、リーマとハラビーを交互に見た。「あんたがいったとおり……おれは金で雇われた暗殺者だが、あんたたちの作戦全体に問題があるのはわかる。あんたたちは、自分たちに把握できないところへ手をのばしている。ビアンカを寝返らせれば、アッザムとロシアの関係が悪くなるかもしれない。しかし、この計画ではぜったいにアッザムを追放できない。ただの攪乱（じょうらん）行動だ。それだけのことだ」肩をすくめた。

ジェントリーはドアをあけ、廊下を見たが、出ていく前にもう一度ふりかえった。「ビアンカをどうするつもりだ？」

リーマはいった。「それはあなたの知ったことではないでしょう。あなたはわたしたちとビアンカを残して行ってしまうんだから」

ジェントリーはなにもいわなかったが、ドアを出ていこうともしなかった。

ハラビーが、憤慨（ふんがい）したように胸を波打たせた。「彼女の面倒はみる。危害はくわえない。しかし、シリアに帰すわけにはいかない。わたしたちと組織のことを、かなり知ってしまったから」

ジェントリーは、床に視線を落とした。「子供は？　母親が帰ってこなかったら、赤ん坊はどうなる？」

ハラビーが答えた。「アッザムは息子がいるのを公（おおやけ）には認めていないから、なにも起こらないだろう。しかし、アッザムにすこしでも良識があれば——」

ジェントリーは、目をあげた。「あきれたな。本気でそんなことを信じているのか？」

ハラビーは、うつろな目でドアのそばの男を見つめた。「そうだな。赤ん坊は長くは生きられない。ビアンカが死んだと思ったら、アッザムは赤ん坊を宮殿に入れないだろう。シャキーラが許すはずがない。アッザムはビアンカを探すだろうが、見つからなかったら、自分の秘密を消してしまわなければならなくなる」ハラビーは眉根を寄せた。「子供はおそらく殺される。しかし、だからといって、知りすぎてしまったビアンカをアッザムのもとへ帰すわけにはいかない。ここにいてもらい、手を貸すよう説得するしかない」

ジェントリーは、見下す表情を隠そうともしなかった。ただ廊下に出ていった。もたれていた壁からムスタファが離れて、見知らぬ西洋人を見た。

リーマが、うしろからいった。「なにもかもコントロールしているわけではないのは、わかっているわ。革命家になる訓練は受けていないもの」

「そういうことだ」ジェントリーは、吐き捨てるようにいった。

「わたしたちは医師よ」リーマがなおもいった。「それに、シリア国民のために、国の未来のために、必死でやっているのよ。アッザムに不利な重要情報を見つけて、戦争を終わらせる、絶好の機会だと思ったのよ」リーマは涙を流していた。「赤ちゃんのことは知らなかった」

ジェントリーはいった。「あんたたちは、自分たちには理解できない危険なゲームをやっている。頼むから、おれの忠告を聞け。ビアンカは解放しろ。そして、救援でも慰問でも……自分たちの得意なことをやれ」

そして、二階のアパルトマンにハラビー夫妻を残し、ムスタファを押しのけるようにして狭い廊下を進んでいった。

15

ジェントリーは、長い廊下を階段に向けて歩いていった。一階下におりて、玄関ドアに向けて狭く暗い通路を進み、そこからマザラン通りに出た。

公秩序・交通局の制服を着てバイクに乗った警官ふたりが、北から近づいてきて、ハラビー夫妻が住んでいる広いアパルトマン・ビルのすぐそばでバイクをとめた。警官たちはジェントリーには興味を示さなかった。それに、まわりに二、三十人の歩行者がいたので、ジェントリーはそのまま南に進んで、すばやく右に曲がり、通りの両側に戸外カフェがある、曲がりくねった狭い脇道にはいった。

ヘルメットをかぶった警官ふたりには、まったく姿を見られなかった。

ジェントリーは、いまは自分の身の安全(PERSEC)を最優先に考えていた。周囲の歩行者、店のウィンドウに映っているひとびと、通り過ぎる車。すべてが脅威になりうると判断して、見極めなければならない。目を配り、頭を速く働かせて、ひとりひとりを品定めし、襲撃の気配、カメラのレンズが陽光を反射する閃き(ひらめ)、ジェントリーの存在に興味を示しているような身ぶりはないかと探した。

それに、あの警官ふたり。ジェントリーはどんなときでも警官に用心するが、パリではことに前歴があるので、いっそう注意深くなっていた。

ジェントリーはこれまでの人生で、パリに二十五回以上来て、街路を知り尽くしていた。だから、周囲に溶け込みながら、不自然なふるまいをしている人間に目を光らせることができた。フランス語も話せるし、街の雰囲気やリズムを把握している。すべてが楽しい経験だったわけではない。二年前には、ここの数ブロック南のランシエンヌ・コメディ通り沿いの路地で、危うく刺し殺されるところだった。そのあと、数ブロック北のセーヌ川左岸で失血死しそうになった。

だが、何度も危ない目に遭ったとはいえ、このフランスの首都にいると安心できた。自分の高度な諜報技術（トレードクラフト）なら、おおむね安全だし、きょうも心配はないだろうという自信があった。とにかくパリを離れるまではだいじょうぶだ。

それに、パリを離れたほうがいいと考えていた。列車衝突事故によくあるような、手抜かりが多い作戦に自分を雇った素人（しろうと）たちから、できるだけ遠ざかったほうがいい。しかし、歩いているあいだも、うしろ髪を引かれるような思いを禁じえなかった。強風になぶられているハラビー夫妻を見捨てるべきではないと、心のなかのなにかが告げていた。

これがすべて終わる前に、ふたりとも殺されるだろうという確信があった。脅威がシリアで生まれたものだとしても、パリは安全ではない。ハラビー夫妻は、シリア大統領の愛人を捕らえている組織を動かしているのだ。遅かれ早かれ、パリには悪党どもが多数送り込まれるだろう。アッザムは、ビアンカを取り戻すか、あるいは口を封じようとするにちがいない。いずれにせよ、おおぜいが殺される。その流血沙汰は自分の知ったことではないとわかってはいたが、ほとんど無防備なひとびとが煽(あお)りをくうのは明らかだったから、見捨てるのは苦々しい気分だった。

世間知らずで愚かな若い母親。自国民の平和と健康のために活動するうちに、生死が懸かっている、きわめて危険な作戦の渦中にはまり込んだ中年夫婦。

それに、生後四カ月の赤ん坊。悪魔の化身の息子ではあるが、父親がろくでなしだというだけで、赤ん坊にはなんの罪もない。

この世は残酷で、汚らしく、非情だ。ジェントリーが心のなかでそうつぶやくのは、いまにはじまったことではない。だから、サンタンドレ・デサール通りに出て、両目で用心深く脅威の有無をたしかめながら、遠い国のその赤ん坊のことだけがどうして気になるのだろうと不思議に思った。二十四時間前には、地球の裏側にいて二度と会えないかもしれない女への思いをふり払って、仕事のことだけを考えようとしていた。そしていまは、多数の武装勢力が関わっている中東の内戦に巻き込まれそうになっている。シリア内戦は泥沼化し、血みどろの戦いが永遠につづきそうな様相を呈している。

それがどうして気になっているのか？

まもなくその答を思いついた。自分の落ち度になるからだ。これまでの二十四時間、ハラビー夫妻の身にはなにも起こらなかったが、これから先は、ハラビーたちの生死は自分の行動に左右される。

それに、ダマスカスの赤ん坊を無事に連れ出すことは、地球上でもっとも残虐な独裁政治を終わらせるのに、ささやかではあるが重要な役割を果たす。それを思わずにはいられなかった。

ジェントリーは、シリアにはぜったいに行きたくなかった。だが、赤ん坊が人狩りの対象になり、息子と四〇〇キロメートル離れた母親にはそれをどうにもできず、善意の夫婦が暗殺の危険にさらされ、凶暴な独裁者が戦争に勝とうとしていることを知りながら、自分がヨーロッパのどこかのカフェでコーヒーを飲んでいるところを想像し、どちらがましだろうかと考えた。

ジェントリーの倫理のコンパスは、関わりを持つ方向へ体を向けようとしたが、頭脳がそれと戦っていた。なぜなら、倫理のコンパスはつねにさしでがましい邪魔者だと、頭脳がとっくに結論を下していたからだ。

「だめだ……」ジェントリーはつぶやいた。「やめろ、ぜったいにだめだ」

そのとき、ジェントリーの注意は現在に戻った。アンドレ・マゼ通りでさっきとはべつの警官ふたりがバイクをとめ、狭い道路をふさいだため、身の安全（PERSEC）レーダーが警報を発した。だが、ジェントリーがふたりに対して警戒態勢をとると同時に、若い警官ふたりは歩道にバイクを押しあげて、ゆっくりとヘルメットを脱いだ。細い通りをジェントリーがそちらに近づくときも、警官たちはまったく興味を示さなかったし、すれちがってもまずいことになりそうな気配はなかった。

ジェントリーが横を通ったとき、ひとりの肩の無線機が甲高い音を発し、位置確認を求める声が聞こえた。警官が通りの角の名称を伝えた。ジェントリーはたいして気にも留めなかったが、追って指示があるまでその位置にいるようにと、無線の相手が命じたので、はっとした。

ジェントリーは歩きつづけたが、警官ふたりがパリのこの中心街でなんらかの周辺防御を担っていることは明らかだった。何者か、あるいは何事かを、待ち構えている。若い警官ふたりは、いずれも不安そうな顔ではなかった。なにかのパレードのたぐいのために配置されたのだろうと、ジェントリーは思った。

だが、さきほど見た警官ふたりのことを思い出した。そのふたりは、ハラビー夫妻の住むアパルトマン・ビルのすぐ前でバイクをとめていた。やはり周辺防御なのか、あるいはハラビー夫妻が捜査活動の対象になっているのか？

ジェントリーは左に折れて、ランチタイムの客で混雑しているレストランにはいり、ビジネスピープルや観光客のあいだを縫って、店の奥まで進んだ。急いでハラビー夫妻のアパルトマンに戻ってようすをたしかめろと、なにかが告げていた。昨夜の事件に関与していると警察が考えて、逮捕するためにいるのかもしれない。

ハラビー夫妻が警察に捕まって取り調べを受けるのがもっとも望ましいと、ジェントリーは気づいた。鉄格子のなかに閉じ込められていれば、ふたりが生き延びられる確率は高くなる。この危険な街なかでは、ふたりの命は刻一刻と縮まっている。

ふたりが逮捕され、ビアンカ・メディナを拉致したことを自白し、ビアンカが赤ん坊のいるシリアに帰れば、すべてについて胸のつかえがおりる、とジェントリーは自分にいい聞かせた。ただ、ほんとうにこれが逮捕劇なのかどうかを見届けたかった。

レストランの奥を抜けて、狭い路地を左に曲がり、ビュシ通りにいるバイク警官ふたりから見えない二ブロック先で通りに戻った。ハラビー夫妻のアパルトマンとは、短いブロックふたつを挟んでいるだけだった。警官たちがハラビー夫妻のところへ行ったときに、野次馬を装う、という計画だった。

ジェントリーは、マザラン通りに戻った。アパルトマン・ビルは通りの向かいの半ブロック南寄りにあり、その前に公秩序・交通局のバイク警官が四人いるのが見えた。すべて玄関ドアの前にバイクをとめていた。

ジェントリーは左に折れて歩きつづけた。なにかが起きるのを予測して目を配っていたが、足どりや態度はふつうのランチタイムの歩行者そのものだった。

では……ハラビー夫妻は地元警察に目をつけられた。意外ではなかったし、それに責任も感じなかった。トロンシェ通り七番地の事件と彼らを結びつけるようなことは、昨夜、現場ではなにひとつやっていない。そうではなく……ビアンカを監視していた人間が口を割ったか、ビアンカを監禁しているだれかが怖気づいて密告したにちがいない。

ビアンカや赤ん坊はこれによってどうなるだろうと、ジェントリーは考えた。解放されたら、ビアンカは急いでシリアに帰るだろう。アッザムの腕のなかに。そして、すべてはすぐに忘れ去られる。

4ドアのルノー・メガーヌが、アパルトマン・ビルの前でとまり、男ふたりがおりた。パリ地域圏司法警察局の略称であるDRPJの標章がドアに描かれていた。つまり、そのふたりは、パリの刑事部門の捜査員だ。ふたりが紐付きのバッジホルダーをシャツから出し、バイク警官四人にふってみせた。ヘルメットをかぶった制服警官四人は脇にどき、壁のキイパッドに暗証番号が打ち込まれて、玄関のガラス戸があき、捜査員ふたりがなかにはいっていった。

そのふたりを見たことがあるのを、ジェントリーは不意に思い出した。民間のバイクにまたがって、トロンシェ通り七番地の近くにしばらくいたのとおなじ男たちだ。ビアンカがこの屋敷でおろされるとすぐに、ふたりは何者かの指示で移動した。

そのときは、ビアンカ・メディナを監視しているのかと思ったが、ビアンカが帰ってくるとすぐにいなくなったので、心配はないと判断した。だが、ふたりをここでも見て、ジェントリーはわけがわからなくなった。

ジェントリーは、小さな食料品店に向かい、なかにはいった。すぐさま、フロントウィンドウのワインを眺めているふりをした。通りの向かいのアパルトマンをひそかに見張るのに、格好の場所だった。

きわめて不審な状況だった。私服のふたりがパリ警視庁の捜査員だということも、理屈に合わない。もちろんアパルトマンが二十世帯あるから、べつの住まいが捜査対象なのかもしれない。だが、ここは第六区だ。現在のパリでは百件ほどの犯罪が起きているだろうが、第六区は二十ある区のうちでも、局のこういう活動がもっともまれな地区だ。

やはり奇妙だ……昨夜、有名人が拉致された事件の中心人物である夫妻が住んでいるビルの付近に、警官が六人配置されている。ジェントリーは偶然の一致は信じない。警官たちの狙いはハラビー夫妻にちがいない。

だが、ビアンカ・メディナがここに監禁されている確率が一パーセントでもあるか、あるいは中心街の高級なアパルトマンに住む人物が拉致に関わっている可能性があると、官憲が推理したのであれば、公秩序・交通局のバイク警官を配置し、パリ警視庁の捜査員ふたりを二階に事情聴取に行かせるような生ぬるいことをやるはずはない。それはありえない。テロリズムはフランスでは国家が扱う犯罪だから、国家警察総局(DGPN)の対テロ部門の捜査員が、装甲強襲車両に乗った戦術要員を引き連れて、ビルを激しく攻撃するはずだ。

なにもかもが胡散(うさん)臭い。目の前で起きていることについて、ジェントリーは悪い予感がしていた。

ジェントリーは、通りの向かいの食料品店に立ち、玄関ドアの前で立ち話をしているバイク警官四人を観察した。そこにいるよう命じられたのは明らかだが、対テロ任務についているようには見えない。九ミリ口径のSIGプロ・セミオートマティック・ピストル、伸縮式の特殊警棒、催涙スプレー〈メース〉をベルトにつけていて、屈強そうな男たちだが、見せかけのためにそこにいるだけだった。二階へ行った捜査員ふたりが、わざと配置したのだ。あのふたりはきのう、トロンシェ通り七番地の近くで偵察していた。その数時間後にISの襲撃があった。

ISの襲撃があった。

ジェントリーは、目の前の証拠すべてを考えて、すぐさま判断した。あのふたりは、汚職警官だ。アッザムかシャキーラの利益のために働いている可能性が高い。

ハラビー夫妻がアッザム家の手先に身柄を拘束されるか、暗殺されるまで、ここに立っているわけにはいかない。それを阻止する必要があるが、それにはバイク警官四人の前を通らなければならない。ほかにも侵入ルートはあるだろうが、時間がかかりすぎる。早朝に侵入したときには、隣のビルの屋根から跳び移った。よじ登れるような二階の窓もある。しかし、なかでなにが起きているにせよ、たったいま起きているのだ。やつらがハラビー夫妻を縛りあげて、べつの場所に連れていくつもりだとすると、夫妻が連れ出されたときには、通りに武装した警官が六人いることになる。ひょっとして護送車が来るかもしれないし、いまにもバイク警官が十数人駆けつけるかもしれない。

ジェントリーは、フランスの警官を撃ちたくはなかった。ほとんどが、なんの罪も犯していないのだ。

くそ、くそ、くそ！　ジェントリーは心のなかで毒づいた。通りの左右を見て、どうしようかと考えた。

五分前にそのまま歩きつづければよかったと悔やんだが、そのいっぽうで、状況をたしかめるために戻ってきたのは、こういうことがあるからだとも思った。ハラビー夫妻が助かる一縷（いちる）の望みがあるとしたら、それはグレイマンが登場したときだけだ。

ジェントリーは長い溜息をつき、曲がりくねっている狭い通りの左右を見てから、なにも悪いことをやっていない警官四人を叩きのめすことになるだろうと悟った。

16

ハラビーのアパルトマンのドアに軽いノックがあったとき、ムスタファはキッチンでホイッスルケトルを手にしていたので、その音を聞いたのはリーマだけだった。リビングにはリーマしかいなかった。ハラビーは奥の寝室で、三十時間ずっと着ていた服から着替えていた。ノックを聞いたとき、リーマはすぐに上の階に住むルソー夫人だろうと思った。彼女はよく予告なしにやってくる。話し声を聞きつけて、英語で話していた客の身許の噂話でも聞こうと思ったのかもしれない。

ドアのところへ行き、覗き穴から見ると、髭をきれいに剃った三十代の男が警察のバッジを差しあげていたので、リーマはびっくりした。自分のバッジホルダーを紐で首から吊るしている禿頭の男が、そのうしろにいた。

ドアの前の男が、覗き見られているのに気づいたらしく、口をひらいた。「ムッシュウ・ドクトゥール・ハラビーとマダム・ドクトゥール・ハラビー、わたしは司法警察局のミシェル・アラール警部補です。アントン・フォス見習い警部補を同行しています。ちょっと話がしたいので、ドアをあけてください。お願いします」

司法警察局が、パリで刑事事件を捜査する部門だということを、リーマは知っていた。まずいことになったと思ったが、話をしないわけにはいかない。キッチンのほうを向き、小声でムスタファに、ジャケットの内側の拳銃を隠せといったが、聞こえたかどうかはわからなかった。不安だったのでチェーンはかけたままにしたが、ドアのロックを解除した。話をしてすこし文句をいい、時間を稼(かせ)ぐつもりだった。

「ボンジュール、ムッシュウ、どんなご用件ですか？」

アラール警部補が、にやりと笑った。「こういうことだ(コムサ)」一瞬のためらいもなく片脚をあげて、ドアを激しく蹴った。チェーンが切れ、リーマは玄関ホールの二メートル奥に突き飛ばされた。

もうひとりが、アラールのそばを走り抜けた。その禿頭の男が長いサプレッサーを付けた黒い拳銃を持っているのを、リーマは見た。リビングに向かうときに、禿頭の男がリーマに肩からぶつかり、さらに数メートル押しのけた。

アラール警部補が、内側からドアを蹴って閉め、玄関ホールを駆け抜けて、呆然としているリーマの腕をつかみ、アパルトマンの奥へひっぱっていった。

ムスタファが、あわてふためいて、拳銃をジャケットから抜きながら、キッチンからリビングにはいってきた。銃を持ちあげかけていた禿頭の男との距離は、三歩もなかった。ふたりとも戦う態勢になっていた。間近で、どちらも不意を衝(つ)かれたため、丸く収まることはありえなかった。禿頭のフォスが、サプレッサーがムスタファの胸に向く前に撃ち、向こう脛(ずね)

にそれが当たった。痛みと銃声に反応して、ムスタファの体ががくんと揺れた。フォスの拳銃から二発目が発射され、鋭い音とともに腹に命中した。三発目は、顔から床に倒れたムスタファの頭頂部に当たった。

フォスのSIGから飛び出した空薬莢（からやっきょう）があちこちで弾（はず）んだ。死んだムスタファの頭蓋（ずがい）から血がどくどく流れ出し、茶色いタイルの床に赤い円がひろがった。

アラール警部補が、リーマを乱暴に押して、リビングの奥へ行かせ、さきほどアメリカ人と話をしたときに彼女が座っていたソファに押し倒した。アラールも拳銃を抜いていたが、リーマに向けてはいなかった。銃口は、アパルトマンの奥に通じる廊下に向けられていた。

ターレク・ハラビーが、廊下から走ってきて、その射線にはいった。下着のシャツにスーツのズボンという格好で、即座に足をとめ、なにも持っていない両手をあげながら、右側でソファに倒れているリーマを見おろして、立ちすくんだ。

「やめろ！」ハラビーは叫んだ。「家内に手を出すな！　なんでもほしいものをやる！」

アラール警部補が拳銃をおろし、ソファのほうへふって、ならんで座れとハラビーを促した。もうひとりの警官がムスタファの上でかがみ、銃を拾いあげて、自分の腰のうしろに差した。

アラールが、頭のまわりに丸い血の池をこしらえてキッチンとの境に横たわっている死体を、空いたほうの手で示した。「調べればわかることだが、あの男はフランスで武器を所持する許可証を持ってないだろう。撃つしかなかった」

ハラビーとリーマは、無言でアラールを睨んだ。ハラビーがきいた。「なにが狙いだ？」

アラールが、リビングにあった椅子を持ってきて、逆向きにして腰かけた。「ビアンカ・メディナだ。そんな名前は聞いたことがないし、なんの話かわからないととぼける前に、これからいうことをよく聞け。われわれはアリ・サフラを逮捕した。おまえらの自由シリア亡命連合の下っ端だよ。ビアンカを監視していたと、サフラが教えてくれた。それから、昨夜、ひとりの男が女を屋敷から連れ出すところが映っている動画もある。おまえたちが雇った男にちがいない。この行為で、おまえたちはフランスの法律数十件を破った。それによって、一生、刑務所にいることになるだろう。しかし、メディナをどこに隠しているかを教えれば、罪が軽くなるようにしてやる」

ハラビーはいった。「あんたたちふたりだけか？　われわれが銃を突きつけて女を拉致し、ボディガード五人とテロリスト多数を殺したと考えているのに、あんたらふたりだけで捜査にあたっているというのか？　わたしたちを馬鹿だと思っているのか？」

リーマが、かすれた声でいった。「あなたたちは警官じゃない。アフメド・アル＝アッザムの手先よ」

フランス人の警部補が、その名前を聞いて、不愉快そうに顔をしかめた。「おれのバッジは本物だ。ここには聞き込みに来ただけだ」

アラールが、紐付きのバッジホルダーを首からはずし、ソファにリーマとならんで座っていたハラビーのほうへ投げた。「信用しろ、ムッシュウ。玄関前に何人も警官がいるし、近くに周辺防御の警官も配置している。なんならバッジを調べればいい。いいか……本物の警官でないのなら、こんな芝居を打つ手間をかけるはずがないだろう。おまえの膝を撃つか、女房の額を撃って、情報を聞き出せばすむことだ」

ハラビーはバッジを見てから、見おろしている相手と妻の顔を見た。もうひとりはキッチン寄りにいて、拳銃を下に向けて持っていた。「司法警察に知り合いがいる。あんたたちの身分がほんとうにそうなのか、問い合わせてみよう」

アラールが、くすくす笑った。「おまえたちは、そっちから要求できるような立場じゃないんだよ」

「それなら、三十六番地へ行くまで、なにもしゃべらない」ハラビーはいった。司法警察局の広壮な本部は、オルフェーヴル河岸通り三十六番地にあり、パリっ子はたんに〝三十六番地〟と呼んでいる。

アラールが、肩をすくめた。「本部へ行ってもいいが……時間がかかるのが問題だ。昨夜、拉致されたスペイン人の命を、われわれはもっとも重視している」

ハラビーはくりかえした。「本部へ行くまでは、なにもしゃべらない」

アラールは、十秒近く、微動だにしなかった。やがて、ゆっくりと笑みを浮かべて、首をふった。「だめだ。いまここでしゃべってもらう」

携帯電話を出し、ダイヤルして、スピーカーホンに切り替えた。

ジェントリーは、食料品店を出て、決然とした足どりで警官四人のほうへまっすぐに歩いていった。ハラビー夫妻が住むアパルトマン・ビルの玄関ドアは、あけたままプランターで押さえてあったので、呼びとめられずにはいれればいいのだがと、ジェントリーは思った。

だが、そうはいかなかった。どこへ向かっているかがわかると、警官ひとりがフランス語で、ここに住んでいるのかときいた。

ジェントリーはドアの三メートル手前で、警官四人と向き合って足をとめた。「すまない、英語はわかるか？」

べつの警官が取って代わった。「ここに住んでいるのか？」

「ああ……どうなっているんだ？」

「上で捜査が行なわれている。部屋番号は？」

ジェントリーには、玄関のそばの壁の表札が見えなかったが、早朝に忍び込んだときにビルの部屋の構成を見届けていた。「５０２号だ」笑みを浮かべた。「おれのところを捜査しているのでなければいいんだがね」

警官が首をふった。「３０１号だ。しかし……表で待っていてもらわないといけない。ほんの数分だ」

ハラビー夫妻の部屋が１０２号だというのを、ジェントリーは知っていたが、捜査対象ではないとは考えられなかった。つまり……二階の胡乱（うろん）な警官たちは、自分たちの活動をごまかすために、この四人にべつの部屋番号を教えたのだ。

ジェントリーは、警官の指示が聞こえなかったふりをして、四人のあいだに割ってはいり、ドアのほうへ歩きつづけた。笑みは浮かべたままだった。英語がわかる警官が大声でいった。

「おい……聞こえないのか？」

ジェントリーは、左右それぞれを警官ふたりずつに挟まれる格好になった。ふたりが通りにいて、あとのふたりが狭い歩道に立っていた。ジェントリーは、二メートル半離れているあけたままのドアのほうに、片手をのばしていた。歩きつづけ、歩道をさらに一歩進んだとき、いちばん近くにいたバイク警官が片手をのばし、ジェントリーの右腕をつかんで、制止しようとした。

ジェントリーはその瞬間を待っていた。

腕をつかんでいる警官の手を左手で締めつけて、体を右にまわした。その不意打ちで相手のバランスを崩し、ヘルメットから先にバイクに激突させた。特殊警棒をのばすパチンという音がうしろから聞こえ、正面でもべつの警官が警棒を抜こうとしていた。つぎの瞬間には鋼鉄の警棒が、戦いに使われることになる。

ジェントリーは向きを変えて突進した。警棒を持っているひとり目の手首をつかみ、左手で警棒を押さえ込んだ。ふたり目の警官が、警棒をふって六〇センチの長さにのばし、ジェントリーの額めがけてふりおろそうとした。だが、ジェントリーはひとり目の警棒を持った手をひっぱり、その警棒でふたり目の警棒を受けとめた。警棒の一打が跳ね返ると、ジェントリーはひとり目の手首を思い切りねじって警棒を奪い、最初の警官を激突させたバイクの上で、体を探ろうとした。

マザラン通りの歩行者が、驚きあわてて四方でわめき、悲鳴をあげていた。

四人目の警官が、片手で警棒をパチンとのばし、応援を呼ぶか、二階のふたりに急を告げようとして、反対の手で肩の無線機のスイッチを入れかけたが、ジェントリーが警棒をふりおろして、無線機と警官の手に叩きつけた。警官が傷ついた指を押さえ、地面に倒れた。

警官ふたりがほとんど同時に警棒をふるってジェントリーに襲いかかった。ジェントリーは最初の一撃をブロックしてから、警棒の握りで相手の口を突いて、仰向けにひっくりかえした。握りが命中すると同時に体を沈めて、うしろから襲いかかった警官との距離を詰め、打撃の威力を半減させた。あとで痛くなるのはわかっていたが、警棒の弱い一打を肩で受けとめ、警官がまた警棒をふりあげようとするのを右手で押しのけて、自分の警棒をふりまわし、警官のヘルメットの右こめかみを痛打した。

最初に倒された警官が起きあがり、警棒をのばそうとしたが、ジェントリーはその手に狙いをつけ、警官の手をつかんで、体を密着させた。ふたりの警棒が下でからみ、ついで頭の上に持ちあげられた。

ジェントリーが二度目に倒した警官が、バイクにつかまって立ちあがっていた。拳銃に手をのばすのが見えた。ジェントリーは目前の敵に目を戻し、つぎの一打をふりおろしながら、相手の肘の内側を反対の手でつかんで、警棒の訓練で警官が防御策を教わらないようなことをやった。ジェントリーは警棒を捨て、その手を警官の顔にまっすぐに突き出し、サングラスの下から両眼を指で激しく突いた。

警官が悲鳴をあげて倒れた。眼球が傷ついて、焼けるように痛く、腫れあがるはずだった。一週間とはいわないまでも、きょうはもう戦えない。だが、その警官は警棒でその十倍もひどい傷を負わせようとしていたのだ。

警官は、倒れるときに警棒から手を放した。ジェントリーは細い先端をつかんで、渾身の力で一八〇度ふり、うしろで警官が持ちあげかけていたSIGのスライドに警棒の握りを叩きつけた。

SIGが警官の手から吹っ飛び、宙をくるくると舞って、通りの向かい側へ飛んでいって、カタンという音とともに歩道に落ちた。

拳銃も警棒も失ったと気づいた警官が、がむしゃらに突進してきたが、ジェントリーはサイドステップでよけ、ヘッドロックをかけて、多用途ベルトに手をのばした。〈メース〉スプレーの缶を抜き、親指で安全タブをあけて、警官を押しのけた。警官は、当然ながら、襲撃者のほうへ向き直った。ジェントリーはその顔に濃いガスを噴きつけた。警官が悲鳴をあげ、ガスで痛む目を押さえて、膝をついた。

いまでは警官が四人とも、狭い通りに倒れていた。ふたりは意識がなく、ひとりは顔をかきむしって転がっている。もうひとりは折れた指をつかんで、胎児のように体を丸めている。

その光景の周囲で、さまざまな年齢の男女の通行人が二十人ほどいて、目撃していることが信じられないというように呆然と立っていた。

　ジェントリーは、ベルトから拳銃を抜き、頭の上に差しあげて、フランス語でいった。

「おれにカメラを向けたら、だれだろうと撃ち殺す」

　だれもカメラ付き携帯電話を取り出そうとはしなかった。

　ジェントリーは、アパルトマン・ビルへ走っていって、なかにはいりながら、ドアを押さえていたプランターをどかした。シルヴァーのキイのように見えるものをポケットから出し、ドアの外側の鍵穴に差し込んだ。追跡を鈍らせるための道具だった——ほとんどの鍵穴に合うが、背中（シリンダーとからむ部分）と鍵の頭のあいだを、やすりで薄く削ってある。ジェントリーは頭を折って、背中だけをシリンダーのなかに残した。シリンダー錠そのものを取りはずすか、慎重にシリンダーを削って極細のプライヤーで背中を取りはずさないかぎり、ドアをあけるのは難しい。

　ジェントリーはドアを閉めてロックした。最初はこのドアが警察の突入口になるはずだとわかっていた。だが、北側の遊歩道にも出入口がある。腐敗した警官がハラビー夫妻を拉致するか殺すのを阻止し、激怒している警察の応援に撃ち殺されないように、すばやくやらなければならない。

　玄関前で激しい戦いが起きていたとき、ハラビー夫妻のアパルトマンで携帯電話から男の声が聞こえた。「もしもし（アロ）」

　アラールが、目の前のコーヒーテーブルに携帯電話を置いた。「ムッシュウ・エリック？

ここでふたりを捕らえている。スピーカーにしてある」

男がフランス語でいった。「ボンジュール、ドクトゥール・ハラビー……おれはエリック、携帯電話ごしとはいえ、あんたと話ができてよかった」

ハラビー夫妻は、答えなかった。

「用件をいおう。おれたちは困っているんだ。あんたに力を貸してもらいたい」

「あんた……何者だ？」

「ビアンカ・メディナのいどころを知りたいと思っている集団に雇われている。彼女をあんたたちが保護しているのはわかっているし、目的を達成するためにおれは手段を選ばないということを、いっておこう」

ハラビーはいった。「われわれはなにも教えない」

「われわれ？　夫婦が仲睦まじいのは、すばらしいことだな。しかし、ターレク、メディナがどこに連れていかれたかを聞き出すには、あんたか奥さんのどちらかひとりがいれば、それですむというのが事実なんだ。アラール警部補、すまないがあんたの拳銃をリーマの頭に突きつけてくれないか？」

アラールが、電話を見てから、フォスに目配せした。ゆっくりと銃を持ちあげて、電話から聞こえた指示に従った。

拳銃が自分の額とおなじ高さになると、リーマは目を閉じ、涙があふれ出た。

「やめろ！」ハラビーはいった。

そのとき、アラールの尻ポケットで携帯無線機が甲高い音を発した。とぎれとぎれにいうのが聞こえた。咳き込んでいる男の声につづき、「警部補ですか？　ベランです……下の。武装した男が、ビル内にはいりました！」

ハラビー夫妻のアパルトマンで、警官ふたりが顔を見合わせ、向きを変えてドアに向かった。

アラールが、携帯無線機に向かっていった。「何者だ？　だいいち、どうしてそいつを通した？」

「何者か……わかりません。それに、通したわけじゃないです」

「こっちへ来い。急げ！」アラールが命じた。

「おれたち……全員、負傷しています！　応援を呼びました」

「くそ！」アラールがいった。

エリックの声が、携帯電話から聞こえた。「どうなってる？」

アラールもフォスも答えなかった。あらたな危険に神経を集中していた。アラールは携帯無線機を置いた。だれかが表の廊下を走ってくるのが聞こえたからだ。

17

ジェントリーは、二階のぎしぎし音をたてる木の廊下を突っ走り、ハラビー夫妻のアパルトマンのドアがある右への曲がり角に近づいた。さきほど警棒で殴られた右肩が痛かった。サプレッサー付きのグロック19を右手で握り、前に突き出していたので、警棒で打たれた個所の三角筋を右にのばさなければならず、痛みが強まっていた。ジェントリーが走っていた廊下の左にならんでいる窓の下には、王太子妃の小径(パサージュ・ドフィーヌ)という石畳(いしだたみ)の遊歩道があり、東にのびて、ビルの正面から遠ざかっている。窓は廊下の奥までつづいていた——最後の窓は、曲がり角の前にある——その先の窓は、前方の壁と向き合っているハラビー夫妻のアパルトマンのリビングの窓だ。

それでジェントリーは名案を思いついた。

拳銃を前で構えながら走りつづけ、廊下とハラビー夫妻のアパルトマンを隔てている壁の上のほうを狙って、引き金にかけた指に力をこめた。

アラールとフォスは、走ってくる男の足音に耳を澄まし、ドアを拳銃で狙っていた。だが、廊下の角に近づき、右に曲がったとき、壁の向こうの足音は鋭い銃声に取って代わった。ふたりの正面の壁の上のほうを銃弾が貫き、額縁にはいった絵が床に落ちて大きな音をたてた。ふたりは床に身を投げた。

「だれが撃っているんだ？」エリックと名乗る男が大声で聞いたが、ふたりとも実況中継をやる気分ではなかった。つぎの瞬間、表でガラスが割れる音が響き、壁の向こうから聞こえたその音のほうへふたりは銃を向けた。だが、ドアに注意を戻したとき、右でもっと大きな音をたててガラスが割れたので、はっとした。

アラールとフォスがひざまずいているところから一〇メートルも離れていないリビングの窓を破って、人影が跳び込んできた。床に落ちた男が、テレビの前で横転したとき、割れたガラスがまだ四方で宙を舞っていた。

警官ふたりは部屋の向こうの動きに狙いをつけようとしたが、男が転がってテレビのそばで折り敷き、先に撃った。フォスがターゲットに照準を合わせる前に、のけぞり、銃が手から落ちた。アラールは一発放ったが、人影の右肩のずっと上のほうにそれ、さらに引き金を引こうとしたときには、男のサプレッサー付き拳銃が発する閃光をかすかに認識しただけで、闇の世界へと落ちていった。

ジェントリーは立ちあがり、リビングを横切って、警官ふたりの頭をさらに一発ずつ撃った。自分の家のリビングでまた血が飛び散るのを見たリーマ・ハラビーが、ショックのあまり悲鳴をあげた。ジェントリーがハラビー夫妻にすばやく銃を向けたので、リーマは目を閉じた。

つづいてジェントリーは、キッチンとの境に横たわっているシリア人ボディガードの死体に銃を向けてから、アパルトマンの奥に通じる廊下のほうに狙いをつけた。

廊下の未知の部分を狙いながら、ジェントリーはハラビー夫妻に大声できいた。「ほかにだれかいるか?」

「いない」ハラビーが答えた。

ジェントリーは、拳銃を下げた。「だれもいない」「怪我はないか?」

ハラビーは、パニックを起こしかけて泣いているリーマのようすを見た。リーマの体に触れてから、自分の体も調べた。どちらも出血していないようだった。「わたしたちは……だいじょうぶだと思う」

ジェントリーは、死んだ警官ふたりのほうを顔で示した。「こいつらはシリア人の手先だ」

「知っている」アパルトマンの床に横たわっている三人の死体を見つめながら、ハラビーが答えた。そばでリーマが目を覆っていた手をおろした。まだすすり泣いていたが、数分前の恐怖と混乱に、どんな男や女よりもしっかりと対処していると、ジェントリーは思った。

ジェントリーは、熱くなっているサプレッサーが太腿に当たるのを我慢して、グロックをウエストバンドに差し込み、ハラビー夫妻が立つのに手を貸した。「よく聞け」

「待て！」ハラビーがいい、コーヒーテーブルの携帯電話を見おろし、指さした。

ジェントリーはそれを見て取りあげ、電話がつながったままなのを知った。指でマイクを覆った。「何者だ？」

「男の声」リーマがいった。「ビアンカを探している人間に雇われているといっていた。この警官たちをよこしたのは、その男よ」

ジェントリーがまだマイクを押さえていたときに、声が聞こえた。「そっちのようすからして、おれはパリでまた新しい手先を雇わなければならないようだな」

ハラビーが、電話のほうにかがみ込んだ。「あんたの手下は死んだ。もうビアンカは見つけられない」

「あんたの新しい客、アメリカ人も、やはりしゃべりたくないのか？」

割れた窓から警察のサイレンが聞こえるだけで、数秒のあいだ、沈黙が流れていた。

「おまえは何者だ？」ジェントリーはようやく口を切った。

電話の相手が答えた。「おまえこそ何者だ？　もちろん、昨夜ビアンカを拉致した謎の男がおまえだというのは想像がつくが、率直にいって、それ以外は皆目わからない」

ジェントリーは、男の声をじっくりと聞いた。フランス語が母国語のようだったから、死んだふたりとおなじでパリ警視庁の警察官かもしれない。

リーマ・ハラビーのパニックはまだおさまっていなかったが、強い女性だし、絶好の機会だと考えたようだった。リーマが、電話に向けてどなった。「おまえは極悪非道な男の手先だわ！　あの男は、シリア国民を大量虐殺したのよ」

「反政府勢力と戦っているだけだ」相手は平静に答えた。「しかし、あんたと政治の議論をするつもりはない。あんたらは警察が来る前に、そこから逃げたほうがいいんじゃないか。正直な話、逃げ切れるのを祈っているよ」

「わたしたちを助けるとでもいうのか？」ハラビーがいった。

ジェントリーが、電話の相手の代わりに答えた。「あんたたちが警察に勾留されたら、手出しできなくなるからだ」

「頭がいいな」声の主がいった。「ミスター・アメリカン、警察に見つからないところへ行ってから、今後のことを話し合えるように、その電話を持っていたらどうだ？」

ジェントリーは答えた。「そうだな、くそ野郎。この追跡装置をポケットに入れておくのも悪くない。馬鹿も休み休みいえ」

おざなりに笑うのが聞こえた。「いいだろう。しかし、これだけは知っておけ。おまえが何者かは知らないが、おまえが関わったために、おおぜいの人間が死ぬ。ハラビー夫妻やおまえもだ。フランスにはおおぜい手先がいるから、もうじきおまえたちを見つける。不思議なことに、これがおまえとの最後のやりとりにはならないという気がする」

「また話ができるだろうよ」ジェントリーは電話を切り、キイパッドを拭いた。

そのとたんに、ハラビーがいった。「エリックと名乗っているはずだが、それはいわなかったな。しかし、まちがいなくスイス人だ」

「どうしてわかる?」ジェントリーはきいた。

リーマが答えた。「あなたが来る前に、わたしたちはフランス語でこの男と話をしたの。〝携帯電話〟をフランスでは〝ポルタブル〟というのに、〝ナテル〟（スイスで自動車用携帯電話が導入されたときの略称がそのまま残ったもの）といっていた。そういうのはスイス人だけよ」

スイス人がどうしてこれに関わっているのだろうと、ジェントリーは不思議に思ったが、じっくり考えている時間はなかった。「警官が五十人以上、まもなくこのビルに押し寄せるだろう。だが、地上の警官は、こいつらが三階へ行ったと思わされている。いますぐに脇の出入口から出て、どんどん歩きつづけるんだ」

リーマがいった。「わかった……荷物をまとめないと――」

「だめだ! 早く行け! 警官のあいだを堂々と通っていけ。警察はあんたたちを探してはいない」

「しかし……」ハラビーがいった。「死体がわたしたちのアパルトマンで見つかる」

「警察があんたたちを探すのは、それからだ。そのときには、この警官ふたりがシリア政府の手先で、これが暗殺計画だったことを証明できるはずだから、あんたたちはなんの心配もいらない。しかし、いまは逃げなければならない」

ハラビー夫妻が立ちあがり、コートを着て、ドアに向かった。「ありがとう」リーマがつぶやいたが、急いでいたし、ショックが消えていなかったので、ジェントリーのほうには目を向けなかった。

「待て」ジェントリーはいった。「ひとつだけ、やってほしいことがある」

ハラビーがふりむいた。「なにをやればいい？」

ジェントリーは、やる必要があることを説明した。ハラビーが指示どおりにしてから、リーマとともにアパルトマンを出て、エレベーターで脇の出入口へ行った。いまではセーヌ川左岸のすべてのビルのあいだで、サイレンの音が反響していた。警察は正面と裏の通りをすでに遮断していたが、ジェントリーはアパルトマンのドアを閉めて鍵をかけると、さきほど叩き割った窓へ向かった。死体はすべてそのままにした。窓を抜け、パサージュ・ドフィーヌを見おろすと、真下にある脇の出入口前に警官がふたり立っていた。上を見てはいなかったので、ジェントリーは窓の縁を伝って進んでいった。警官の持ち場から見えないところまで行くと、排水管を伝いおりて、東へ駆け出し、旅行会社にはいってパンフレットを取った。それと同時に、警察の車列が通り過ぎた。

18

セバスティアン・ドレクスラはオフィスに座り、ハラビー夫妻と、夫妻に雇われている謎のアメリカ人との会話についてじっくりと考えていた。ふたたびまみえることになるだろうと、ドレクスラはそのときにアメリカ人にいったが、まちがいなくそうなると予想していた。そのときは、パリの街路で、銃口の向こうにアメリカ人を捉えたいと、ふたつの理由から願っていた。

ひとつ目の理由は、自分の戦闘能力には自信があるし、作戦をぶち壊したアメリカ人を斃せば、大いなる満足を味わえるということだった。ふたつ目の理由は……この世のどんな物事よりも、ヨーロッパに帰りたいと願っているからだった。

このダマスカスで、金と権力と女たちと敬意を手に入れてはいるが、自分が生まれた大陸をふたたび目にして、西洋の食べ物、風習、考えかたとつねに接していたかった。

しかし、ヨーロッパでは用心しなければならない。どこかの国の警察に発見されたら、死ぬまで刑務所を出られなくなる。

ドレクスラは、スイスのラウターブルンネンという絵のように美しい山村で、観光登山会社を経営する両親のもとに生まれ、大学に進むために生国を離れたときには、一流のアルピニストになっていた。ロンドン大学経済政治学大学院で国際関係を専攻し、何年かスイス外務省に勤務した。しかし、スイスの鈍重さが退屈になり、アフリカの危険な紛争地域で商機をものにしようとする大手企業の支援に特化した、民間危機管理（リスクマネジメント）会社に転職した。

ドレクスラは抜け目がなく、ずる賢く、必要とあれば非情にもなれるし、野心満々だった。多国籍企業相手の仕事を二年やってから、起業して、第三世界での経験が豊富な老練の情報工作という専門技能を、資金が豊富なアフリカの武装勢力に売り込んだ。カダフィ大佐の手先を二年のあいだつとめたが、リビア政府が崩壊する前に脱出した。つぎはヨーロッパで二年、ナイジェリアの腐敗した指導者ジュリアス・アブバケル（架空の人物。『暗殺者グレイマン』に登場）の意のままに活動した。さらに、エジプトのムバラク政権、ジンバブエのムガベ政権、スーダンのバクリ・アリ・アブブード（架空の人物。『暗殺者の正義』に登場）の政治目標を支える活動に携わった。

ドレクスラは頭脳を働かせることができる現場の人間で、知性のない殺し屋ではなく、幅広い訓練を受けている熟達した情報工作員だった。警護し、捜査し、顧客（クライアント）の敵を監視し、クライアントの脅威を判断できる。それに、そう……暗殺もできる。

セバスティアン・ドレクスラには、軍隊を組織し、国家を打倒する力がある。

だが、第三世界には飽き飽きしていたので、母国があるヨーロッパ大陸で雇い主を探した。ヨーロッパに戻るまで何年もかかったが、ようやくアフリカを離れ、グシュタードにある世界最古の家族経営銀行のひとつ、マイアー私設銀行（プリヴァートバンク）（個人銀行家が経営に無限責任を負う銀行）にひそかに雇われた。

超富裕層の個人クライアント向けの〝コンサルタント〟という肩書で、ドレクスラの肉体と頭脳の力を必要とする人物のもとへ派遣され、資金をあるべき場所——マイアー私設銀行——に預けさせるという仕組みになっていた。

ドレクスラは、口座を脅かす家族のいさかいをあらゆる手管で終わらせ、クライアントの法律問題を陰謀と暴力で鎮めた。デンマークの田園地帯の裕福な一族の家長が癌にかかり、マイアーに預けてある三千万ユーロ相当の持ち株を引き出して、医療研究機関に寄付しようとした。年下の親族は蒼ざめたが、法律的には打つ手がなかった。

子供たちはマイアー私設銀行に相談した。セバスティアン・ドレクスラがシルケボー郊外の屋敷へ赴き、家長が財産を移してしまう前に、薬に細工して毒殺した。

家長の子供たちも、ドレクスラの雇い主も、胸をなでおろした。

ドレクスラに良心はない。あるのはひとつの掟だけだ。疑問を抱かず、躊躇せずに、雇い主の望みがかなうようにする。騙し、脅し、体の自由がきかなくなるような怪我を負わせ、殺す。モロッコでは反政府勢力に資金をあたえて工場を襲撃させた。アテネでは、訴追を免れるために、街のギャングを雇い、強盗を装って弁護士を刺すように指示した。銀行の貸借対照表を増大させ、クライアントの資産のリスクを縮小させることを狙った雇い主の望みをかなえるために、ありとあらゆる手を使った。

ドレクスラの人生は順調だったが、やがて犯した罪に追いつかれた。国際刑事警察機構が、アフリカ、中東、ヨーロッパでの犯罪と殺人の犯人と断定し、スイスの金融産業と結びついているという噂をもとに捜査を開始した。

雇い主の銀行は、ドレクスラと手を切ることもできたはずだが、そうはせずに提案した。インターポールが逮捕と引き渡しを要求できない国に、利益の大きい仕事があると、ドレクスラに教えた。

マイアー銀行の最大手クライアントのひとりである女性が、国内と海外で政治状況が悪化し、刑事事件で告訴されるおそれもある苦境を乗り切るために、専属の工作員を必要としています。ヘル・ドレクスラのような多才で人脈が豊富な工作員なら、この任務を鮮やかに成功させることができるでしょう——というような話だった。

それがシャキーラ・アル＝アッザムの専属行動部門となる仕事だった。ヨーロッパには配置されないで——ドレクスラはヨーロッパでは好ましからざる人物だと見なされていたので、好都合だった——シリアに行くことになる。ダマスカスへ行き、絶大な権力を握っている美しい大統領夫人のために働けば、大統領夫人と銀行とドレクスラの三者にとって利益がある。

まあ……そういうふうに説得され、スイスの危うい苦境から脱け出すために、その賭けに飛びついた。だが、ダマスカスでどういう危難に巻き込まれるかを、まったく知らなかった。大統領夫人の専属工作員であっても、やはりきわめて剣呑な環境に置かれる。

シリア大統領アフメド・アル＝アッザム本人がこの計画を承認したにちがいないし、いたって単純な理由から、望ましい提案だったはずだ。政権が転覆されたときの防護手段として大統領夫妻が外国にこっそり隠している金は、スイスのマイアー私設銀行に預けてある一億ユーロを除けば、ほぼ底をつきかけていた。いままでずっとその略奪による私財を護(まも)ってきたスイスの銀行が、自分たちの財務の利益を護るために、ヨーロッパ人のスパイを派遣し、フルタイムで働かせるというのだから、自分の情報機関よりもすぐれた仕事ができるはずだと、アッザムは考えた。

もちろん、シリア入りしたドレクスラは、悪名高いシリアの情報機関(ムハーバラート)、総合保安庁によって、徹底的に身許(みもと)を調べられたが、問題はないと判断され、シャキーラとアッザムの指示を実行しはじめ、総合保安庁と協力して、大統領夫妻の海外資産を護る作戦を行なった。

アッザムの在外投資信託(オフショアファンド)は、数多くの脅威にさらされていた。政府機関が探し、レポーターが調査し、第三者の銀行が信託の名義人の正当性に異議を唱える。やがて、ヨーロッパ大陸でアッザムの計画を促進するために、ドレクスラはヨーロッパ人を雇って膨大なネットワークを築いた。パリの警官、イギリスの情報機関員、ルクセンブルクの腐敗した弁護士、ウクライナのコンピュータ・ハッカー。

シャキーラの口座は安全に護られ、アッザムがダマスカスで不正行為によって得た資金が流れ込むようになった。

ドレクスラとアッザムの関係は、当事者すべてにとって順調に推移した。金で雇われた工作員のドレクスラは、自分の仕事に邁進(まいしん)していたが、やがて大統領夫人と肉体関係を持つようになった。シャキーラの側からすれば、なにが欲望を焚(た)きつけたかははっきりしていた。愛のない夫に飼われているおべっか使いばかりがいる宮殿に、女独りで閉じ込められている。

物騒な雰囲気を漂わせた異国人のドレクスラが登場し、シャキーラの視線を受けとめて、関心を示したのだ。しかも、ドレクスラは、ほかの男たちとはちがって、彼女の私室で秘密に会うことを許されていた。

シャキーラは、すぐに魅力的なヨーロッパ人に誘いをかけた。

いっぽう、ドレクスラの動機は、アドレナリンと性欲というふたつの薬物の組み合わせだった。これまでも、武装勢力指導者の愛人、エジプト大統領の内妻、ナイジェリア軍の将軍の妻と関係し、ギリシャでは自分への捜査を指揮していたインターポール警部の娘とも寝た。セバスティアン・ドレクスラは、獣の毛皮を追い求めるハンターだし、シャキーラはマントルピースの上に飾るのにうってつけの獲物だった。

ドレクスラにとっては、べつにかけがえのない関係ではなかった。もっといい女を抱いたこともあるし、そのうちにこの冷酷で残忍な女が本気で恋するようになるのではないかと心配になった。アッザムにふたりの関係がばれて殺されるという懸念よりも、そのほうがずっと恐ろしいと、真夜中に思うことがあった。

やがて、シャキーラと寝たことが、ドレクスラの危険な人生でもっともリスクが大きい出来事になった。一年前にドレクスラはシャキーラの執務室に呼ばれ、微妙な個人の問題にこっそりと手を貸してほしいと頼まれた。大統領夫人にさらに取り入って、シリア政府で盤石の地位をものにできると考えたドレクスラは、よろこび勇んで引き受け、ダマスカスに住むスペイン人女性を追跡し、なにをやろうとしているかを調べてほしいという奇妙な指示に従った。

簡単な仕事のように思えた。シャキーラはシリア国内で何人もの女を敵にまわしているし、公の手段で処理したくない女のいがみ合いなのだろうと、ドレクスラは推測した。それなら、二日ぐらいで片がつく。

とんでもないまちがいだった。

ビアンカ・メディナを尾行し、ほとんど自分で現場の仕事をやるうちに、ふたりの女のいさかいなどではなく、もっと大きなことが絡んでいると、ドレクスラは察するようになった。

第一の徴候は、きわめて厳重な警護だった。ビアンカ・メディナは、どこへ行くときも、アラウィー派の近接警護官の特別チームに囲まれていた。ダマスカスで一般市民がそういう扱いを受けるのは、前代未聞だった。警護班についてドレクスラが調べると、支配層のバース党幹部が所有する銀行の特別基金から報酬が支払われていることがわかった。警護そのものよりも、その事実にドレクスラは不安をおぼえた。

だが、大統領夫人の機嫌を損ねるわけにはいかないので、監視はつづけた。それに、マイアー私設銀行の雇い主に、クライアントの指示に従っていないことを聞きつけられたら、ダマスカスだけではなくグシュタードでも、手痛い目に遭わされるだろう。

メッゼ八六区にあるメディナの家を監視して、彼女が仕事で出かけることはないとわかった。それに、メディナは独身で、ナイトライフが大好きだが、おおぜいの友人や知人と付き合ってはいない。ダマスカスの最高級のクラブやレストランにはよく行くが、かならず警護に囲まれて、独りで家に帰る。

警護班のだれかと寝ていないとしたら、独身主義者なのだろうと、ドレクスラは結論を下した。

やがて、監視をはじめてから八日目に、この作戦が細心の注意を要するものになるかもしれないというドレクスラの懸念が裏付けられた。午前零時ごろに、あまり特徴のない車三台が、ビアンカ・メディナの家に近いザイド・ビン・アル＝ハッタブ通りを走っているのが目に留まった。暗視双眼鏡でナンバープレートを見て、大統領警備隊の車だとわかった。

三台がメディナの屋敷の円形車まわしにはいると、ドレクスラはいっそう不安にかられた。そして、数分後にアラウィー派の民間警護チームが立ち去ると、そこで起きていることに、重大な懸念をおぼえた。

その直後にさらに二台の車が敷地内にはいり、怖れていたとおりだとわかった。アフメド・アル＝アッザム大統領本人が、車からおりて、屋敷にはいっていった。

つまり……こういうことか。シリア大統領は、二十五歳のスペイン人モデルと肉体関係にある。そして、この件に関するドレクスラのクライアントは、大統領夫人なのだ。

ドレクスラはすぐさま、巨大な岩に挟まれたと気づいた。きわめて危険な仕事人生のすべてを通じて、もっとも厄介な立場に追い込まれた。大統領夫人に嘘をつき、ビアンカ・メディナについてはなにもわからなかったというべきか。あるいは、やろうと思えばこちらを撃ち殺して溝に捨てることもできるシリア大統領の行状をいいつけるべきか。

ドレクスラは急いで大統領夫人のもとへ行き、マイアー私設銀行にある資産を護るという任務に縛られているので、もうこの個人的な事柄に割いている時間はないと話した。そのごまかしは、五秒ともたなかった。シャキーラが頭のいい女性だというのはわかっていたが、そんなにすばやく嘘を見抜かれるとは思っていなかった。

「アフメドが女の家に現われたのね？」シャキーラがきいた。

「アフメド？　大統領のことか？」ドレクスラは不用意にそういってから、見え透いていると自分をののしった。

だが、シャキーラが薄笑いを浮かべたので、ドレクスラは愕然とした。

「あの女との関係のことは知っていたのよ。どうして知ったかは説明しない。科学的なことではないわ。女の勘のようなものよ。あなたが証拠を見つけてくれるかもしれないと思っていたの」

自分を迎え入れた国の第二の有力者の指示とはいえ、これ以上、ビアンカ・メディナを見張りつづけることはできない。ドレクスラはいった。「それをやるのは不安だ。わかるだろう。アッザム大統領にどんな仕打ちをされるかわからない」

シャキーラは、肩をすくめ、愛人のドレクスラにキスをした。「あなたはその男の妻と寝ているのよ。こっちのほうが危ないんじゃないの」

ドレクスラはいった。「ここなら、あなたの私室なら……あなたがいわないかぎり、わたしがなにをしているか大統領が知ることはない。しかし、街ではそうはいかない。大統領の愛人を監視するんだよ。いずれ見つかって、敵対行動だと見なされる」

シャキーラが溜息をついて、肩をすくめた。「どうでもいいわ。これまでやってくれたことでじゅうぶんよ」

ドレクスラは、わけがわからなくなり、シャキーラの腕から腹立たしげに身を引いた。

「わたしがなにをやった？　写真はない。じっさいになにが起きているかについての情報もない」

シャキーラが、心底うれしそうにほほえんだ。「アフメドにそういってみたらいいわ。わたしは、ビアンカと関係しているのを知っていることを、アフメドにいうつもりはない。でも、わたしが知っていることにアフメドが気づいたら、わたしの専属工作員が密告したのだと思うでしょうね」

ぞっとするような意見で、ドレクスラはどう受けとめればいいのかわからなかったが、その瞬間、メディナを監視する任務から解かれたとわかり、かなりほっとした。

ドレクスラは、総合保安庁の仕事と、シャキーラのマイアー私設銀行の口座を維持する作業に戻り、後ろ盾ふたり——大統領夫人と大統領——のそれぞれの利益に反することを報告するような危険から逃れられて運がよかったと思った。

しかし、わずか数カ月後に、シャキーラの私室でその安心感は崩れた。ふたりとも裸で、体がうっすらと汗ばんでいた。まわりではエジプト綿のシーツが濡れて、ねじれ、丸まっていた。いくつもの枕が、床に散らばっていた。

ドレクスラは、セックスのあとの穏やかな気分にひたっていて、真面目な話をする気分ではなかった。だが、セックスではドレクスラが主導権を握っていたものの、二度目が終わると、シャキーラが威厳を取り戻し、距離を置く態度になった。

まるでなにごともなかったかのように、シャキーラがベッドで上半身を起こした。「噂を聞いたの、セバスティアン。事実かどうか突き止めてちょうだい」

「その前にシャワーを浴びられないかな?」

ビアンカ・メディナが妊娠していることがわかったと、シャキーラがいった。ドレクスラには信じられなかった。愛人が子供を産むのをアッザムが許すというような筋書きは、想像できなかった。

だが、シャキーラの感じかたはちがっていた。男の子が生まれるのではないかと、心配していた。男児の誕生は、彼女の子供たちやシリアにおける彼女の権力にとって脅威になる。

数カ月前、大統領の情事について大統領夫人に報告することに、ドレクスラは不安をおぼえたが、こんどの任務では、頭がおかしくなりそうなくらい過酷な板挟みに追い込まれるはずだった。

ドレクスラは追いつめられたが、それでも仕事に取りかかった。妊娠も子供も事実ではないことを心底願って調べはじめたが、やがて、ビアンカがすでにアッザムの息子を産んでいたことがわかり、恐怖にかられた。しかも、最悪の報せは、シリアを三十五年間統治したアッザムの父にちなんで、その子がジャマルと名付けられていたことだった。その情報を隠すために、アッザムはだれかれかまわず殺すだろうと、ドレクスラはたちどころに悟った。ドレクスラは、それをシャキーラに伝えるのが恐ろしかったが、情報を要求されていたし、わかったことを明かさなかったら、マイアーでの自分の立場が危うくなるはずだった。

またしても、きわめて危険なゲームの渦中にはまり込んでしまった。そこで、ドレクスラは、やらなければならないことをやった。自分がつく側を選んだのだ。ジャマルという赤ん坊のことをシャキーラに教えても、殺されるおそれはないが、探り出したその事実をアッザムに話したら、知りすぎたために殺されるかもしれない。

ドレクスラがその報せを伝えたとき、シャキーラは冷静にいった。「アフメドがわたしを追い出さない理由はひとつしかない。スンニ派コミュニティと結びついているからよ。戦争が終わって、ロシアとイランが外国の脅威をすべて撃退したら、アフメドはスンニ派組織の支援を必要としなくなる。考えてみて、セバスティアン、アラウィー派の若い愛人やその子供と新しい家族をこしらえたら……アフメドはわたしをどうすると思う？　それに、わたしの身になにかが起きたら、あなたはどうなるかしら？　あなたは知りすぎているから」

それはおまえがわたしを事後共犯にしたからだろう、とドレクスラは心のなかで怒り狂っていた。

シャキーラは、自分とドレクスラがともに窮地に陥っていることについて、さまざまな側面から考えながら、話をつづけた。「マイアー私設銀行のお金はどうなるかしら？　だって、あなたがアフメドの情事を調べあげたんだから。自分についての情報を握っていることがわかったら、アフメドはスイスに一億ユーロを預けておかないでしょう。わたしを殺し、お金をあなたの銀行から引き出すでしょうね。あなたはシリアに取り残され、母国にも外国にも後ろ盾がひとりもいなくなる。あなたは片づけなければならない余計者になる」

いまこの場でシャキーラ・アル＝アッザムを絞め殺しても逃げおおせられるとしたら、自分の抱えている難題はほとんど解決すると、ドレクスラはふと思った。

しかし、なにもかも解決するわけではないし、遠くへは逃げられない。シリアから脱け出すのはまず無理だろう。とにかく、当面、自分の未来は、大統領夫人の活力と権力維持と切っても切れない関係にあると、ドレクスラは悟った。

「なにをやればいいと思っているんだ？」ドレクスラはきいた。

「マイアーの口座を護るには、この女を阻止するしかない。口座を護るのが、あなたの仕事でしょう？」

ドレクスラは、肩をすくめた。すっかり気落ちしていた。

なにか企んでいるような目で、シャキーラがドレクスラのほうへ身を寄せた。「このことでは、わたしたちは運命をともにしているのよ、セバスティアン。ビアンカを取り除く方法を見つけましょう」

シャキーラの正気を疑っている目つきで、ドレクスラが見つめた。「それであなたが助かるわけがないだろう。アッザムの愛人を殺して、無事でいられると思うのか？」

「わたしがやったことがわかるはずがない。とにかく、あの女さえいなくなれば、わたしは安全よ。あなたにはアフメドのことがわかっていない。彼はあの女に恋している。馬鹿げた無鉄砲な恋よ。アフメドは隔離されているようなものだから、つぎの女を見つけることはできない。ロシアはアッザム政権の安定を願っている。つまり、わたしが宮殿にいて、スンニ派をなだめるのが望ましい。アフメドは、あのスペインの尻軽女にのぼせあがったことでロシアと揉めるでしょうね。でも、女の身になにかが起きても、もう一度女を作ろうとはしないはずよ」

ドレクスラは、運命を受け入れることにして、シャキーラ・アル＝アッザムのために調査をはじめた。だが、懸命に調べても、子供のいどころを突き止めることはできなかった。ビアンカ・メディナの家は、宮殿のすぐ南のメッゼ八六区にあるが、いまは厳重に戸締まりされていて真っ暗だった。メディナと赤ん坊がどこにかくまわれているにせよ、アッザムが手配した超極秘の場所にいるにちがいない。

いっぽうシャキーラは、メディナをシリア国内で殺すことはできないと考えていた。シリア国内でやったら、関与していることをアッザムに嗅ぎつけられて、シャキーラは破滅する。しかし、メディナがフランスへ行くことを、ドレクスラが調べあげた。メディナはクウェート国王の愛人だと偽り、クウェート国王を宿敵と見なしているISISを説得して殺させる陰謀をシャキーラが仕組むのを、ドレクスラは手伝った。

ドレクスラが宮殿のオフィスにじっと座り、この二年間の出来事をつくづく考えていると、携帯電話の暗号化された音声アプリが鳴った。どういう話を聞くことになるのかはわかっていたが、さっと電話を取った。

「ウイ」

予想どおり、アンリ・ソヴァージュからだった。「エリックか？　たいへんなことが起きた」

ドレクスラは、数分のあいだなんの返事もせずに、アラールとフォスが死んだことをパリ警視庁の警部が報告するのを聞いていた。

ソヴァージュが、報告を終えてからいった。「事件の動画は残ってないが、現場にいた警官が、この男、アメリカ人は……かなり腕が立つといってる」

「ひきつづきメディナを探せ」ドレクスラは命じた。

「とんでもない、あんた！　こいつは大ごとだ。おれの配下がふたり死んだし、フランスの情報機関が自由シリア亡命連合に協力してるんだぞ！」

「フランスの情報機関？　それはどういうことだ？」

「きょうの午後、三十六番地で嗅ぎまわってる男がいた。フォスとアラールについて聞き込みをやってた。何者かは知らないが、おれの上司は好きにやらせていた。あとでわかったんだが、最近、退官したばかりの治安総局のスパイだ」

「名前は？」ドレクスラはきいた。

「そういうやつが名前をいうわけがないだろう、エリック」

ドレクスラは、しばし考えた。「これに該当しないか。六十代なかば、小柄で、銀色の髪が波打っている。上流階級を気取っているが、爪を嚙む癖がある」

間があった。「知っているやつなのか？」

「名前はヴァンサン・ヴォラン。会ったことはないが……よく知っている」

「聞いてくれ」ソヴァージュがいった。「市街戦をやって警官が死んだり、署を年配のスパイがうろついたりするようなことは、契約にはなかった。もうこれにはいっさい関わりたくない」

ドレクスラもそれはおなじだった。だが、ソヴァージュの気持ちはわかったが、従わせる必要があった。

「おまえはどこへも逃げられない、アンリ。理由はわかっているはずだ」ドレクスラを破滅させることができる材料をシャキーラがつかんでいるのとおなじように、ドレクスラもソヴァージュの弱みを握っていた。シリアの代理でソヴァージュが行なった犯罪の数々の証拠がある。最初はささやかなことだったが、それがすこし大きくなり……この二十四時間の出来事にまで拡大した。

そう……ソヴァージュを意のままにできることを、ドレクスラは知っていた。だから、こういった。「わたしがそっちへ行く。わたしが到着するまでに、ビアンカ・メディナを見つけろ」

「しかし——」

ドレクスラは電話を切った。そのとき、スピーカーホンにしてあったデスクの電話から、アシスタントの声が聞こえた。

「ドレクスラさま」

「なんだ?」

「その……大統領執務室から電話がありました。アッザム大統領が、今夜、内密に話をしたいといっておられます。午後十一時に執務室で、とのことです」

ドレクスラの胸のなかで心臓が激しく鼓動した。その日はじめて、ドレクスラの顔に笑みが浮かんだ。

19

六十五歳のヴァンサン・ヴォランは、モンマルトルの狭い急坂のてっぺんにある居心地のいいイタリアンレストラン、〈テンタツィオーニ〉に向けて、濡れた石畳(いしだたみ)の道を独りで歩きながら、雨の夜の湿った空気を吸い込んだ。午後十時なので、客はほとんどいないはずだが、今夜はこの時間にそこで会う約束になっていた。

シリアの手先になっている司法警察局の警官ふたりに踏み込まれた直後に、ターレク・ハラビーはヴォランに電話をかけた。その襲撃の直前にアメリカ人が現われ、襲撃中にも現われて、救ってくれたことを、ハラビーは説明した。つづいて、場所と時間は任せるから、今夜じかに会いたいと要求した。ヴォランがそのレストランを選んだのは、店が狭く、窓から表がよく見えて、居心地のいい雰囲気だからだ。

〈テンタツィオーニ〉はヴォランのなじみの店で、場ちがいな人間がいればすぐにわかるし、そういうときには近くの曲がりくねった通りや路地を下って、姿を消すことができる。

ハラビー夫妻にとって、パリはもう安全な街ではなくなっているが、この店は平穏で、警察やその他の関係者に遭遇することなく出入りできると、ヴォランは考えていた。

銀髪のヴォランは、レストランのすぐ下のルピック通りの靄（もや）がかかっている広い闇で立ちどまった。東の丘の上にあるサクレクール大聖堂の明かりや観光客とは、じゅうぶんに離れている。そこに立って、小さなイタリアンレストランの窓からなかを見た。いくつかのテーブルに客がいたが、ハラビー夫妻はどちらもまだ来ていなかった。

ヴォランは意外に思った。シリア人のハラビー夫妻は、諜報技術（トレードクラフト）のことなどなにも知らないから、会合の場所を遠目に偵察し、遅れて現われるような、気のきいたことができるはずはない。

ヴォランは、歩道の闇に戻り、改築中の商店のそばで、秘話音声アプリを使ってハラビーに電話をかけようとした。だが、スクリーンが明るくなったとき、首の付け根に拳銃のサプレッサーの冷たい先端が押しつけられるのがわかった。ヴォランは身を縮め、すこしでも身じろぎすれば拳銃の持ち主が引き金を引くかもしれないと怖れて、すぐさま凍りついた。

首に銃口を押しつけている相手を驚かさないように、ヴォランは闇に向けてそっといった。

「どこから来たのかね？（ドゥ・ヴネ・ヴー）」

英語で答があった。「あんたの過去からだ」

なにが起きるかがわかっていたので、ヴォランは恐怖を締め出そうとして、目を閉じた。銃を突きつけているのはグレイマンだし、さらに重大なのはグレイマンに正体を見破られていることだった。

ヴォランはおとなしく応じた。そうしないと、自分の命を握っている男を興奮させかねない。「ハラビー夫妻が手引きしたんだな？」

「彼らはおれに借りがある」

「ウイ……たしかにそのとおりだ。どうして借りができたか、話は聞いている。司法警察の警官ふたりが死んだ。きみが手を下したんだろう？」

「手？ ちがう。あんたに押しつけているこの銃でやった」

「ああ、なるほど」

「行こう」

「どこへ行く――」

ヴォランは肩を手荒くつかまれ、うしろにひっぱられた。

ジェントリーは、ヴォランを通りから引き戻して、改築中の建物に連れ込んだ。そこで、塗りたての漆喰と饐えた雨水のにおいがする壁に、ヴォランを押しつけ、レインコートのなかをまさぐった。拳銃を額に強く押しつけたままで、財布を抜き出した。

財布を調べながら、ジェントリーはいった。「いうまでもないだろうが、銃をつかもうとしたら、その前に引き金を引く」

「ああ、ムッシュウ、きみの能力のことは、説明してもらうまでもない」

ジェントリーは、ヴォランの目をじっと見てから、財布を調べた。片手でひらいて、顔の近くに差しあげ、金色がかった街灯の光で読もうとした。「ヴァンサン・ヴォラン。本名か」

「そうだ。わたしのことは知っていると思っていたが」

「おおまかにしか知らない。元はフランスの情報機関員で、おれのことを多少は知っていると思っていて、モンテカルロの安全器（カットアウト）を通じておれを雇った。ＩＳＩＳのくそ野郎どもが襲撃するときに、昨夜のようなことができるのはおれしかいないと、判断したから」

「もうフランスの情報機関には所属していない。退官した」

「では、いまはなにをやっているんだ、ムッシュウ・ヴォラン？」

「私立コンサルタント」

「そうか？」ジェントリーは、脅しつけるように身を乗り出した。「おれもいま、コンサルタントの意見を聞く必要があるんだ」

ヴォランは、不安にかられていた――暗いなかでも、ジェントリーにその兆候が見えた――だが、ヴォランはかすかな笑みを浮かべた。「いまは新しいクライアントは探していない」

「リーマとターレクを死の淵に導くので手いっぱいか？」

「そういういいかたは、フェアじゃない」ヴォランが答えた。グレイマンが引き金を引かずに話をしているので、窮地に追い込まれたという恐怖が薄れ、頭に銃を突きつけられていても、もうあまり怯（おび）えていないのだとわかった。

「おれについて、なにを知っている？」ジェントリーはきいた。

ヴォランの目つきが鋭くなった。重要なことを知っているが、どう答えるべきか迷っているように見えた。ようやくヴォランが口をひらいた。「かつてはアメリカの情報資産(アセット)だったことは知っている。CIAに関係を否認されたことも」

ヴォランがいう情報は古く、不完全だとジェントリーは気づいたが、最新情報を教えるつもりはなかった。「ほかには？」

「ああ、ノルマンディの件を知っている」

ジェントリーは、唇(くちびる)の内側を嚙(か)んだ。「ノルマンディについて、なにを知っている？」

「二年前、わたしはDGSIの上級局員だった」

DGSIがフランスの国内治安総局だというのを、ジェントリーは知っていた。「それで？」

「パリの一連の殺人事件と、ノルマンディのシャトーでの虐殺について、わたしは捜査に関係した。すべての事件の中心人物は、情報機関から離叛したアメリカ人資産(アセット)で、非公式にグレイマンと呼ばれている男だと断定された」

ジェントリーが答えなかったので、ヴォランはいった。「そして、殺人はすべて、きみがやったことだ」

ジェントリーはまだ黙っていた。

ヴォランがうなずき、にやりと笑った。「それはともかく、みごとなものだった。発見された死体はすべて、さまざまな犯罪者や人間のクズだった。極悪な人脈をひろげていたビジネスマン、フランス国内でありとあらゆる違法活動に手を染めていた外国の準軍事要員」肩をすくめた。「警察は、いまだにきみを捕らえたいと思っている。きみがきのうの事件やきょうの事件を起こす前から。しかし、われわれの情報機関は……気持ちを切り替えて、ノルマンディの件よりもっと急を要することに目を向けているといっておこう」

ヴォランが口にした事件への関与をすべて否定すべきだというのはわかっていたが、ジェントリーは過去には興味がなく、現在だけを考えていた。「二年前の話をするためにここに来たのではない」

ヴォランがうなずいた。「わかっている。それに、きょうハラビー夫妻のためにやってくれたことに、深く感謝している。彼らのコンサルタントとしてわたしは、きみの仕事ぶりに対して、たっぷりとボーナスをはずむ話をすべきだろうな」

ジェントリーは、ようやく拳銃をおろして、右腰のウェストバンドの内側にあるホルスターに収めた。「おれは金のために来たのでもない」

「だとすると、わたしにはまったくわからない。どうして来たんだ?」

「あんたの正体を見極めるために来た。今回のことでは、万事についてハラビー夫妻がだれかに操られているのが明らかだ。あんたがその〝だれか〟だと、おれは推理している。だれがおれについてなにを知っているのかを読めるかどうかに、おれの生存が懸かっている。ハラビー夫妻はなにも知らないが、あんたはなにもかも知っているようだ」

「ハラビー夫妻と夫妻の目標を、どうして気にかけているんだ?」

ジェントリーは、窓から夜の闇を眺めた。「おれにもわからない」ヴォランのほうに向き直った。「あんたはどうだ？　これにどういう利害関係がある？」

「シリア人亡命者ふたりは、わたしのクライアントだ。単純にそう思うことはできないのか？」

「できない。それがほんとうなら、あんたはハラビー夫妻の指図に従うはずだ。しかし、おれの睨（にら）んだところでは、あんたは自分のもくろみのために、あのふたりを利用している。どういうもくろみがあるのか、あんたを操っているのがだれなのかを知りたい」

ヴォランが、おおげさに肩をすくめた。「わたしの国はアル＝アッザム打倒に、かなり熱心に取り組んでいる。アメリカもおなじだろう。両国はともにシリアに派兵している」

「シリア軍ではなく、ＩＳＩＳと戦うためだ」

「それはそうだが、複雑な状況だ。わたしの国には、シリア政権廃絶を支持する公（おおやけ）の政策はない。ひどい状況をさらに悪化させるようなことに、関与するわけにはいかないからだ。現状でもヨーロッパには多数の難民がいる。あらたな難民流入がはじまったら、フランスの現政権はつぎの総選挙で敗北するだろう。しかし、舞台裏でやればどうか？　関与を否認できるようなやりかたでやれば？　フランスは難民危機を収拾したい。その手はじめに、イラン、ロシア、アッザム政権に亀裂を生じさせるのも悪くない」

ジェントリーは、首をふった。「それだけではないだろう。ほんとうに達成したいことはなんだ？」

ヴォランが、もっと多くの情報を漏らす気になったらしく、ゆっくりとうなずいた。「シリア大統領夫人シャキーラ・アル＝アッザムに近しい人物がいる。西洋人だ。ビアンカ・メディナについての情報をひそかにベルギーのＩＳＩＳに流したのは、その男だ。ハラビー夫妻はその男のことをなにも知らないが、わたしにとってはこの作戦でその男が第二の目標だ」

ジェントリーは、ヴォランに顔を近づけた。「おれが電話で話をした男だな。エリックという名前を使っていると、リーマがいっていた」

「偽名だ」

「そいつは何者だ？」

「セバスティアン・ドレクスラという名前に憶えは？」

ジェントリーは向きを変えて、改装中の暗い部屋を歩きまわった。「なんてこった」

ヴォランがいった。「そうか……知っているかもしれないと思った」

「ドレクスラがアッザムとつながっているというのは察しがつく。世界のあちこちで悪逆な独裁者（エグザクトウマン）のために働いてきた男だ」

「そのとおり。きわめて危険な男だし、数多くの国で指名手配されている。だが、わたしはだれよりもやつを捕らえたいと思っている」

「なぜ？」

「ＤＧＳＩでの最後の四年間、セバスティアン・ドレクスラを見つけて逮捕するのが、わたしの仕事だった。アフリカでは何度も身辺まで迫った。だが、捕らえられなかった。わたしは容易にはあきらめないたちなんだ。だから、もうフランス政府の人間ではなくなっても、追いつづけている」

「ここでやつはどんな犯罪を行なったんだ？」

「それをきみに教えることは許されていないが、フランス国民に多大なコストをかけ、被害をあたえ、政治的困惑をもたらしたとだけいっておこう」

この十年間にフランス政府が巻き込まれた大きな紛糾五、六件が、すぐにジェントリーの頭に浮かんだ。相手国はイラク、リビア、エジプトだった。ジェントリーは、悪名高いセバスティアン・ドレクスラの能力を知っていたので、そのすべての事件の首謀者だった可能性はあると思った。

「つまり、ドレクスラをフランスにおびき寄せるために、ハラビー夫妻とのこの作戦を利用したのか？」

「シャキーラ・アル＝アッザムは、ダマスカスでのドレクスラの後ろ盾だから、シャキーラがこの作戦をがむしゃらに進めようとしたら、ドレクスラ本人がこっちへ来てメディナを探さざるをえなくなるはずだ」

ジェントリーはいった。「これがほかの相手だったら、たったひとりのためにどうしてそんな手間をかけるのかときくところだ。しかし、ドレクスラなら……わかる」

「ドレクスラはぜったいに来ると思う」

ジェントリーは、ヴォランのほうを見た。「ハラビー夫妻に協力しているのは、あんただけか？　フランスの情報機関の人間は、ほかにはいないのか？　ドレクスラが悪党を五十人連れてやってきたときに、ふたりを応援する人間は？」

ヴォランが、くすりと笑った。「ひとつ……いまもいったが、わたしはもうフランスの情報機関の人間ではない。この目標があって、彼らを手伝っているだけだ。ふたつ……ドレクスラはきみがいうように……五十人も引き連れてフランスへ来ることはできない」

「気を悪くしないでほしいが、悪党五十人はすでにフランスにいる。いまおれの目の前にいるやつも含めて。きのう、ＩＳＩＳが夜に襲撃を計画しているのを、あんたはおれに伝えなかった。それは裏切りだ。フランスの利益のために働いているのは、自由シリア亡命連合に対する裏切りだ」

その言葉を噛（か）みしめてから、ヴォランはいった。「わたし独りだ。フランスの情報機関は、ハラビー夫妻やその組織とは手を切った。シリア国内の反政府勢力の関係が微妙だからだ。過激派の運動を支援しているのが暴露されるのは困る」

ジェントリーは反論した。「ターレクとリーマは、過激派とはほど遠いし、関わっているのは内戦だ」

「そうだが……フランスにも政治情勢があるからね。そういうことが明るみに出たら、野党は違法行為だと宣伝するだろう。自由シリア亡命連合は、元シリア反政府勢力の戦士六人に隠れ家でビアンカを護衛させている。ビアンカが話をするまで、そこにいることになる。隠れ家が見つからないかぎり、それでだいじょうぶなはずだ。じっさい、自由シリア亡命連合は、食糧、武器、物流のための資金を集めるようなことに関しては、すぐれた集団だが、戦闘部隊ではないし、諜報組織でもない」

「だから、元情報機関員に騙されたわけだ」

ヴォランが、首をふった。「だれも彼らを騙していない。ドレクスラがベルギーのISISに連絡し、メディナがパリに来るのを教えたと、DGSIの同僚が内密に報せてくれた。ISISはメディナがアッザムの愛人だというのを知らず、クウェート国王と肉体関係があると教えられていた」

「だが、フランスの情報機関は、彼女とアッザムの関係を知っていた」

「そのとおり。DGSIのわたしの知り合いは、わたしが自由シリア亡命連合のコンサルタントだというのを知っていて、ハラビー夫妻に組織を救援団体よりもっと……効果的なものにする資源と熱意があったのも知っていた。そこでわたしは彼らを隠れ蓑に使い、きみを雇ってメディナを救出させた」

「ターレクとリーマが、救援団体を反政府勢力の直接行動部門に変えたのは、どういうわけだ？　ふたりがおれに話していないことがあるんだな？」

暗い明かりのなかで、ヴォランがうなずいた。「きみはほんとうに物事を見抜く目が鋭いな」

「嘘をさんざん聞かされてきたからだ。秘めた動機を探るのには慣れている」

年配のヴォランも、部屋のなかを歩きまわりはじめた。「ハラビー夫妻には、子供がふたりいた。息子と娘で、パリで働く若い医師だった。ふたりは自由シリア亡命連合のために、医療ミッションでシリアへ行った。戦闘で負傷した一般市民の手当てに、かなり尽くしていた」息を吸い込んで、溜息をついた。「去年の夏、アレッポの病院がロシアの爆弾で全壊したときにふたりとも死んだ」

「ひどい話だな」ジェントリーはつぶやいた。

「子供たちが死ぬと、ターレクとリーマはもう内戦そのものに関わらずにはいられなくなった。武器装備を西側で買う金を集めはじめ、救援物資とともに国境からひそかに運び込んだ」そこでヴォランはいった。「わたしはその作戦を順調に進めるために雇われ、そのうちにメディナ、ドレクスラ、ＩＳＩＳの襲撃計画を知った。それできみの手を借りるよう手配した」

「それでこういうことになった」ジェントリーはいった。

「そういうことだ」ヴォランが肯定した。

「そしていま、おれにシリアに潜入して赤ん坊を連れ出せと、彼らはいっている」

そんな馬鹿げた思いつきは聞いたことがないとでもいうように、ヴォランがくすりと笑った。「そういうのも当然だ。アッザムがイランと秘密会談を行なったことを暴く作戦は、メディナの協力なしには進まないし、わたしが訊問手段を強化することを、ハラビー夫妻は許さないだろう。きみがシリアへ行って、子供を救い出せば、ハラビーの作戦にとっては願ってもない結果をもたらすが、わたしの考えでは正気の沙汰ではない」

「ビアンカと話がしたい」ジェントリーは、にべもなくいい放った。

「なんの目的で？」

「どれほど正気の沙汰ではないかを、見極めるためだ」

ヴォランは、度肝を抜かれた。「それじゃ、きみがダマスカスへ行く可能性もあるんだな？」

「つぎのバスでパリを離れる可能性のほうが高い」

「ムッシュウ……シリアへ行ったら、生きては帰れないぞ」

ジェントリーはくりかえした。「ビアンカと話がしたい」

「いいだろう。手配する」

改装が仕上がっていない部屋で、数秒の沈黙が流れた。やがて、ヴォランがいった。「それは……いますぐにということか」

「いますぐにだ」

20

シリア・アラブ共和国の大統領、アフメド・アル＝アッザムは長身で痩せていて、いつも非の打ちどころのない服装だが、顔の肌が黄ばんでいて、髭を剃ったあとがすぐに青黒くなるので、ファッションセンスがいいことは、ほとんど役立たなかった。広い執務室で、美術品、アンティークの家具、オーダーメードのスーツを着たボディガードに囲まれて、クルミ材の巨大なデスクの奥に座っていても、一国の指導者という役柄には見えなかった。

セバスティアン・ドレクスラは、アッザム大統領に何度か会っただけだったが、受けた印象はつねにおなじだった。シャキーラ・アル＝アッザムが、古典的な美貌を備えた成熟した美しい女性で、華やかな雰囲気があるのに対し、アフメド・アル＝アッザムは、笑みを浮かべているときですら薄気味悪く、なにを考えているのかわからないように見える。

シャキーラの夫らしいところがまったくなく、葬儀屋をやっている伯父のように見える。

だが、きょうのアッザムはいつもよりもいっそうふさぎ込んで、不安げだった。ドレクスラはその理由を知っていたが、それは気ぶりにも出さなかった。

アフメド・アル＝アッザム大統領の広大な宮殿執務室で腰をおろしたドレクスラは、目と目のあいだが狭く顎がとがっている男と向き合って、葬儀屋のイメージを追い払おうとした。ここへは任務のために来たのだ。その任務を進めるには、アッザムの信頼を得なければならない。

だから、ドレクスラは黙って笑みで応じた。

アッザムが、デスクの端の茶器一式のほうを示し、空のカップを取った。それを片手で持ったまま、口をひらいた。「元気そうだな、ミスター・ドレクスラ」

男の接客係四人が近くに立ち、ひとりがアッザムとドレクスラに紅茶を注いだ。あとの三人はドレクスラをじっと見ながら、ジャケットの下の拳銃のそばに手を置いていた。

紅茶が注がれてもアッザムが目もくれなかったので、ドレクスラもおなじようにした。ドレクスラはいった。「いたって元気です。お気遣い痛み入ります」

「この国のすばらしい天気が合っているのだろうね」

この季節のダマスカスは、日中の最高気温が二五度前後、最低気温が一二、三度だった。たしかに申し分のない気候だった。しかし、ドレクスラは、それを払い捨てて、母国の吹雪のなかに立っていたいという思いをふり払えなかった。

「ダマスカスはオアシスです、大統領」

アッザムが小さな口をひろげて、作り笑いを浮かべた。「あなたについて、興味深いことを聞いた。ムハーバラートの連中から」

ドレクスラの胸が緊張した。シリアの総合保安庁が自分について大統領に報告したと聞いて、よろこぶものはどこにもいない。しかも、この場合、問題の人物は大統領の愛人を付け狙っていて、大統領夫人と寝ているのだ。処刑するといい渡すために、アッザムは自分を呼んだのだろうかと、ドレクスラは疑った。

ドレクスラは、なんとか自然な声を取り繕った。「そうですか」

「そうだ。総合保安庁のものがわたしに、あなたが自分の現地の人脈を使って、ヨーロッパでの作戦に協力したと話してくれた。あなたが担当しているのは金融面だから、職務をかなり超えて働いてくれたわけだ。助力に感謝していると、わたしから伝えたかった。察しているとは思うが、いまはわが国にとって困難な時期だ。強いシリアを維持する作戦に、あなたの海外での人脈は不可欠だ」

ドレクスラは、すこし安心した。悪名高いセイドナーヤー刑務所に送られて処刑されるのではなさそうだ。「このすばらしい国と街に住んで、シリアのために尽くすのは光栄です。こちらこそ、それについて大統領に深く感謝しています」

アッザムが荒れた指の爪を噛み、紅茶をひと口飲んだが、熱すぎたらしく、すぐにカップを置いた。うわの空でうなずいた。「あなたとの契約をあらたにして、新しい作戦をやってもらいたい……ヨーロッパで行なう作戦だが、緊急に、ひそかにやらなければならない」

「大統領、わたしは最善を尽くしますが、ヨーロッパへわたしが行くのは、かなり困難です。とはいえ、ご存じのように、ヨーロッパ大陸のいたるところに、わたしの配下がおります。最善の方策、最善の人脈を、自由に駆使できます」

いるのだが」アッザムは、まだ爪を噛んでいた。「あなた自身が行く方法があるのではないかと思って

ドレクスラは、そういわれて考え込むふりをしたが、願っていた以上に好都合な展開になったことに、驚嘆していた。「そうですね、大統領。じつはひとつだけ方法があります。インターポールに阻害されてわたしが安全な旅ができない国でみずから任務を行なうよう、貴国政府に命じられた場合のために、必要な事柄を総合保安庁と相談しました」

「あなたが利用する手順を教えてほしい」

いわれたとおりに、ドレクスラは複雑な作戦をざっと素人(しろうと)向けに説明した。アッザムはほんものの笑みを浮かべ、詳細を聞きながら一度は息を呑んだ。

「あなたはなにもかも心得ているようだね」ドレクスラが話し終えると、アッザムがいった。

ドレクスラはすこし動揺した。いま説明したのはヨーロッパに潜入する手順だから、それに通暁(つうぎょう)しているのは、いつかダマスカスから逃げ出して母国に帰る準備ができているからだと疑われるおそれもあるからだ。だが、ドレクスラは、この方法(メソッド)を知っているのは、現実の行動計画があるからではなく、プロフェッショナルとして必要な知識なのだというように、売り込んでいた。

「大統領、このやりかたについて書かれた本があるとしたら、著者はわたしを措(お)いてはおりません。五年半ほど、医師や科学者と研究してきました。スーダンにいたころからです」

「しかし、試したことはないのだな？」

「試しました。このメソッドでヨーロッパに二度、要員を送り込み、二度とも成功しました」

それを聞いて、アッザムが熱心にうなずいた。「そうか……ではこの手順であなたをヨーロッパに送り込もう」

「ありがとうございます。達成するにはかなりの資源を必要とするはずですから、国家緊急事態にのみ承認されるようなことなのでしょうね」

「承認する」アッザムが手をふってそういった。「どれくらい早く行ける？」

ドレクスラは、驚いたふりをした。「そうですね……作戦に必要な事柄にもよります。資源の手配はただちにはじめます。装備を用意し、人員を配置してブリーフィングするのに、数時間かかるでしょうが、大統領が任務を承認してから二十四時間ないし三十六時間後には、ダマスカス発の飛行機に乗れるでしょう」

アッザムが、狂気をはらんだぎこちない笑みを浮かべた。「つまり、あさってには出発だな。時間がきわめて重要なのだ」

ドレクスラはうなずき、ためらってから、つぎの質問をした。「作戦について話していただけることはありますか？」どういう方向に向かうのかが心配だったが、それをたしかめなかったら、胡散臭く思われ、疑われるにちがいなかった。

アッザムが、窓から外を眺めた。いまは闇に包まれているが、ダマスカスの南部をそこから見渡すことができる。「パリにいる若い女が拉致された。昨夜の襲撃のことは聞いただろう？」

「もちろんです。ニュースでさかんにやっています。ISISが個人経営のホテルを襲撃し、若いスペイン人モデルを拉致したとか。アルジャジーラで写真を見ましたが、すごい美人ですね」

アッザムがまた笑みを浮かべた。ドレクスラは、アッザムが奇人だというのを知っていたので、もうそういう異様な反応にぞっとすることはなかった。アッザムがいった。「メディアは、彼女がクウェート国王の愛人だったといっているが、まちがいだ。彼女はわたしの愛人だ」

なんてことだ、とドレクスラは思った。なにか策を弄して送り込まれることを願っていたが、アッザムはその事実を恥ずかしげもなく誇っている。

ドレクスラは、ショックを受けたふりをしてから、口をひらいた。「それはお気の毒です、大統領。しかし、重大な状況だというのが、よくわかりました。わたしとヨーロッパのわたしのチームが彼女を見つけます。そして、大統領のもとへお連れします」

「あなたならやってくれるとわかっていた、セバスティアン。パリへ行ったら、もちろんわれわれの大使館であらゆる資源が使えるようにするし、保安庁の応援がいるようなら、人数を割く」

「まことにありがたいことです」ドレクスラはそういったが、まずいことになったと思った。フランス大使館に勤務する総合保安庁対外保安局の要員が、ビアンカ・メディナ救出に使われることになる。しかし、ドレクスラはメディナを殺さなければならない。それでも……支援を断わることはできない。

アッザムが、身を乗り出した。「これをやり遂げるのにあなたが必要なものがすべて得られるように、これからあなたの動きをしっかりと見守ることにする。彼女は善良な女性だ。無事かどうか、わたしは心配している。どうか連れて帰ってくれ」

「最善を尽くします」ドレクスラは、ビアンカ・メディナを殺すつもりだったが、デスクの向こうに座っている男に、片時も疑われるようなことがあってはならなかった。

「それから、あなたのほんとうの任務については、だれにもひとこともいわないように」

「もちろん申しません、大統領」

「だれにも、というのは、文字どおりの意味だよ。あなたが家内と緊密に仕事をやっているのは知っているが、口が固いのがいちばんだというのをあなたが心得ていることも知っている。それに、裏切った場合、わたしの手がどこまで及ぶかも、心得ているはずだ」

「もちろん心得ています。お任せください」

ドレクスラは、デスクごしにアッザムのぎこちない薄笑いを見て、これから数日、あるいは数週間、その顔が何度も悪夢に出てくるはずだと思った。

一分後、ドレクスラは、ヨーロッパでなんでも望むことをやっていいという白紙委任状を得て、大統領執務室をあとにした。アッザムは評判についても制裁措置についても、どん底まで落ちていたので、シリアの情報機関の人間がパリの街路で捕らえられても、外交面でさらに最悪の事態になることはない。

大統領がこちらの狙いどおりのことをやり、計画が成功目前になったので、ドレクスラは満足していた。ひとつだけ厄介なのは、パリでシリアの情報機関員にずっとつきまとわれることだが、その問題を回避する方法は見つかるはずだと、自分にいい聞かせた。きのうの晩、ISISの間抜けどもがビアンカ・メディナを撃ち殺していたら、何事ももっと楽だっただろうし、これからの数日は危険きわまりないはずだが、ドレクスラは逆境には慣れていたし、生き延びるのが得意で、危険のさなかでも富み栄えることができる。

宮殿の大統領執務室がある棟を出たドレクスラは、大統領夫人の棟に向けて歩きはじめた。大統領にどういう話を聞かされたのかを知ろうとして、大統領夫人がそこで待っているはずだ。寝室の外でも多少の力を持っているのを示すために、セックスするまではひとこともいわないでおこう、とドレクスラは決意した。たとえそれが、情報を聞くのを待たせる、というような些細なことであっても。

21

ヴァンサン・ヴォラン本人が車を運転し、パリ郊外の隠れ家へジェントリーを連れていった。パリの車の流れや街の明かりをあとにして、やがて現代的なハイウェイで南へ向かい、山野を抜ける間道を走っていった。

午後十一時に、ヴォームリエという小さな集落のそばを通り、ほどなくジェントリーはラ・ブロス方面という標識を目にした。しかし、その村に着く前に、ヴォランは密生した林にほとんど隠れている砂利敷きの狭い私設車道にシトロエンを乗り入れた。

その砂利道を林の奥へ四〇〇メートルほど進むと、長い温室があった。それを照らすのは、シトロエンのヘッドライトだけだった。光の先の暗闇をジェントリーは覗き込もうとしたが、三〇メートルに近づくまで、母屋のある気配は見られなかった。大きな建物のようだったが、表に電気の照明はなかった。窓がすべて覆われているのか、それとも電気が引かれていないのだろう。

ばらけた玉砂利の上でヴォランが車の速度を落としたとき、館の脇のドアで明かりがひとつだけついた。そのそばに円形の砂利敷きの駐車場があった。茶色の革ジャケットを着てポンプアクションのショットガンを肩から吊った男が、明かりの下に立っていた。うしろの壁は蔦（つた）に覆われ、その石造りの建物は、頑丈に建てられた大きな農家らしかった。動体検知（モーション）ライトがぱっとつき、ほかにもふたりの警備員が暗い表に立っているのをジェントリーは見た。ひとりは古いウージー・サブマシンガンを持ち、もうひとりはショルダー・ホルスターに拳銃を収めていた。

ヴォランがシトロエンをとめると、ジェントリーは見える範囲の敷地と建物を見た。「ここはかなり広いから、自由シリア亡命連合の私有財産とは思えない。政府の隠れ家のような感じだ」

ヴォランがパーキングブレーキをかけ、エンジンを切った。「政府が所有しているが、運営しているのは政府ではない。わたしのコンサルタント会社が、隠れ蓑（みの）の会社を通じてDGSIから借りている。そして、わたしたちがハラビーの組織に貸した」

「この作戦には、フランスの情報機関がいたるところでからんでいる。これまでの話は嘘で、なにもかも政府に是認されていると、いつ白状するつもりだ？」

ヴォランが笑ったので、ジェントリーはびっくりした。「忘れていないだろうが、ISISの細胞多数がベルギーから来て、フランス国内で襲撃を行ない、おおぜいが死んでから、二十四時間もたっていないんだよ。フランス政府がISISの襲撃のことを事前に知りながら、パリ中心部で襲撃が行なわれるのを許したと思っているようなら、できの悪い映画の見すぎだ。いや、ムッシュウ、わたし独りでやっているし、いままでの仕事人生を通じて、もっとも厄介な決断だったよ」

ヴォランは自信ありげな口調だったが、ジェントリーはそれでも疑っていた。

ジェントリーは、ヴォランのあとから脇のドアを抜け、ショットガンを持った顎鬚の男のそばを通った。なかにはいると、手入れが行き届いている中くらいの広さの農家だとわかった。重厚で立派だが、あまり飾りたててはいない。明かりはついていたが、どの窓も黒い遮光カーテンが引いてあった。

リーマとターレク・ハラビーが、キッチンでストーブのそばに立っていたが、ジェントリーがはいってゆくと、温かく出迎えた。リーマの顔にまだ緊張が残っているのをジェントリーは見てとったが、目の前で男が三人死んだときよりは、顔色がよくなっていた。リーマはジェントリーをハグしたが、ジェントリーが両手を脇に垂らしたままで突っ立ち、両眉がくっつきそうなくらい眉間に皺を寄せていたので、その西洋風のしぐさは不格好な感じになった。ハラビー夫妻は、先刻命を救われたことについて、もう一度ジェントリーに礼をいい、リーマが紅茶を注いだ。

ジェントリーは、紅茶には目もくれなかった。「ビアンカと話がしたい。ふたりきりで」

「どうしてふたりきりで?」リーマが、急に警戒してたずねた。

「子供のいる場所を話してもらうからだ。信頼してもらえれば、話すと思う」

「子供を救い出しに行ってもらえるということかな?」ハラビーの声には、期待がこめられていた。

「先走るのは、やめよう」

リーマがジェントリーをキッチンに案内し、奥の戸口を通って、ナポレオンの治世よりも前のものらしい、ぼろぼろの赤い絨毯(じゅうたん)を敷いた木の階段を、一階下までおりていった。そこはかなりの本数が貯蔵されている広いワインセラーだった。両開きの厚い木のドアがあり、その前のテーブルに向かって座っていた顎鬚にポニーテイルの若い男に、リーマがうなずいてみせた。男がジェントリーを疑うような目で見てから、立ちあがり、大きな鍵輪につけた古い真鍮(しんちゅう)の鍵を出した。男がアラビア語でリーマになにかいったが、アラビア語の初歩しか知らないジェントリーにはわからなかった。

リーマが、ジェントリーのほうを向いた。「彼は、銃や携帯電話を持っているかときいているの。どちらもビアンカに持たせるわけにはいかないでしょう」

ビアンカに銃や携帯電話を奪われるはずがないと、ジェントリーはいいたかったが、指示に従った。グロックを出して、ドアのそばのテーブルに置き、携帯電話も出してグロックのそばに置いた。

見張りとリーマが満足し、鍵穴に鍵が差し込まれた。

ジェントリーが咳払いをしたので、シリア人ふたりがふりかえった。

ジェントリーは、右足を持ちあげてテーブルの端に載せ、足首に手をのばして、ステンレス・スチールの銃身が短い三八口径のリヴォルヴァーをホルスターから抜いた。それを第一の武器であるグロックの横に置いた。つぎに、ジャケットに手を入れて、二台目と三台目の携帯電話を出した。それもテーブルに置いた。

ウェストバンドからは折り畳(たた)みナイフが出てきて、ジェントリーはそれを携帯電話のそばにほうり投げた。

ジェントリーは、ポニーテイルの若者をじっと見た。「歩哨訓練所では初日に、相手の人格と道徳を無条件に信用してはいけないと教えられる」

リーマがいった。「彼はわたしの甥(おい)のフィラスよ。学校の先生をやっているの」

「それなら、その本業を辞(や)めないほうがいい」ジェントリーはいったが、リーマは通訳しなかった。

ジェントリーは、重いドアのほうを向き、フィラスがあけた。

最後に会ったのは二十二時間前だったが、ビアンカの変わりように、ジェントリーはショックを受けた。ジーンズとベージュのセーターを着ていたが、一七八センチという長身には小さすぎたし、狭い部屋の小さなベッドに横になっていた。疲れ、やつれて見えた。化粧はしておらず、目の下に黒い隈(くま)があったので、きのうからずっと眠っていないのだとわかった。ビアンカのうしろの壁は、石造りの農家の外壁で、床は冷たいタイルだった。湿った石のにおいが漂っていた。専用のバスルームは、きちんと手入れされているようだし、手をつけられていなかったものの、ビアンカのためにキッチンから運ばれてきた魚と米の食事があった。

テーブルに置いてあるシャンパンの空き瓶は、ヨーロッパのトップ・ファッションモデルがふだん飲んでいるような銘柄ではなさそうだった。たぶんビアンカがやったのだろうが、ラベルが丹念にはがされ、切れ端がテーブルにちらばっていた。

ビアンカが虐待されていないことは明らかだったが、贅沢(ぜいたく)な暮らしに慣れている人間にはあまりいい生活とはいえないだろう。

部屋にはいってきたのが、昨夜、シリア人ボディガードやISISのテロリストと戦って救い出してくれたアメリカ人だとわかると、ビアンカは体を起こして、英語でいった。「また会うとは思っていなかった」

ジェントリーは、質素な木の椅子をビアンカのほうへ滑らせて、腰をおろした。「きょうなにがあったか、聞いたか？」

「なにひとつ聞いていない。だれもわたしと話をしない」

「アフメド・アル＝アッザムかシャキーラに雇われているパリの司法警察の捜査員ふたりが、ハラビー夫妻を襲った。そいつらはきみを探していた」

ビアンカが、もう涙は流れていないが充血している目をこすった。「アフメドは、わたしを見つけるまで探しつづけるはずよ。シャキーラは、わたしを殺すまでやりつづけるでしょうね」つぎの質問を、落ち着いた声でいった。「ハラビー夫妻はどうしたの？」

「生き延びた……今回は。パリの警官ふたりは死んだ」

「察しはつくわ。あなたが殺したのね？」

ジェントリーは答えなかった。

ビアンカが、ベッドのそばに置かれたプラスティックのクーラーに手をのばし、まだ栓を抜いていないシャンパンを出した。水がしたたったが、床に水たまりができ、ジーンズが濡れても、気にかけるようすはなかった。ジェントリーが見ていると、ビアンカが慣れた手つきでアルミホイルをはがし、針金をはずして、栓を抜いた。

ジェントリーの視線を意識して、ビアンカがいった。「気を静めるものがほしいといったのよ。精神安定剤のことだったんだけど、スコッチを持ってきたの」鼻汁をすすった。「文句をいって、これをもらったの。十五歳のときから、こんな安物は飲んだことがなかったわ」ラッパ飲みして、ジェントリーのほうに差し出した。ジェントリーは黙って首をふった。

ビアンカが、またぐっと飲んでからうなずいた。「わたし、きっとアルコール依存症ね。子供のころからそうだった。アフメドにそれを利用された。妊娠中はいろいろなこととお酒を飲むのを我慢した……ジャマルが生まれてからは、調子がよかったのよ……ここに来るまでは」肩をすくめた。「いまのわたしを見て」股のあいだで、シャンパンを床に置いた。

「西洋の悪い色に染まってしまったのね」

「シリアではみんな酒を飲む。サウジアラビアとはちがう」

ビアンカが、肩をすくめた。「そうね……わたしもそうだった」ジェントリーのほうを見あげた。「ねえ、あのひとたちに電話を貸してって頼んでくれない？　ジャマルの子守りに電話したいの。赤ちゃんにはわたしが必要なのに、長く離れているから」

ジェントリーは、それには答えなかった。この囚われびとが家に電話をかけられる見込みはないが、いまそれをいうつもりはなかった。

その代わりに、こういった。「教えてもらいたいんだが……そもそもどうしてアッザムなんかに捕まったんだ？」

ビアンカが、淡い笑みを浮かべた。悲しんでいて、重圧にさらされ、疲れていても、ちょっとほほえむだけで美しく見えると、ジェントリーは気づいた。「父方の祖父は、シリアの地中海沿岸のタルトゥスの出身だったの。子供のころに二度行ったことがあったんだけど、四年前にダマスカスのパーティに招かれたの。両親にとってだいじなパーティだったので、わたしは行って、シャキーラに会った。シャキーラと親しくなり、アフメドを紹介された。ふたりともわたしにやさしくて、ほんとうのシリア人のように扱ってくれた。それで、シリアやアラウィー派との連帯を示すために、ワンシーズンいることにしたの……知らないかもしれないけど、わたしはアラウィー派なのよ」

ジェントリーはいった。「知っている」

ビアンカが、両眉をあげた。「わたしのことを調べたの？」

「屋敷で戦闘が起きたときに耐えられるかどうかを知りたかった。宗派や部族への帰属意識が強いのは役立つことがある。もちろん、この馬鹿騒ぎに巻き込まれるまでの話だ」

「馬鹿騒ぎ？」

「きみを捕まえようとした瞬間に、テロリストが襲撃した」

「そう」ビアンカがいった。「それでなにもかもが楽になったんじゃないの？」

「なにもかもではない。きみは助かったからいいが」

ビアンカの顔を怒りがよぎったが、すぐに消えて、話をつづけた。「わたしはダマスカスに家を買った。欧米がシリア国民に吹き込む嘘と戦いたかった。シャキーラは、そういうわたしの活動に感謝してくれた。毎週ランチをいっしょに食べて、街にいっしょにお買い物に行った。いまでは信じられないことだけど」

ビアンカが、またシャンパンをがぶ飲みした。

「そのうちに、アフメドがこっそり会わないかといってきた。もちろん、どういうことなのかはわかっていたけど、すごくうれしかった。世界的な重要人物のひとりだから」

アッザムは残忍な独裁者だとジェントリーはいいたかったが、我慢した。いまビアンカを敵にまわすわけにはいかない。

「わたしたちの関係は、すぐに発展したの。シャキーラはずっと知っていても、気にしなかったのだと思う」

「いまは気にしているようだな」ジェントリーはいった。

「わたしに息子ができたからよ。シャキーラの子供たちにとって、将来、脅威になるから。とにかく、彼女はそう思っている。アフメドはシャキーラと別れて、わたしを宮殿に入れたいと思っているけど、戦争でそう簡単にはいかなくなった。シャキーラはスンニ派で、アラウィー派の政府をスンニ派集団に支援させる力がある。でも、戦争が終わったら……シリアが平穏になったら、アフメドはシャキーラにお金をあたえて、子供たちといっしょに外国へ追い出すでしょう。そうしたら……」

ビアンカの声が、おかしな感じでとぎれた。

「どうした？」

ビアンカが、遠くを見つめる目になった。「前はそう望んでいたと思う。もう望んでいない」

ジェントリーはじっと座り、辛抱強くつぎの言葉を待った。

ビアンカがいった。「アフメドを愛していると思っていた。彼の愛人になったら……だんだん囚人になったような気がしてきた。戦争や欧米の嘘のせいだと思っていた……でも、妊娠したとき、自殺したほうがいいかもしれないと思ったの」

「どうしてそうしなかった？」

「怖かったんだと思う。やがてジャマルが生まれた」目の焦点が合い、輝いた。ビアンカに目を見つめられたジェントリーは、そのぎらぎらする視線で心がざわざわした。「ジャマルを見たとき、気がついたの。その一瞬まで、わたしは愛を感じたことなんかなかったと。ついに正しいことをやったのよ。人生の目的が、ついに手にはいったのよ」ジェントリーをなおも見つめつづけた。「ちょっと思ったんだけど、あなたのような男に、愛するのがどういうことか、わかるかしら？」ビアンカがシャンパンをまたラッパ飲みして、ジェントリーから視線をそらさずに答を待った。

ジェントリーは目をそらし、話題を変えた。「いまもその家に住んでいるのか？」

「いいえ、ダマスカス市内で、宮殿からこっそりとすぐに行ける場所に、新しい家をアフメドが買ってくれたの。アフメドの名前もわたしの名前も出さずに買った」

「きみの赤ん坊だが、いっしょに暮らしているのか？」

ビアンカが首をかしげた。「もちろんいっしょよ。そんな馬鹿なことを――」

「きみがいなくなったいま、アフメドは赤ん坊をよそに移すんじゃないか？」

「それは無理。ジャマルのことでは、アフメドはすごく用心している。大統領宮殿とのつながりがわからないように、直属の特別な警備隊員を使っているのよ。隠し子がいるとわかったら、スンニ派との関係が悪くなる。シャキーラの立場が悪くなったら、スンニ派武装勢力がアフメドに対抗して蜂起しないように抑えることができなくなる」

「きみの家の警備員は何人いる？」

「どうしてきくの？」

「何人だ？」

「そのときによって……ちがう。五人くらいよ」

「きみの家について、あらゆることを知りたい」

話の方向が変わったのにビアンカが驚き、シャンパンをおろして、膝(ひざ)のあいだで持った。

「どうして？」

「ハラビー夫妻はきみの協力を必要としている。どこかの間抜けがシリアへ行って、きみの子供を連れてこないと、きみは彼らに協力しない」

ビアンカが長いあいだジェントリーを見つめてから、腹立たしげに笑った。「なんなの……シリアへ飛行機で行って、わたしの家の門をノックして、警備員に子供をドライブに連れていくというつもり？」

「それでうまくいくと思うか？」

ビアンカは、笑わなかったが、顎を突き出し、目を丸くした。「できると思っているの？」

「計画はある」

「よっぽどいい計画でなければだめよ」

「まあ、おれが行く場所のようすがわかれば、計画はだいぶ改善される」

ビアンカが顔を拭いて、髪を耳のうしろになでつけ、居ずまいを正した。命綱を投げる瞬間にじらされていると感じているのだろう。しかし、命綱が投げられるかどうかは、自分の出かたしだいだというのも、わかっているようだった。

「あなた……お願いだからやってちょうだい。わたしはなにを教えればいいの？」

家の間取りや警備員の習慣など、おおまかなことをふたりは話し合ったが、ビアンカは家の正確な場所は明かさず、住んでいる区域を教えただけだった。ジェントリーはその理由を察していたが、ずばりと住所をきいたときに、推理が正しかったことがわかった。

ビアンカは、一分間ずっと床を見つめていた。ようやく口をひらいた。「ジャマルがかくまわれている場所は、あなたがダマスカスへ行ってから教える。国境であなたが捕まったら、拷問を受けてその情報を教えてしまうかもしれない。わたしを連れ去ったひとたちを手伝っていることを、アフメドに知られるわけにはいかない。そんなことがわかったら、アフメドはまちがいなくわたしの子を殺す」

自分の仕事はそのせいで難しくなると、ジェントリーにはわかっていたが、ビアンカにしてみればそれが正しい行動だというのも理解できた。ジャマルはすこし安全になるが、ジェントリーは大きな危険にさらされる。

自分がジャマルの親だったら、まったくおなじようにするはずだ。

「納得した」

ジェントリーは立ちあがったが、ビアンカがいった。「四カ月の赤ちゃんを連れて、どうやって移動するの？」

ジェントリーは首をかしげた。質問の意味が、よくわかっていなかった。「運ぶことになるだろうな。体重はどれくらいだ？」

ビアンカが両目を閉じた。がっかりした顔になっていることに、ジェントリーはにわかに気づいた。「そこまで考えていなかったのね？」

「正直に打ち明けると……赤ん坊を拉致したことはない。これがはじめてだ」

「子供はいないの？」ジェントリーが答えなかったので、ビアンカはいった。「そうね……子供を作るはずがないわ」溜息をついた。「あのね、ひとつだけいえることがあるわ。あなた独りでやるのは無理よ。赤ちゃんは食べさせ、世話をしないといけない。あなたは赤ちゃんの世話ができるようには見えない」

ジェントリーは、ただビアンカを見つめていた。

「ジャマルの子守りがいるの。いまもずっとつきっきりだし、あなたがジャマルをわたしのところへ連れてくるまで、面倒をみてもらえる。名前はヤスミン。あなたに協力するはずよ」

「どうして協力するとわかる？」

ビアンカがいった。「そうするしかないから。ヤスミンが付き添っているあいだにジャマルがいなくなったら、アフメドはすぐに彼女を殺す。ヤスミンにはそれがわかっている。あなたがジャマルを取り返せば、ヤスミンもいっしょに来るでしょう」

「わかった」

「あなた……ジャマルの命はあなたの手に握られているのよ。ヤスミンの命も、わたしの命も」

プレッシャーをかけないでくれ、とジェントリーは心のなかでつぶやいた。

ジェントリーは立ちかけたが、ビアンカが手をのばし、ジェントリーの脚に手を置いた。

「わたしはハラビー夫妻に嘘をついた」

ジェントリーは座り直した。「嘘？」

「アフメドの行動のことはなにも知らないといったの。ほんとうじゃないのよ。いろいろ知っている」

「どうしておれに話すんだ？　おれはなにも――」

「アフメドがもうじきどういう旅をするかを、わたしは知っているの」

「旅？　シリアを出るのか？」

ビアンカが、すばやく首をふった。「いいえ。テヘランへわたしたちが行ったときはべつとして、彼は何年もシリアから出たことはない。ダマスカスを離れることもめったにない。でも、今回は離れる。どこかの基地で閲兵してから、べつのどこかにあるロシア軍の新しい基地へ行くはずよ」

「理由は？」

「ヨルダン皇太子は、たびたび戦場の兵士を慰問しているの。シャキーラがアフメドに、それでヨルダン皇太子は強い指導者に見られているといったから、アフメドもおなじことをやるの。それに、ロシア軍の新しい基地は……なにか特別な基地みたいで、栄光に浴するためにそこへ行きたいと、アフメドはいっていた。でも、わたしは詳しく知りたくなかった。こういったことはすべて機密だけど、わたしを感心させるためにアフメドはしゃべったのよ。それに、子供にはしばらく会えないというために」

「でも、どこへ行くかは知らないんだな？」ジェントリーはきいた。

ビアンカが首をふった。「知らない。でも日にちは聞いた。つぎの月曜日に出発し、火曜日まで戻らない」

「きみがこういうことになったから、旅を中止する可能性は？」

「ありえない。ロシア側に説明しないといけないし、そんなことはしないはずよ。まちがいなく行くでしょうね」

「ありがとう」ジェントリーはいった。「舞台に着いて、演技をはじめるときに、また話をしよう」

ビアンカが小さなベッドからおりて、ひざまずき、座ったままのジェントリーをぎゅっと抱き締めた。長い睫毛から、涙がこぼれ落ちていた。「お願いだから忘れないで。わたしの息子は、あなたが頼りなのよ」

ジェントリーは、ビアンカの二の腕をつかんで、すこし遠ざけ、目を覗き込んだ。「子供もきみのことを頼りにしている。おれはかならず子供を連れて帰ってくるから、そのときはハラビー夫妻に話をしてやれ。彼らは自分の国が破壊され、五十万人が殺され、自分たちの子供ふたりが爆弾で吹っ飛ばされ、同胞に化学兵器が使われるのを、目の当たりにしてきた。彼らは必死になっている。自分と彼らのために、彼らが望む情報をあたえるんだ」

「ムッシュウ、わたしのジャマルを連れてきてくれれば、あのひとたちがアフメドとシャキーラの支配を終わらせるのを手助けするために、どんなことでもやります」

22

ジェントリーが階段を昇り、リビングに戻ると、ハラビー夫妻がヴァンサン・ヴォランと紅茶を飲んでいた。三人ともジェントリーのほうを見た。ヴォランは、老練な諜報員らしく無表情だったが、ハラビー夫妻は希望と期待を隠せなかった。

ジェントリーはいった。「ビアンカを殺すためにシャキーラ・アル＝アッザムがこっちへ手先を送り込むだろうということは、みんなわかっているはずだな」

ヴォランがいった。「ふたりには、セバスティアン・ドレクスラのことを教えた。エリックと名乗っている男だ。パリの警官をその男が操っている。最初の襲撃に失敗したから、本人が来る可能性が高いと思う」

「アッザムの配下のほうは？」

ヴォランがいった。「フランスの情報機関は、パリのシリア大使館を厳重に監視している。だれが対外保安局の要員かはわかっている。もちろん、大使館に勤務していない非公式偽装工作員（NOC）もいて、そっちは追跡できない」

「腕は立つのか？」

「悪くはない。マリクという暗号名の工作員は、去年、ベルギーで連邦捜査官を四人殺した。パリでも暗殺があったが、殺されたのは亡命シリア人だけだった。NOCをやつらが組織できるとは思えないし、仮に組織できたとしても、この隠れ家にいるわれわれを発見するのは不可能だろう。

ドレクスラのような男なら……ひょっとしてわれわれを見つけるかもしれない。ヨーロッパの情報機関に人脈があるし、頭がよく、非常にずる賢い」ヴォランは薄く笑った。「明るい報せは、ドレクスラがシリア政府の殺し屋どもとは組まないとわかっていることだ。じっさい、その正反対の任務についている」

ジェントリーはいった。「しかし、ドレクスラがこの家に来るとしたら、独りでは来ないだろう」

ヴォランがうなずいた。「たしかに、武装した人間を集めるだろう。それに、運動に参加していて、ここでビアンカを警護しているシリア人たちは、情けないくらい技倆が低い。旧い友人に連絡して、警備を手伝ってもらおう」

ハラビーがいった。「ビアンカの安全は護るが、わたしたちの作戦が成功するには、彼女が話をしてくれないといけない」

ジェントリーは、ハラビーがなにをほのめかしているかを知っていた。「そうだ、ターレク。おれはシリアへ行って、赤ん坊と子守りを連れ出す」

リーマがいった。「すばらしいわ。すぐに伝手と話をします。医療関係者のふりをするのに必要な書類を、一週間で用意させるわ」

「一週間も待てない。医者のふりはしないし、あんたの伝手は使わない。おれのやりかたで潜入する」

「あなたのやりかた？」ハラビーがほとんど叫ぶような声をあげた。「気はたしかか？」

ヴォランは、唖然（あぜん）としていた。「きみはアラビア語に堪能なのか？」

「おれのアラビア語では、厄介なことになるだけだ」

ハラビーがきいた。「しかし、それならどうやって――」

「ここを出たら、二、三日のうちにダマスカスから連絡する。あんたたちが知っておく必要があるのは、それだけだ。おれが電話をかけてきたら、ビアンカを出してくれ。子供を取り返すのにどこへ行けばいいか、ビアンカがそのときにおれに教える。赤ん坊と子守りを取り戻したら、おれは国境に向けて逃げる」

ハラビー夫妻が、顔を見合わせた。ハラビーがいった。「西はレバノンで、ヒズボラの版図だから、シリア国内とおなじくらい危険だ」

「そうだ」ジェントリーはいった。「レバノンはだめだ」

リーマがいった。「北はトルコで、国境は簡単に越えられるけれど、ダマスカスから遠い。それに、米軍、クルド人、自由シリア軍の五倍の範囲をＩＳＩＳが支配している。状況が変わりやすい戦場でもある」

「やめておこう」

困難な地形で、やはり戦場になっている。シリア東部はＩＳＩＳ戦士の根城だし、イラクにはいれたとしても、都市部までは砂漠で五〇〇キロメートルある」

「おれを殺すのにやぶさかでない連中が、イラクにはごまんといるだろうな」

「その可能性が濃厚だ」

「そう。イラクもだめだ」

ヴォランがいった。「だから、南が最善の選択肢だ。ダマスカスからヨルダン国境までは、車で五時間だ。検問所が途中にあるから、それは自力で回避しなければならないが、国境まで行けば、わたしはヨルダン情報部に人脈があるから、三人とも通してもらえる」

ジェントリーはきいた。「その連中が協力する理由は？」

「きみやビアンカが何者なのか、彼らは知らない。だが、わたしのことは知っているし、信頼している。きみたち三人に国境を越えさせれば、ロシア、シリア、イランの関係にひびがはいる原因になるとわかれば、よけいな質問はせずに協力するはずだ」

ジェントリーはいった。「では、ヨルダンにしよう」

ハラビーが立ちあがり、ジェントリーの肩に手を置いた。体に触れるのはやめてほしいと、ジェントリーは思った。ハラビーがいった。「わたしがもっと若くて、強くて、すばやかったらいいのにと思う。ちゃんと訓練を受けていれば、と」かすかな笑みをジェントリーに向けた。「わたしがあなたのような人間だったら、シリアへ行って、アッザムが死ぬまで、戻ってこないだろう」

「感情に溺(おぼ)れるのはやめよう。おれは潜入して、赤ん坊と子守りを迎えに行く。ふたりといっしょに南のヨルダン国境へ行く方法を見つける。そしてシリアを出る。それだけのことだ」

ハラビーが、片手を差し出した。「あなたがやってくれることに、わたしたちは感謝している」

ジェントリーは、ハラビーの手を握っていった。「感謝はおれが戻ってからにしろ。国境か道路の検問所で殺(や)られるかもしれない。偽装がばれて、赤ん坊の二〇キロ以内に近づく前に、監獄で拷問されて死ぬかもしれない」

リーマが立ちあがって、ジェントリーの顔に片手で触れ、温かいまなざしで見あげた。「気にもかけないひとが多いわ。でも、あなたは気にかけてくれて、やろうとしている。尊敬に値することよ。わたしの国は、あなたの力を必要としているんです、ムッシュウ。この七年間、わたしが手にかけたひとたちがおおぜい死にました」

おれの場合もおなじだと、ジェントリーは思った。しかし、リーマがいうのは手術台で命を失ったひとびとのことだったが、ジェントリーは自分の手で殺した人間のことを考えていた。

パリに戻るとき、ヴォランは無言で運転していたが、なにかを考えているのだと、ジェントリーにはわかっていた。

「なんだ？」ジェントリーはきいた。

ヴォランがいった。「ハラビー夫妻は戦いで鍛えられた抵抗運動指導者ではないかもしれないが、ダマスカスにはいい人脈があるし、シリアに潜入して動きまわるのにきみがそれを使わないのはまちがいだ」

ジェントリーはいった。「彼らのネットワークをおれが信用すると思うのか？　いや……潜入するなら、おれは自分の資源を使う」

「では……きかなければならない。ダマスカスにどんな資源がある？」

ジェントリーは答えなかった。潜入計画についてヴォランになにかを明かす必要はまったくない。「ビアンカと隠れ家については、あんたが手を貸してやらなければならない。銃や人手を集めるだけではなく、訓練しないとだめだ。彼らは諜報技術（トレードクラフト）をまったく知らない。セバスティアン・ドレクスラが来たら、やつは血みどろの戦いを平気でやるにちがいない」

ヴォランがいった。「ドレクスラが来ても、準備はできている。元外人部隊兵士四人を呼び寄せる。武器と戦術の達人だ。その四人と、武装したシリア人六人がいれば、どんなことにでも対応できる」

防御という観点からすると、隠れ家の位置関係がよくないと、ジェントリーは思っていた。四方が森なので、侵入者が農家に接近するのが容易だし、ビアンカのいる地下ワインセラーの出入口はひとつしかない。つまり、撤退は不可能だ。しかし、ヴォランが連れてくるという男たちが、隠れ家の問題点をできるだけ小さくする手段を講じることを、願うしかなかった。

ほかにもジェントリーには気がかりなことがあった。「おれに話していないことがあるだろう?」

「どういう意味だ?」ヴォランがきいた。

「あんたの話には納得できない部分がある。たとえば、モンテカルロのハンドラーだ。ビアンカを拉致する人間を見つけてくれと、あんたがハンドラーに頼むと、たまたまグレイマンの手が空いていたということか?」

ヴォランが、肩をすくめた。「すこしちがう。きみが最初に連絡し、本人だというのを証明したときに、ハンドラーがフランスの情報機関に教えた。そこからわたしに伝わった」

「またフランスの情報機関か。ハラビー夫妻よりもずっと深く、これに関わっているように思える」

ヴォランがいった。「何度も言うようだが、わたしはどこの国のどこの機関とも組んでいない。しかし、ハラビー夫妻の件では、わたしの伝手がたいへん協力的なんだ。いいか、セバスティアン・ドレクスラがビアンカを探すためにこっちに来たら、世界中の情報機関や捜査機関がよろこぶはずだよ」

「あんたがドレクスラを殺せば、よろこぶだろうな」ジェントリーは指摘した。

ヴォランが、不愉快そうに顔をしかめた。「アメリカとはちがって、ヨーロッパには死刑がないんだ。ドレクスラが現われたら、情報機関がそれを国家警察に伝え、国家警察が逮捕しようとするだけだ」

ジェントリーはいった。「おれが知っているかぎりでは、ドレクスラは戦わずに屈服するような男ではない」

「同感（ダコール）だ」ヴォランがいった。

「おれがパリにいないのは残念だな」

ヴォランが、それを聞いて厳しい表情でほほえんだ。「ああ……まったく残念だ」数秒後に、つけくわえた。「シリアへは行かず、ここにいたらどうだ？」

「なにをいいだすんだ？」

「協力するよう、ビアンカに圧力をかけてもいい。きみが出発し、子供を取り戻そうとしているといえばいい。ビアンカのほうはわたしたちがなんとかして、きみはドレクスラを捕らえるのに協力する」

「ドレクスラがここで起こす騒動のほうが、急に心配になったように聞こえる」

「そうじゃない。きみがシリアでうまくやれるかどうかが心配なんだ。きみの評判は知っているが、それでも……さまざまな勢力が争っている地域へ行くし、味方になる勢力はない」

ジェントリーはいった。「おれはこれを最後まで見届けなければならない。ハラビー夫妻はこの作戦でいくつも失敗を犯してきたが、善良な人間だし、崇高（すうこう）な大義のために戦っている。それに、どうやらハラビー夫妻の側には、おれしか正義の味方がいないようだ」

ヴァランが、むっとして顔をしかめた。「わたしもちがうというのか？」

「怪しいものだ」

ヴァランが、溜息をついた。「それなら、対外治安総局（DGSE）のわたしの元の同僚に話をつけてもいい。自由シリア亡命連合にはきみの作戦を支援できないと思っているのなら、向こうに行っているあいだ、経験豊富な人間に支援させてもいい」

ジェントリーは、じっと窓の外を見ていた。「あんたが忘れていることがある」

「なんだ？」

「おれはあんたが嫌いなんだ、ヴァラン。ＩＳＩＳの襲撃と重なるようにおれを送り込んだのはあんただ。おれは好きな人間でも信用しない。だから、おれがシリアで作戦を行なうあいだ、あんたやＤＧＳＥがおれのハンドラーになるのはありえない」

「つまり、たった独りでシリアへ行くんだな？」

「どんな約束があっても、おれは独りでやる。あんたがこっちにいておれの命綱を握っていることを考えるよりも、はっきりと独りだとわかっているほうが、やりやすいんだ」

「友よ（モナミ）。きみは重大な人間不信に陥っているよ」

「ああ、どうしてだろうと思っている」

23

フランス国家警察司法警察局のアンリ・ソヴァージュ警部は、今回のひどい一件にすっかり縮みあがっていた。相棒にはまだなにも話していなかったが、約束された割り増しをもらわずに、これまでに受け取った金で満足し、パリから逃げ出そうと決意していた。シリアの利益のためにいろいろな男や女を探し出して尾行するよう命じた声の主、正体不明のエリックという男とはもう関わりたくない、というのがソヴァージュの本心だった。

ソヴァージュは、パリで〝ラ・クリム〟と呼ばれている司法警察局刑事部に属している。防諜課も同局の一部門だが、ソヴァージュはそれとはべつの殺人課の捜査員だった。しかし、スパイやスパイ・ハンターでなくても、ソヴァージュはMICEがなにを意味するかを知っていた。MICEは諜報員が利用する四つの危機形成――金(マネー)、思想(イデオロギー)、信用毀損(コンプロマイズ)、エゴ――の頭語だった。ソヴァージュは、そういう諜報技術の専門的な訓練は受けていないが、エリックという名前しか知らない男が、四つのうちの三つを有効に使って、この窮地に自分を追い込んだことはわかっていた。

アンリ・ソヴァージュに思想はない――金のためにくわわった――しかし、思想以外の三つの動機によって、きょうのような状態に陥った。金はわかりやすい。最初にエリックのために働くのに同意したのは、それが理由だった。だが、いまにして思えば、エゴにもつけこまれていたのだとわかる。手伝わせるために三人を引き入れたとき、自分は重要な人間だと感じた。その後、ソヴァージュ、クレマン、アラール、フォスは、パリでシリア人を手助けするために、情報を提供した。はじめは刑事部のデータベースから情報を引き出した。やがて、エリックは現場での仕事をやらせて、四人がもっと深く関わるようにした。ソヴァージュと三人は、亡命シリア人、反政府分子、アッザム政権を探っているレポーターなど、いろいろな男や女を尾行した。

警官四人の細胞はまもなく、自分たちが重大な危険を冒していることに気づいた。尾行していたシリア移民のひとりが、姿を消したのだ。

ソヴァージュら四人は、自分たちが監視していた男は暗殺されたのだと察した。自分たちがシリア政府の手先の工作員の役目を果たしていることに、そのころには気づいていた。しかし、四人ともつづけた。生活水準があがっていて、それをまかなう金が必要になっていたからだ。それに、消えた男はフランス人でもなく、重要人物でもなかったので、事件はほとんど注目されず、ソヴァージュたちが追及されるおそれはなかった。

つぎの一年間、四人は暗殺とおぼしい二度の作戦に関わったが、直接関与しない瑣末な作業だったので、自分の身や自由や職歴が危険にさらされることはなかった。

しかし、謎の男がビアンカ・メディナというスペイン人モデルの尾行を命じたとき、四人はいっそう深みにはまった。ファッション・ウィークに出演するためにパリに来ているモデルを見張り、警護状況を報告しろと、四人は命じられた。

シリア人のためにやってきたほかの仕事とはまったく性質がちがうと、ソヴァージュは即座に気づいた。

断われと、ソヴァージュの知性も感性も反対し、腐敗警官の三人も抵抗したが、そのときには信用毀損(コンプロマイズ)が威力を発揮していた。四人全員が投獄されるのにじゅうぶんな犯罪の証拠をエリックに握られていたので、四人はいうことをきかざるをえなかった。それに、例によってエリックが、作戦の些細(ささい)な部分にしか関わらないと断言した。

そこで、命じられたとおりにやり、スペイン人モデルを尾行し、泊まっている屋敷を監視して、エリックに情報を伝えた。

それによって四人は、三晩前にパリ中心部で起きたテロリストの虐殺事件に、深く関与することになった。

四人は抜けられない深みに首まではまり、二日前にはフォスとアラールが亡命シリア人のアパルトマンで射殺された。亡命シリア人は行方不明で、汚職警官細胞の生き残りふたりの緊張は、頂点に達していた。

その緊張に、アンリ・ソヴァージュは耐えられなくなっていた。

家族を連れて、しばらく雲隠れしようと決心していた。パリを離れたら、エリックが脅しを実行し、ＩＳＩＳの襲撃に関わっていたことを暴露するだろう。だが、直接の証拠はないし、エリックは非公式に使っていた秘密の情報提供者だったが、無関係なことで意見が食いちがったせいで密告されたのだと、巧妙にいい逃れることもできる。

それは賭けだったが、ビアンカ・メディナの捜索をつづけて、パリのあちこちで虐殺事件が起きるのを傍観しているよりは危険が小さいと、ソヴァージュは判断していた。

そこで仕事を放棄することにしたが、相棒を置き去りにして、これに対処させることはできない。自分が問題から逃れるには、アンドレ・クレマンにもエリックから逃げたほうがいいと説得する必要がある。そのために、秘密の情報提供者と隠密に会うのによく使う場所で会おうと、クレマンに伝えてあった。パリ北駅のスターリングラード駐車場が、その場所だった。

午前一時五分前、疲れ果てて神経をとがらしているアンリ・ソヴァージュが、斜路（ランプ）を下って地下駐車場に車を入れた。小型だがきびきび走るルノー308を、フロントグリルを出口ランプに向けてとめ、ほとんど満車に近い静まり返った駐車場で車のなかに座ったまま、クレマンにメールを送った。
［どこにいる？（ウ・エ・テュ）］
ソヴァージュが煙草（たばこ）を半分吸ったときに、応答があった。
［二　分（ドゥー・ミニュット）］
すぐにクレマンの4ドアのシトロエンが、ランプを下ってきたので、ソヴァージュはヘッ

ドライトを点滅させた。シトロエンがソヴァージュのルノーのほうを向いて走ってきた。そのうしろにセダンが二台つづいて、ランプをおりてきた。一台が右に、もう一台が左に曲がって、広い駐車場で見えなくなった。

シトロエンが、もっとも近い空きスペースにはいった。数台分しか離れていなかったので、細胞のリーダーのソヴァージュは、車をおりて、ドアはあけたままで、携帯無線機を持って歩いていった。煙草を投げ捨て、シトロエンの運転席側のサイドウィンドウに近づいて、ウィンドウがあくと、身を乗り出してクレマンと話をしようとした。

そのとき、ようすがおかしいと気づいた。

三十三歳のアンドレ・クレマンは、正面を向き、指が白くなるくらいきつく、両手でハンドルを握り締めていた……ソヴァージュはそこでようやく、リアシートの男が拳銃をクレマンの頭に押しつけているのに気づいた。

クレマンが、恐怖に満ちた目で、相棒のソヴァージュを見あげた。「すまない、アンリ。耐えられなくなって、これから逃げようとしたんだ。こんなことはやめて、子供を連れて――」

なんの前触れもなく、耳を聾するパーンという音が、ソヴァージュの五感を叩きのめした。ほとばしった炎のなかで、クレマンの首ががくんと折れた。フロントウィンドウの内側とハンドルに、血しぶきがかかった。だが、ソヴァージュは相棒がどうなったかを見届けようともせず、さっと向きを変え、できるだけ身を低くして、シトロエンのうしろをまわり、ルノーに向けて駆け出した。

ソヴァージュは、あいたドアから跳び込んで、エンジンをかけた。どういうことなのかわからないが、急いでここから逃げ出さなければならないことだけはたしかだった。だが、ギアを入れて駐車スペースから突っ走ろうとしたとき、駐車していたフォードのバンが左前方から突進してきて、行く手をふさいだ。バンはライトをつけていなかったが、助手席の男がこちらを向いて、銃身の短いサブマシンガンを構えるのが見えた。

一分前に駐車場にはいってきたセダン二台が、タイヤを鳴らして現われ、ソヴァージュのほうへ突進してきた。

ソヴァージュはやむなくショルダー・ホルスターに収めた銃に手をのばした。HKセミオートマティック・ピストルのグリップをつかんで、抜こうとした。しかし、まわりを見ると、五、六挺の銃がすでに向けられているか、狙いをつけようとしているとわかった。

ソヴァージュは、グリップから手を放して、両手をあげた。ドアがさっとあけられ、オリーブ色の肌でグレイのデニムのジャケットとジーンズを着た男に、ひきずり出された。男がソヴァージュの背中を押して、バンのスライディングドアから入れて、ブルーシートを敷いたフロアに押し倒した。

もうひとりがバンに跳び込んだ。シートに伏せていたソヴァージュには見えなかったが、音と揺れでわかった。

バンがタイヤを鳴らし、走り出した。

ソヴァージュは、左のブーツにナイフを隠していたが、上に乗っている男に見つけられた。憲兵隊か情報機関かもしれないと最初は思った。ＩＳＩＳのパリでの作戦に末端で関わっていたから、ありえないことではない。しかし、だとすると、クレマンを冷酷に処刑した理由がわからない。

しかし、上半身を起こされて、バンの壁に押しつけられると、黒ずくめの男四人がよく見えるようになった。

「おまえらは何者だ？」ソヴァージュはきいたが、いまではっきりとわかっていた。全員アラブ系だ。シリア人でヨーロッパ在住の情報機関員か、あるいはアッザム政権に雇われた工作員にちがいない。

エリックがよこしたのだ。そして、どの男も殺人者だ。

シリア人のために四人で〝副業〟をやっていて、尾行していた人間が消え失せたときには、この連中が手を下したにちがいない。

だが、ささやかながらソヴァージュにとって明るい情報もあった。自分はまだ殺されていない。飛び散った脳みそを始末しやすいように敷いたブルーシートに座らされているが、自分にはまだ物事を動かす影響力があると、ソヴァージュは思った。

この男たちと話をして、完全に適切なことをいえば、命は助かるだろう。

バンの前寄りにいた男は、黒いタートルネックを着て、くせのある黒い髪が、あとの男たちよりも長かった。三十代後半で、黒い革のショルダー・ホルスターに、ベレッタを収めていた。

その男の顔に自信と威光がみなぎっているのを見て、話をすべき相手だとソヴァージュは判断した。「フランス語はできるか？」

「ああ、マリクと呼んでいい」威厳のある口調だったので、その男に話しかけたのは正しい判断だったと、ソヴァージュは確信した。

「わかった、マリク。あんたが指揮をとっていると考えていいんだな？」

「ウイ」

「どうしてクレマンを殺した？」

「街を出ようともくろんでいた。おまえもおなじことを考えているんじゃないかと思った。どちらも逃がすわけにはいかない」

ソヴァージュは、マリクと名乗った男のほうへ身を乗り出し、なによりも恐怖が先立っていたにもかかわらず、怒りのこもった声でいった。「もう一度きく。どうしてクレマンを殺した？」

「エリックが、おまえへの見せしめに、おまえの相棒を殺せと命じた」こんどはマリクが顔を突き出して、おなじような怒りのこもった声でいった。「見せしめになっただろう、ソヴァージュ警部？」

ソヴァージュは身を引いて、バンの壁にもたれた。バンは何度も左右に曲がっていたので、どこへ向かっているのか、まったく見当がつかなかった。

「いったいどうしろというんだ？」

「おれたちへの責任を果たせ。ビアンカ・メディナを探すあいだ、これから数日、おまえの警察での仕事が重要になる。おれたちはメディナを生かしておき、怪我をさせないようにしなければならない。それにはおまえの手伝いが必要だ」

「手伝うのは無理だ。女はもうとっくにフランスを離れているだろう」

マリクが首をふった。「いや。彼女を捕らえている自由シリア亡命連合の根城は、このパリだ。元フランス情報機関員のヴァンサン・ヴォランという男が、その組織を支援している。ヴォランはパリに住んでいるし、情報機関にいたときも、ほとんどずっとパリにいた。あらゆる徴候が、まだパリ近辺にいることを示している」

ソヴァージュはいった。「それだけ情報をつかんでいるのに、どうしておれが必要なんだ？」

マリクが肩をすくめたので、ソヴァージュはびっくりした。「わからん。エリックに、おまえを生かしておけといわれた。逃がさないようにして、自分がここへ来る前に仕事をさせろと」

「待て……エリックがこっちへ来るのか？」

「あす到着する」

「シリアから……来るのか？」

「いまどこにいるかは知らない」

「おれはなにをやればいいんだ？」

「簡単だ。女を見つけろ」

ソヴァージュは、溜息をついた。「クレマンは、ヴェルサイユ近くの農場で、自由シリア亡命連合の下っ端を監禁していた。このアリ・サフラという男は、このあいだおれたちが訊問したときには、なにも知らないようだったが、もう一度話をしてみてもいい」

「だめだ」マリクがいった。「おれたちはそこから来た。女たちのいどころについて、そいつはなにも知らなかった」

「どうしてそういい切れる？」

「そいつは、おれたちになにもいわずに死んだし、死にたくはないようだった」

その言葉の意味は、すぐさまわかった。ソヴァージュは、腹立ちまぎれに頭を壁に叩きつけた。この男たちから逃れることはできないし、ビアンカ・メディナを捕らえるまで、この男たちはどこへも行かないだろう。自分の国を裏切るような生活から足を洗えるように、協力してこれを早く片づけたほうが賢明だと、ソヴァージュは判断した。「パリには手のものが何人いる？」

マリクはそれには答えず、曖昧にいった。「人数はじゅうぶんだ」

「いいかげんにしろ」ソヴァージュはいった。「具体的な人数を知る必要がある。尾行や監視する場所に割りふる。司法警察からの情報はなんでも手にはいるが、おれひとりになってしまったから、自由シリア亡命連合のわかっている拠点を監視し、女を見つけるのに、手伝ってくれる人間がほしい」

それでもマリクが黙っていたので、自分の配下についての情報を明かすのが嫌なのだと、ソヴァージュは察した。「いいか、エリックに連絡して、あんたを狙撃させるように頼むのは嫌だが――」

効き目があった。マリクは指揮をとっているが、エリックには逆らいたくないようだった。

「総勢十四人だ。すべて軍補助工作や諜報作戦の訓練を受けている。ヨーロッパのあちこちで活動していたのを引き抜かれた。携帯電話やインターネットを傍受できる機器を備えた通信専門家三人のチームも含まれている」

「十四人か」ソヴァージュはうなずいた。「たしかにじゅうぶんだ」

「女をどうやって見つける計画だ？」マリクがきいた。

命からがら逃げ出すというのが、ソヴァージュの当初の計画だったが、マリクにそれを明かすわけにはいかない。そこでソヴァージュはいった。「自由シリア亡命連合の人間の画像を、数年前まで遡って調べた。公の行事、ソーシャルメディアの写真、ハラビーの家の周辺の防犯カメラや警察の監視カメラの画像。そういったものから、ハラビー夫妻が反政府活動に関与する前から関わっていた人間を割り出しているところだ。おもな関係者全員を尾行し、どこへ行くか、だれに会うかを調べればいい」

マリクがいった。「それには時間がかかる。目当ての場所は、エリックが来るまでに突き止めなければならない」

ソヴァージュは、小首をかしげた。「そのエリックだが、シリアとどういう関係だ？」

「知らない。だが、政権の代理として暗殺を命じる力があることはわかっている。命じられたことをやるには、それだけでじゅうぶんだ。おまえが賢ければ、それでじゅうぶんだろう」

バンが速度を落とした。ソヴァージュの右でドアがあいた。マリクが、ドアのほうへ顎をしゃくった。「以上だ」バンががくんと揺れてとまった。「仲間三人みたいにならずに生き延びられるチャンスを一度だけやる。女を見つけるか、女を見つける手がかりになるやつを見つけろ。急いでやらないと、アッザム大統領がみずからおまえを殺せと命じるだろう」

ソヴァージュは膝の力が抜けていたが、それをこらえてバンをおりた。駐車場のルノーのそばに戻っているとわかった。バンが走り去ったとき、クレマンの死体もその車も、跡形もなく消え失せているのに気づいた。

24

ラース・クロスナーは、どこへ行くのにもボディガードをともなっていた。天性の被害妄想だからではない――そうではなく、ほんとうに彼を殺そうとする人間がいるからだ。

ミュンヘンは、統計的には安全な街だ――ラース・クロスナーを除く、すべての人間には安全だといえる。しかし、四十七歳のドイツ人のクロスナーは、二十年にわたって積みあげた評判のせいで、公(おおやけ)の場所に姿を現わすときには、ドイツやオーストリアの元特殊部隊員の近接警護班四人に四方を護られ、装甲をほどこしたメルセデスG65が付近を走行する。メルセデスの運転手は武装していて、警護班と絶え間なく無線で交信している。

もう午前零時を過ぎていた。クロスナーは金曜日の夜には、伝統的なドイツ・レストランの〈ツム・デュルンブロイ〉の定席で食事をする。十五世紀に宿屋として開業したそのレストランでディナーを食べ、酒を飲んだあとで、群衆にまぎれて街の中心部で夜の散歩をするのが、クロスナーの楽しみだった。〝仲間〟はじっさいボディガードだし、シルヴァーのメルセデスがうしろを走っていて、いつでも大柄なクロスナーを拾って、厚さ五センチの装甲で護(まも)りながらその場を離れられるにもかかわらず、ふつうの通行人のふりをしていた。

クロスナーの息の根をとめたいと思っている人間のリストは、その都度変わる。いまは自分を付け狙う殺しの契約が二件あるのを知っていたが、ほかにも二、三件以上なかったら感情を害していたはずだった。

晴れている涼しい金曜日の夜に、街の中心部の混雑したマリエン広場を歩くクロスナーは、周囲のひとびとよりもずっと厳しい警護を必要としている人間には見えなかった。サンタクロースのような顎鬚を生やし、突き出た腹もサンタクロースのようで、中年のドイツ人なのに、流行に敏感なドイツの若者のような服装だった。デザイナー・ブランドのフーディーと二千五百ユーロのダウンジャケットを着て、千六百ユーロの眼鏡をかけ、赤いニットキャップをかぶっていた。アウトドアでの冒険など一生に一度も味わったことがない消費者向けのアウトドアウェアのカタログで、ポーズをとっているような感じだった。

そういう姿なので、とりたてて危険な人物には見えなかったが、クロスナーは暴力の産業で絶大な成功を収めていた。四つの大陸であらゆる種類の軍事訓練を行なう警備専門家のネットワークを運営している。ボリビア、ガボン、ガイアナ、ニジェール、インドネシア、イエメンといった国で、クロスナー世界訓練（KWA）有限会社は、金を出す相手に一流の民間軍事指導を行なう。

基本的な火器の取り扱いから大隊規模の野外戦術に至るまで、あらゆる訓練に長けているKWAの傭兵は、世界中の軍、反乱分子、民間警備部隊に訓練をほどこすことができる。

クロスナーの会社が、殺し屋やスパイをじかに派遣することはない。すくなくとも、表向きは諜報産業ではない。しかしながら、政治、腐敗、人権侵害などの問題を抱えているために、腕のいい教育幹部を海外から招聘するのが難しい国や組織が、クロスナーのおもな得意先だった。

また、KWAの事業には、帳簿には載らない、かなりうしろ暗い側面もある。兵士の訓練と指揮をKWAに依頼し、その外国人傭兵を展開して、隠密の直接行動の分野で活動させている人間なら、だれでもそれを知っている。

KWAの社員になれば、契約によってエルサルバドルの武装勢力や南スマトラの冷酷な反政府匪賊の訓練と組織化をやることになるのは、承知のうえだった。しかし、そういう紛争地域で〝余業〟として非合法作戦をやるかもしれないということも、心得ていなければならない。

KWAの優秀な人材は、たっぷりと報酬を受け取っているが、たいがいの場合、第一の選択肢としてKWAを選んだわけではない。世界の第一階層(一流)民間警備会社に雇ってもらえないような理由があるからだ。それぞれに、犯罪で有罪判決を受けるか、交戦規則に違反して組織から追い出されるか、麻薬かアルコール依存症になったことがあるのだ。さもなければ、邪悪な人間だからだ。

要するに、ラース・クロスナーは、悪人のために戦ったり訓練を行なったりする悪人を雇う悪人だった。外部からの干渉がないかぎり汚い仕事をつづけてゆく、自動的な電気回路のようなものだった。

ミュンヘン中心部を散歩したあと、クロスナーと警護班はマックス・ヨーゼフ通りに折れて、豪奢（ごうしゃ）なアパートメント・ビルの玄関ホールにはいった。ロビーの警備員が電子錠を解錠し、一行はエレベーターに向かった。右のほうではシルヴァーのメルセデスが照明の明るい広い車庫にはいり、車庫のドアがすみやかに閉まった。

　運転手が車をとめてエンジンを切るあいだに、クロスナーと警護班は専用エレベーターで広大な四階のペントハウスへあがっていった。そこで警護班のふたりが、独りで夜を過ごすのにクロスナーの居室が安全であることをたしかめ、ふたりが廊下で待った。

　万事異状なしとわかると、クロスナーは居室にはいり、警護班はペントハウスの自分たちの部屋にさがって、革ジャケットを脱ぎ、武器を体からはずした。耳からイヤホンを抜き、そこでようやく気をゆるめた。たちまち気楽なおしゃべりがはじまり、メルセデスの運転手が数分後にやってくると、五人はビールを飲み、妻や恋人に電話し、録画してあったＦＣバイエルン・ミュンヘンのサッカーの試合をテレビで見た。

　居室ではクロスナーがステレオのスイッチを入れて、服を脱ぎ、熱いシャワーを浴びた。それから、タオルで体を拭き、丸々と肥（ふと）った体にローブをまとった。歯を磨きはじめたときに、洗面台の鏡を覗（のぞ）いた。

　うしろの薄明かりの寝室で、なにかが動いた。

　ラース・クロスナーは、鏡に目を凝らし、歯ブラシが口から垂れさがった。黒ずくめの人影が、寝室の奥の壁にもたれているのが見えた。右手にサプレッサー付きの拳銃を持っている。銃口を下に向け、手を太腿（ふともも）に添えていた。

男の左手があがった。なにかを持っている。突然、音楽が熄（や）んだ。壁ぎわの男が、ステレオのリモコンをベッドにほうった。

クロスナーは、歯ブラシを口から出して、ペットボトルの水で口をすすぎ、吐き出した。鏡に目を戻し、薄暗がりに立つ男のほうを見た。

ゆっくりとふりかえり、暗がりの人影のほうを向いた。「おまえはだれだ？（ヴェーア・ジント・ジー）」

「英語で話せ、ラース」

クロスナーは、ドアのほうをちらりと見た。「ボディガードがいるのは知っているな？」

「ほう。あれでもボディガードといえるのか？」

クロスナーが、顔をひきつらせた。ドアは閉じたままだった。足音が廊下を近づいてくる気配はない。

「死んだのか？」クロスナーはきいた。

「いや」人影が答えた。「気づいていないだけだ。なんなら呼んでもいい……ほんとうに呼びたいのなら」

アメリカ英語をしゃべる男は、明かりのスイッチのそばに立っていた。男が手をのばし、拳銃のサプレッサーでスイッチをはじいたので、クロスナーはびっくりした。

部屋の電気スタンドがいくつか同時に点灯した。

クロスナーは、びっくりして目をしばたたいた。「なんてこった。ヴァイオレイターか？　そうだな？」

コート・ジェントリーは、〈ジェムテック〉のサプレッサーの先端でまたスイッチをはじき、クロスナーとともにふたたび薄闇に包まれた。

「もうだれもおれをそう呼ばない」

「ああ、そうだった。いまはグレイマンだな」肥ったドイツ人の顔は、にわかに顎鬚とおなじように白くなった。「どうやってはいった？」

ジェントリーは、メルセデスのうしろから車庫にはいり、運転手がエンジンを切っているあいだに、車体の蔭でかがんで靴を脱ぎ、バックパックにしまった。三階上まで、一階分の間隔をあけて、運転手のあとから階段を昇った。気づかれないように、静かな足音が運転手の足音と重なるようにした。

運転手がクロスナーのペントハウスの裏のドアを鍵であけると、ジェントリーは靴下のままの足で、駆けあがりながら、尻ポケットからたたんだ封筒を出した。運転手が廊下にはいり、ドアが空気圧式クローザーによって閉まりはじめた。ジェントリーは音をたてないように三段ずつ駆け昇って、ドアを目指した。ドアが枠に戻ると同時に、ジェントリーは踊り場にひざまずき、たたんだ封筒をドアの掛け金とドア枠のストライクプレートのあいだに差し込んだ。ドアが閉じたときに、幾重にも折った厚い紙が、掛け金が自動的にストライクプレートにはまってドアをロックするのを防いだ。

ジェントリーは、ほっと安堵の息をついた。十分の一秒の差で、なんとか間に合った。掛け金がはまるときには、カチリというはっきりした音が響く。このドアはその音をたてなかったので、ドアの向こう側の運転手が調べにくるおそれがあった。ジェントリーは左手を体の前で右にのばし、拳銃を逆さに持って、顔の前のドアに向けて構えた。

一分待ったが、ロックされないようにしてあるドアはあかなかったし、運転手は戻ってこなかったので、ジェントリーは音もなくゆっくりと立ちあがり、廊下が覗けるだけドアを細めにあけた。

廊下に敵影はなかったので、ジェントリーはクロスナーのペントハウスにはいった。

だが、ジェントリーはクロスナーにその手順はいっさい話さなかった。どうやってはいったのかという質問にジェントリーが答えなかったので、クロスナーはいった。「ああ……そうだな。マジシャンが種明かしをするはずがない」一瞬の間を置いて、重々しい声でいった。「わたしの家にきみが来る理由は、ふたつしかない。仕事を探しにきたか……それとも……」

ジェントリーは答えた。「ふたつ目の理由で来たのではない」

クロスナーが、胸を上下させ、長い溜息をついて、安心したことを示した。一瞬、心臓の上に手を当てた。心臓発作を起こしそうだという冗談なのかと、ジェントリーは思ったが、かなり肥満しているから、心臓発作を起こしたことがあるのかもしれなかった。だが、クロスナーは笑みを浮かべて手をおろし、両手を体から離して寝室へはいってきた。壁ぎわを横ばいで進み、ソファに腰かけた。「何年ぶりかな？　四年か、五年か？　前はアンカラだった。わたしの記憶が正しければ、きみは解雇されたCIAの資産で、フリーランスでやっていた。まだ異名をとってはいなかった」

「いまよりも単純な時代だった」ジェントリーは、笑わずに冗談をいった。

「きみにとっては、そうだったかもしれない。わたしがトルコに送り込んだチームは、警護していた人間が目の前で暗殺されたために、契約を破棄された」クロスナーは、周囲を見た。「いまとよく似たような状況だよ。やったやつをわたしは見つけて、きみに仕事を頼んだ。きみが優秀だとわかっていたからだ。契約殺人の産業に参入したつもりだった」

ジェントリーは答えなかった。

クロスナーが片手をふった。「きみはわたしの事業をひと目見て……」こんどは笑った。「そのまま立ち去った。イギリス人がいうように、紅茶に手もつけずに。わたしが道徳的ではなく、卑劣だと思ったからだ」

「いまもいったように、単純な時代だった」

クロスナーは、ちょっと考えてから、壁ぎわの鏡があって酒がそろっているバーを顎で示した。「飲むか？」

「いや、けっこうだ」

「わたしを殺しにきたのではないのなら、飲み明かしてもいい」

「おれは仕事を探している。ヨーロッパからすぐにこっそり脱け出せるような仕事だ。割りのいい仕事がいい」

「サプレッサー付きのグロックを持った男が、寝室に現われて、仕事をくれといったことは、一度もなかった」

「アンカラのことを恨んでいないともかぎらないからだ」

「わたしはビジネスマンだ、ヴァイオレイター。あれは仕事だった」肩をすくめた。「だから、これからわたしのために働くのなら、それも仕事だ」

「空きはあるのか？」

クロスナーが、片方の眉をあげた。「きみを雇いたいのは山々だが、サンクトペテルブルクで前の雇い主を殺しているから、ちょっとためらいがある」

「事実ではない」

「なにがだ。彼を殺していないのか？　サンクトペテルブルクではなかったのか？　前の雇い主ではなかったのか？」ジェントリーが黙っていたので、クロスナーは肩をすくめた。

「いずれにせよ、べつに害はなかった。グリゴーリー・シドレンコは頭のいかれたやつだった。セキュリティ産業全体にとって厄介だった。きみが片づけてくれてよかった」そして、つけくわえた。「ボスを殺すのがきみの行動の指針になっていなければいいんだがね」

ジェントリーは、サプレッサー付きのグロックを、ジャケットの下のホルスターに収めた。

「それに、ワシントンDCで二カ月前に起きたいろいろなことも、きみに関係があるといわれている。襲撃や殺人が何件もあった」

「だれかが、なにもかもおれの手柄だといいふらしているようだな」

クロスナーが笑みを浮かべ、こんどはずっとにやにやしていた。「そいつはいい台詞だが、きみがこれまでにやったことを、わたしはいくつか知っているからね。きみが評判どおりのことをやれるごく少数の人間のひとりだというのは、わかっているんだよ」

「おれは仕事を探しにきたんだ。おれがスーパーヒーローだというあんたの思い込みを打ち消すようなことを教えるわけにはいかない」

クロスナーが、大きな声で笑った。「きみに会えてよかった。最初はそうは思わなかったがね。だれだって、バスローブ姿で死神に会いたくはない」

「おれはヨーロッパを離れないといけないんだ」ジェントリーは力説した。「どこへでも行く。ここから脱け出せれば」

クロスナーが、好奇心に満ちた目で、ジェントリーを見つめた。「いったいなにに巻き込まれた?」

ジェントリーは、無言で壁にもたれて立っていた。

「わかった。わたしの知ったことではない。考えさせてくれ……カラカスでの仕事がはいったばかりだ。きみのレベルではない。簡単すぎる。反乱分子部隊への小火器訓練で、何人か
――」

ジェントリーはさえぎった。「もっとでかいことを考えろ」

クロスナーは考えた。「ウクライナは？」

「ヨーロッパを出たいといったんだ。いまのウクライナはヨーロッパだ、ラース」

「そうだが……またキエフに行きたいのかと思ってね」

過去の話を持ち出されても、ジェントリーがまばたきもしなかったので、クロスナーはそれ以上はいわなかった。肉の厚い頬をこすった。「ああ……ほかにもあるが。手を汚すことになるぞ。ものすごく汚れる。わたしが知っている四年前のヴァイオレイターだったら、これには触れもしないだろうが、ニュースが信用できるとしたら、きみは変わったかもしれない。こういういいかたを許してもらえれば」

「どこだ？」

クロスナーはためらった。「シリアでの仕事だ」

ジェントリーは、わざと笑い声を漏らした。「まっぴらごめんだ。反政府勢力の自由シリア軍はもたついている。それが倒れる前に船に跳び込む最後のネズミにはなりたくない」

クロスナーが、宙で片手をふった。「ちがう。自由シリア軍ではない。クルド人やアメリカやイラクでもない」肩をすくめた。「これはほかの人間向きだな」

ジェントリーは、ゆっくりとうなずいた。「なるほど」

「きみの倫理の掟のことを聞いた。そのせいできみのハンドラーたちの評判は傷ついただろうな。カラカスの仕事なら、きみの正義感に合っているし——」

「シリア政府の仕事もやる。どうでもいい。いまでは」

クロスナーが、真っ白な髪を掻(か)いた。「どういうしだいで悪役に変わったのか、いきさつが聞きたいものだ」

沈黙が流れたので、クロスナーは察した。「気にしないでくれ」

「仕事のことを話せ」

「私兵団と協働することになる」

「私兵団？」

「アッザムが国軍を動かしているというのが、西側の通念になっている。お伽噺(とぎばなし)だ。いまのシリアに中央集権化された政府はない。武装勢力の政治家を中心とする、武装勢力の連合国家だ。それどころか、細かく分裂して、部族単位になっている。さまざまな私兵団や軍の分派が、アッザム政権のもとで連立している。そいつらもたがいに戦っている。シリアが地球上でもっとも腐敗した国なのは、恒久的な支援を得るために、アッザムがそれらの武装勢力や族長が国の経済を蹂躙(じゅうりん)するのを許しているからだ。わたしはこの三年間に三度、シリアへ行ったが、異常な人間に支配されている異常な国だ。私兵団は政権と組むいっぽうで、組織犯罪ともつるんでいる。おまけにイランとロシアが、自分たちの領土でもあるかのようにのさばっている」クロスナーが、馬鹿にするように鼻を鳴らした。「一般市民は、その渦中にはまり込んでいる」

「ロシア軍がいるのに、私兵団があんたの配下を雇うのは、どういうわけだ？」

「ロシア軍は、地方で航空作戦や特殊作戦のようなことをやるだけだ。チェチェンとイングーシのイスラム教徒特殊部隊も送り込んでいるが、アッザムを支援する地元勢力にはくわわらず、独自に行動している。私兵団は、戦争が終わっても一定の権力を維持できるように、軍事技術を高めたいと考えている。いまはスンニ派がアッザムを支援しているが、反政府勢力が滅亡し、ISISが殲滅(せんめつ)され、アッザムに敵対する外国勢力が手を引いたときに、ほんとうの戦いがはじまるからだ」

ジェントリーは、さりげなくつぎの質問をした。「クライアントは？」

「親アッザム政権勢力のなかで、もっとも荒々しいやつらと協働することになる。リワー・スクール・アッサフラーと呼ばれている。聞いたことは？」

ジェントリーは胃を酸で焼かれるような心地がしたが、まばたきもしなかった。「砂漠の鷹旅団」

クロスナーが、またにやにや笑った。「さすがプロだな、ヴァイオレイター。どんな勢力のことも知っている。あんな泥沼にいるやつらのことまで。いま、〝鷹〟のためにあちこちの基地に合わせて四十三人の契約武装社員(コントラクター)を配置している。ほかの私兵団と商売をしている民間軍事会社(PMC)が十数社ある。うちの社員の仕事はほとんどが訓練だ……しかし……特殊な訓練課程の仕事ができた。砂漠の鷹旅団が時間外にうちの社員にやらせているんだが……チェチェン人も手をつけたがらないような汚いことなんだ」

腹の底に不快感がこみあげたが、ジェントリーは顔に出さなかった。じっくり考えているふりをしてからいった。「それでいい。追跡されないようなところへ行く必要がある」

「まあ……中東の自由射撃地帯ほど電子監視網にひっかからない場所は、ほかにはないだろうな。この仕事がやりたければ、任せるよ」

ジェントリーは、ほんとうはどう感じているかをおくびにも出さないようにして、ゆっくりと息を吸った。

「やる」

「たいへん結構（ゼーア・グート）」クロスナーがうなずいていった。「ダマスカスに近いバビーラの鷹旅団基地で働いていたオーストラリア人が、月曜日にＩＳＩＳの車列攻撃で膝（ひざ）の皿を撃たれたので、代わりの人間をあす送り込む準備をしていた。よければ、そいつの代わりにきみを行かせる。ほかにも二カ所、シリアのべつの基地で仕事の口があるが、都市部に近いほうがいいだろうと思った」

「ダマスカスでもかまわない。感謝する」かまわないどころか、好都合だった。僻地（へきち）へ行かされるようだったら、首都の近くに配置してくれとあからさまにいう覚悟をしていた。信じられないような幸運だった。

クロスナーが時計を見た。「よし（グート）……きみの書類は徹夜で用意させないといけないが、できるだろう。明朝、ミュンヘンからベイルートへ行ってもらう。そこからチャーター機でラタキアまで短い距離を飛ぶ。ラタキアはシリア沿岸にあって、ロシア空軍が支配しているから、シリア領内の飛行禁止空域は侵犯しない」クロスナーがウィンクをした。「途中できみが空で吹っ飛ばされては困るからな。それはともかく、ダマスカスの基地で厄介なのは、そこまで山野をトラックで走り抜けなければならないことだ……しかも、近ごろは、あまり平和なドライブにはならない。さっきの話とはべつの中隊が、最近、幹線道路でふたり死者を出した。しかし、きみのような人間にとっては、めずらしいことではないだろう」

「心配ない」ジェントリーはいったが、これでまちがいなくシリアに潜入できるという確信が、すでに揺らいでいた。

クロスナーが、肩をすくめた。「損耗率を伏せておくようなごまかしはしたくない。きわめて高いが、ほかの戦域で、きみはもっとひどいのを経験してきたんだろうな」

「教えてくれ」

「こういっておこう。三年のあいだダマスカスに武装警備員（オペレーター）を送り込んできたが、最後まで無事に仕事を終えたのは十人のうち八人だ」

いやはや、とジェントリーは思った。今回の偽装身分では、死傷者の割合が二〇パーセントにのぼる。実際の作戦では、もっと悲観的な見通しになるだろうし、危険度が数倍高まることはまちがいない。

クロスナーが立ちあがり、ジェントリーのほうへ歩いてきた。大柄なドイツ人は、両手を体から離していて、それは危険な訪問者を安心させるためのしぐさだとわかったが、ベアハグをされるのではないかとジェントリーは不安になった。しかし、クロスナーは壁ぎわのジェントリーの数歩手前で足をとめた。「通常は身体検査をするのだが、きみは健康そうに見える。しかし、質問しなければならない……麻薬はやっていないだろうな？」

「やっていない」

クロスナーが、売り物の家畜でも見るように、ジェントリーの全身を眺めてからいった。

「きみはほかのやつらとはちがう。肉体的なことではない。つまり、その……アッザム政権に加担するとわかっていて、この仕事を引き受けるというのが不思議なんだ。たしかになにもやっていないんだろうな？」

ジェントリーはいった。「おれをラバみたいに眺めまわしてもいいが、血液やDNAの採取は断わる」

「滅相もない。わかっている。きみは格別な人間で評判も高いから、特別扱いは当然だ」ふとあらたな考えが浮かび、両眉をあげた。「これをおおいに利用させてもらうよ。金銭的に。特別な人間だといって、シリア人に特別料金を請求する」

「やめろ」ジェントリーは、決然といった。「おれは目立ちたくない。ことに向こうでは」

クロスナーが、宙で手をふった。「目立たない男でいたいんだな。わかった。いまいったことは忘れてくれ。きみを送り込む代わりにその仕事からはずすやつは、カナダ人だ。その書類と身許を使ってくれ」クロスナーが、また肩をすくめた。「どうせ偽名だ。社員はすべて作戦では偽名を使う。だれにとってもそのほうが安全だ。今夜、うちのものをここに呼んで、書類と合わせるために、きみの写真を撮らせる。カナダ人はカラカスに送れるように、べつに書類を用意する」クロスナーは肩をすくめた。「どのみち臆病なやつで、シリアには行きたくないといっていた」

「おれは好都合だ」

クロスナーが手をのばし、ジェントリーの手を握った。「なんとグレイマンか」伝説的な男が目の前にいることに、まだ驚嘆していた。

ジェントリーは、クロスナーのペントハウスのゲストルームで、体を丸めて狭いクロゼットに横たわっていた。扉を細めにあけ、グロックをそばに置いてあった。ベッドはわざと乱し、バスルームは明かりをつけてドアを閉めておいた。今夜、だれかが部屋に忍び込んだら、小便をしていると思うはずだから、反撃の時間を稼げる。

暗い天井を見つめて、ジェントリーはこれからやる作戦のことを考えた。四時間とたたないうちに空港へ向かう車に乗ることになるが、まだ神経がぴりぴりしていて、目を醒ましていた。

これまでのところは、なにもかもが計画どおりに進んでいる。ラース・クロスナーがシリアで傭兵を働かせ、それでひと財産築いたことは、だいぶ前から知っていた。それに、グレイマンを送り込むような好機をあたえられたら、それを見逃すはずはないと、ジェントリーは確信していた。二日後か三日後に出発できればいいと思っていたのだが、八時間以内に空路で出発できるとわかって驚いた。地図を詳しく調べる時間がないが、ジェントリーが迅速にシリアに潜入できるのは、ジャマル・メディナにとっては、この三日間ではじめてのいいめぐり合わせだった。だから、偽装身分をかなぐり捨ててジャマルのもとへ行くまでは、緊張を解いて流れに乗るようにしろと、自分にいい聞かせた。

待ち受けている仕事のことを考えた。赤ん坊を拉致することではなく、シリア政権の私兵団に契約武装社員としてくわわったときに、なにをやることになるのだろうと推測した。

クロスナーが砂漠の鷹旅団に協力しているとは知らなかった。その部隊の全貌と、シリアでなにをやっているかを知っていたので、胸がむかむかした。

内戦のさなかにアッザムが犯したもっとも暗愚な行為は、首都の資産を護るために企業家が私兵団を組織することを承認する法令に署名したことだった。その行為で、密売業者、詐欺師、泥棒政治家が、一挙に武装勢力になった。

砂漠の鷹旅団は、内戦における政権寄りの私兵団のなかで、もっとも成功を収めている暴虐な部隊だった。シリア・アラブ軍の指揮系統とは独立していて、敵と戦うことで政権に貢献しているが、盗み、密輸し、暗黒街の宿敵を暗殺することにもいそしんでいる。

砂漠の鷹旅団のために働くのは、ナチスとマフィアの両方のために働くようなものだった。

砂漠の鷹旅団の悪名はよく知られている。男女や子供を頻繁に拷問し、殺している。ジェントリーはそういう極悪非道の輩と肩をならべることになる。砂漠の鷹旅団を満足させるためには、おぞましいことをやらざるをえないだろうが、偽装を護るには従うしかない。

それに、この手段でシリアに潜入すると、べつの不都合なことがある。砂漠の鷹旅団を離れて赤ん坊を取り返しにいったら、すぐ近くの主寝室で眠っている人好きのする押し出しのいいドイツ人は、おそらく仇敵になるだろう。だが、それは今後の問題だ。第三世界の殺人部隊を訓練したり、殺人を請け負ったりする傭兵を貸し出す会社の社長を怒らせるのは得策ではないが、現地でやろうとしていることを伝説で偽装してシリアに潜入できるのだから、そのリスクにじゅうぶんに見合うと、ジェントリーは考えていた。

控え目にいっても、きわどい作戦になるだろうし、アフメド・アル＝アッザムがわが子という信用毀損を取り除こうと決断し、赤ん坊をよそに移すか殺してしまうまで、どれほどの時間があるかもわからない。そのために、ジェントリーの作戦は、いっそう見通しが不確実だった。

ジェントリーは目を閉じて、無理にでも二時間ほど休もうとした。ひとつだけたしかなことがあったからだ――ここで、いま、こうしてミュンヘンでクロゼットに潜り込んでいるときに、あすシリアで起きることを、どうにかできるわけではない。

25

ジャマル・メディナが、泣き出した。

二時間前に生後四カ月のジャマルがようやくぐっすり眠り、それからずっと家のなかは静かだったが、夜更けの授乳時間になったことを、ジャマルは声が聞こえる範囲にいるものすべてに伝えていた。

子守りはベビーベッドのそばのマットレスでうつらうつらしていた――赤ん坊のベッドのほうがずっと豪華なしつらえだった――だが、すぐに起きあがって、時計を見た。午後十一時十五分、ジャマルがいつもミルクをほしがる時間よりも、すこし早い。しかし、なにごとも一定ではないのがジャマルの常なので、子守りは驚きはしなかった。

その家でジャマルの世話をするのを許されているのは、子守りのヤスミンだけだったが、その家のなかには警備員が五人いた。全員がアラウィー派で、バース党に身許(みもと)を調査され、その技倆(ぎりょう)とアッザム政権を支持していることから選ばれていた。

ヤスミン・サマラは二十四歳のスンニ派シリア人で、祖父はシリア人民議会の元議長だった。バース党幹部で、アッザムとその父の両方に仕えていた。ヤスミンはフランスで三年間オペア（ホームステイする家庭で子守りや家事などをして、その報酬で現地の学校に通う留学プログラム）として働いてから、シリアに帰って、メッゼ地区に住む裕福な移住者の家で子守りをするようになった。

身重のビアンカと引き合わされ、子守りになるのを認められたあとではじめて、世話をすることになる赤ん坊の父親がシリア大統領だということを、ヤスミンは知らされた。このことはだれにもいってはならないと、ビアンカに釘を刺され、アフメド・アル＝アッザムが息子を見にきたときに、ヤスミンはとてつもない危険に巻き込まれたことを知った。アッザムはヤスミンにはやさしかったが、帰ったあとも警護官ひとりがしばらく残り、沈黙を守らなければならないし、それを破るのは犯罪だと注意された。

ヤスミンは乳児の扱いに長けていたし、家族も含めてだれとも口をきかないので、理想的な子守りだった。

ビアンカはその日のもっと早い時間に帰ってくる予定だったが、ヤスミンはなんの連絡も受けていなかった。ヨーロッパにもうすこしいる口実ができたのかとも思ったが、それはありそうになかった。アッザムはめったに出かけるのを許さないし、海外にずっといれば怒ることはまちがいないと、ビアンカがこっそり打ち明けたことがあった。

ヤスミンは、生まれたときからずっとアッザムを知っている、命が縮みそうなくらい怖かった。いっぽう、ビアンカはまったく怖れていないように見えた。既婚者のアッザムは、明らかにスペイン人モデルのビアンカにぞっこんだった。ビアンカがアッザムのぎこちないロマンティックなふるまいのことを話し、ヤスミンが顔を真っ赤にすることもあった。

ミルクを飲ませるためにジャマルをキッチンに運びながら、ヤスミンはジャマルの頭のてっぺんの黒い髪をなで、疲れた声ですこし歌を聞かせた。階段の下まで行くと、正面の車まわしがライトで照らされるのが見えた。ビアンカがようやく旅から帰ってきたにちがいない。寝かしつける前にジャマルを風呂に入れておいてよかったと思った。

ヤスミンがリビングに立っていると、警備員がソファから起きあがって、ショルダー・ホルスターの拳銃が見えないようにスーツのジャケットをはおり、玄関ホールの窓から外を見た。

だが、それはほんの一瞬だった。警備員が目を丸くして、ヤスミンのほうをふりかえり、顔を見た。

「あのかただ！」

その言葉の意味はひとつしかない。シリア大統領が、愛人と息子が住む家を前触れなしに訪れたのだ。

ジャマルを風呂に入れておいてよかったと、ヤスミンはなおのこと思った。

警護官四人のあとからドアを通ってきたアフメド・アル＝アッザムは、かなり消耗しているように見えた。

アッザムが、この家にすでに配置されていた警備員たちのそばを通って、ヤスミンに近づいた。ヤスミンを見据えたままで、息子のほうは見ようとしなかった。「連絡はあったか？」

ヤスミンは首をふった。「いいえ（ラー）、ご主人さま（サイーディー）」

「旅行のことについて、おまえになにもいわなかったのか？」

ヤスミンは、アッザムの凝視を受けとめられなかった。じっと床を見ていた。「不安だとおっしゃっていました」

「不安？」

「ランウェイに戻ることです。久しぶりですから。赤ちゃんを産んでから、どんなふうに見えるだろうかと、心配なさっていました。体の形とか……そんなことを」

「出発前に、おかしなようすはなかったか？　知らない人間から家に電話があるとか？」

ヤスミンは、大きな目を丸くして、ちらりとアッザムを見てから、床に視線を戻した。どういうことなの？　「いいえ（ラー）、ご主人さま（サイーディー）」

「行方不明なのだ」アッザムがいった。「いつ帰るかわからない。留守のあいだ、おまえのまわりの警備を増やす。家から出てはいけない。電話で話をしてもいけない」

「かしこまりました（ナアム）、ご主人さま（サイーディー）」

アッザムが、赤ん坊の頭に手を置いて、ちょっとなでた。ヤスミンは雇い主のほうをまた盗み見た。顔に浮かんでいるのは、焦（あせ）り、怒り、それに……恐怖？

アッザムが、息子から目をそらして、ヤスミンを見た。「彼女がなんらかの手段でおまえに連絡したら、わたしに報せろ」

「もちろんです、大統領」

アッザムが手をのばして、ヤスミンの頬に触れた。「おまえの祖父は偉大な男だった。長年、わたしの一族の友人だった。亡くなってから、毎日、まだいてくれたらと思う」

ヤスミンは礼をいおうとしたが、アッザムの手が顔からおりて、首の横をなで、肩に触れたので、言葉が喉につかえた。手はさらにおりてきて、胸の上に来た。そこでアッザムは手をとめ、バスローブをくつろげた。冷たい手が、ヤスミンの片方の乳房をくるんだ。

動悸が感じ取れるのではないかと、ヤスミンは心配になった。脈拍が速く、パニックを起こしそうになっているのを気づかれ、アッザムが怒って、嘘をついていると思うかもしれない。

ヤスミンはいった。「サマラ家はこれまでずっと、アッザム家のために尽くすのを名誉なことだと思ってきました」

アッザムが、一瞬、ヤスミンの顔を見てから、手をひっこめた。まるでヘビが丈の高い叢に退くようだった。無言でアッザムが向きを変えた。

アッザムが、家を警備している男たちのほうへ近づくのを、ヤスミンは見ていた。「ここには何人いる?」

「五人です。二十四時間態勢で」

「十人にしろ。それから、この区域全体の警備を倍にするよう手配しろ」

「かしこまりました、大統領。わたしが知っておいたほうがいい、特定の脅威はありますか?」

アッザムが、ドアに向かった。「ある。わたしだ。わたしの子供を護るのに失敗したら、わたしを怖れたほうがいいぞ」

アフメド・アル＝アッザムは、SUVに乗り込みながら、ヤスミンとジャマルを撃ち殺して始末しろと命じようかと、またしても考えた。息子には雄大な計画を立ててあるが、その存在が暴かれたり、ビアンカが口を割って息子がいることが明るみに出るようなことがあれば、長子として継承者になるという未来は帳消しになる。

だが、アッザムはふたりを殺せと命じはしなかった。セバスティアン・ドレクスラがフランスへ行って、ビアンカを発見し、なにが起きたかを突き止めるまで待とうと、自分にいい聞かせた。ビアンカ本人が失踪に加担しておらず、捕らえている人間に不用意なことをいわなければ、将来の計画——新しい妻と新しい継承者になる息子を得て、ロシアやイランと新しい関係を築き、国内の敵をすべて制覇して権力を強化するというもくろみには、なんの影響もない。

仮に……ビアンカがこの事件で過ちを犯している疑いがすこしでもあれば……弱みを見せることはできない。ジャマルが存在したことを示す証拠は、すべて消さなければならない。

26

セイドナーヤー刑務所は、ダマスカスの三〇キロメートル北の山中に置かれている。近くの山の斜面に、同名の町がある。セイドナーヤー刑務所は、塀に囲まれた広大な施設で、四角い巨大なホワイト・ビルと、翼棟が三つあるさらに巨大なレッド・ビルがおもな建物だった。

当初は数千人の受刑者を収容するために建てられたのだが、戦争がはじまると、被収容者は急増した。いまでは狭苦しく不潔で過酷な環境の刑務所内に、一万五千人以上が収容されている。その大半が、レッド・ビルの長大な棟の、音が反響するがらんとした通路に沿った、おぞましい状態の監房に詰め込まれている。レッド・ビルとホワイト・ビルの窓がない独房にいまは九人が収容され、集団房にはその何倍もの人数が収容されている。

殴打、栄養不良、脱水、医師の手当てを受けられないために死ぬのは、ありふれたことだったが、それはセイドナーヤーでもっとも多い死因ではなかった。そうではなく、多くのひとびとが、ホワイト・ビルの地下で深夜に行なわれる大量処刑で殺されていた。いんちきな裁判で有罪判決を受けたひとびとが、二十人ないし五十人、目隠しをされて、いっせいに絞首され、小麦粉の袋のようにトラックに積まれて、近くの山地の墓標すらない墓穴に捨てられる。

戦闘員、抗議行動を行なうもの、ジャーナリストなど、政権の敵を殺すのが、アッザムの統治への脅威を取り除く唯一の手段だったのだ。戦争がはじまってから、数万人がおもにこのセイドナーヤーで絞首され、アムネスティ・インターナショナルはその刑務所を大量虐殺施設と呼んでいる。

セバスティアン・ドレクスラは、午前八時にセイドナーヤー刑務所の麓(ふもと)寄りのゲートに白いメルセデスEクラスで近づき、警衛詰所の前にとめた。ドレクスラがここに来るのは、はじめてではなかったので、手続きは知っていた。IDカードと政府の身分証明書を警衛に渡し、来所者用の入館証を受け取って、ジープが迎えに来るのを待った。そして、ジープのあとから、メルセデスで坂を登っていった。二台は茶色の地面を通っている、曲がりくねった長い道を走り、施設群へ向かった。そこでドレクスラは、レッド・ビルとホワイト・ビルのあいだの並木に囲まれた駐車場にメルセデスをとめ、キャスター付きスーツケースと革の紙挟みを出し、ジープに乗り込んで、政治保安庁の情報員三人とともに、レッド・ビルのメインゲートに向かった。

メインドアの前でジープがとまると、四人はおりて、防弾ガラスごしに身分証明書を見せ、電子錠が解錠されて、施設の主要部分を自由に歩きまわれるようになった。前にレッド・ビルに来たときはいつも、ドレクスラはメインエントランスにはいって、右手の通路を訊問所へ行った。そこで訊問係とともに囚人に質問し、情報を得た。きょうは付き添いとともに来所者受付を通って左に曲がり、病院に向かった。

午前八時半、ドレクスラと情報員三人は、会議室で紅茶を飲んでいた。そこでドレクスラは、五十代の黒い顎鬚の男と、それより背の高い六十代の白髪の男に紹介された。いずれもダマスカスのティシュリーン軍病院の脈管外科医で、年上のクレイシー医師はきょうの処置を指揮するために前日からセイドナーヤーに来ていた。

「準備は万端かね？」不安にかられていたドレクスラは、白髪の外科医にきいた。

クレイシーが刑務所長のほうを向いて、答を促した。

刑務所長がいった。「ああ。囚人はホワイト・ビルに収容されていた。そちらでは政治犯を短期収容する。しかし、医療設備はこのレッド・ビルのほうが整っているので、こちらに護送しているところだ」

「結構」ドレクスラは答えた。「措置をはじめるのは、ヘリコプターが着陸したあとだ。タイミングがすべてだからな。はじめたら、一瞬も無駄にできない」

「わかっている」クレイシー医師がいった。「医師と看護師がほかに八人いる。みんな役割を心得ている。去年やったテストケースでは、わたしが主任執刀医だった。あなたの要求どおり、すばやくやる」

もうひとりの外科医がいった。「そのときに、しっかりと練習できました。あなたが提供したメモと、手順についての研究が、たいへん役に立ちましたよ。しかし、じっさいにやるのははじめてです。きのうの午後に手術（オペ）の予行演習をやりました。準備はできています」

ドレクスラが、鼻を鳴らした。「褒（ほ）めるのは、ヨーロッパの入国審査を通ってからにしよう」

黒い顎鬚の医師がいった。「もっともです」

三十分後、旧ソ連時代のミルMi-8ヘリコプターが、レッド・ビルの表のヘリポートに着陸し、ドレクスラの荷物が積み込まれた。その直後に、ドレクスラは病院の手術室のすぐ先にある窓のない部屋に呼ばれた。

看守ふたりが、壁に手錠と足枷（あしかせ）でつながれて立っている囚人服の男を両側から挟むようにして、奥の壁ぎわに立っていた。

ドレクスラは、その男をじっくりと観察した。健康な男で、身長は平均、かなり淡い茶色の髪で、ドレクスラよりもわずかに肌の色が濃い。アラブ人ではない相手が何者なのか、どこの言葉を話すのか、見当がつかないとみえて、男が無言でドレクスラを見返した。

ドレクスラは、英語で話しかけた。「おまえの名前はヴェーッティ・タカラ。三十六歳で、フィンランド人」

男が、激しくうなずいた。「ああ、そのとおりだ。わたしは映像作家で、ITN（イギリスの報道番組制作会社）の仕事をしている。きのうの晩にホテルから連行された。書類はすべて正式なものだ」

「それは知っている。ありがたい」

「わたしはスパイじゃない！」

「それも知っている。スパイだったら、ここに連れてこない」

「あなたは……何者だ？」

「まあ、期待しているような人間ではないといっておこう。おまえを助けるために来たのではない」

タカラが眉根を寄せた。「なにをいっているんだ？　大使館に連絡してくれ」

「あいにくそれは無理だ。シリア人は領事システムを機能させていないのでね。それに、あいにくセイドナーヤー刑務所にフィンランド領事館出張所はない」ドレクスラは、自分のジョークに笑い、看守たちのほうを見たが、ふたりとも英語がわからないので、なにがおもしろいのかがわからなかった。

タカラが首をかしげ、正気を疑っているような目でドレクスラを見た。

「問題は」ドレクスラはつづけた。「わたしがどうしてもほしいものを、おまえが持っていることだ」

「なにをだ？　ホテルの部屋にバックパックがある。調べればいい。なんでも持っていけ。カメラ、コンピューター……金。なんでもほしいものを――」

「わたしがほんとうにほしいのは、おまえの身許だ。ヨーロッパへ行かなければならないんだが、問題がひとつある。つまり……わたしはかつて、けっこう悪い男だったんだ」片手をあげて、最後のところをいい直した。「かつてどころではない。正直いって、ヨーロッパに嫌われている。それどころか、付け狙われている。二年前に顔を成形手術したので、防犯カメラやコンピュータで識別されるおそれはない。だが、ヨーロッパにはいるのは……それだけでは難しい。しかし、おまえの身許があれば、自由に旅ができる」

わかったつもりで、タカラがうなずいた。「なるほど。わたしのパスポートがいるんだな」事情を呑み込んだという口調になった。「たしかに、あなたとわたしはよく似ている。背格好も齢も。パスポートを使えばいい。わたしを解放してくれ」

ドレクスラは、調子を合わせてフィンランド人といっしょにうなずいた。ふたりとも笑みを浮かべたが、うなずいていたドレクスラが、急に左右に首をふった。「しかし、まだわかっていないようだな。どういうことなのか、おまえにはわかっていない」

いかにもうれしそうにほほえみながら、ドレクスラはいった。「なにがわかっていないというんだ？」

ヴェーッティ・タカラの笑みが消えた。「パスポートだけではだめなんだよ」

「それじゃ、なにがほしい？」

「ほしいわけではない。必要なんだ。必要なのは……」ジャケットの内側に手を入れて、ショルダー・ホルスターからFNセミオートマティック・ピストルを抜き、安全装置をはずした。「おまえの指紋が必要なんだ。おまえが生きているときに指紋をもらう楽なやりかたはないから、これは親切でやるんだ。苦しまないように」

タカラの顔が蒼白になり、目が拳銃に釘づけになった。

セバスティアン・ドレクスラは、タカラの心臓に狙いをつけた。「興味があるかどうか知らないが、この銃で撃ってから三十六時間以内にヨーロッパにはいらないと、指紋が腐りはじめると、医師たちにいわれている」

タカラが過呼吸に陥った。それでも、かすれた声でいった。「頼む……お願いだから」

「命乞いはやめろ。わたしはおまえになり、おまえはわたしになる。わたしは命乞いなどしない」ドレクスラは、一歩さがり、タカラの胸に一発撃ち込んだ。

狭い部屋で、鼓膜が破れそうな銃声が轟いた。五・七ミリ弾が、三メートルも離れていない至近距離から心臓を貫いた。両側の看守が、前のめりになった体の肩をつかんで、壁に押し戻した。ドレクスラはタカラの手首から手錠をはずすのを手伝った。ドレクスラが脇にどくと、男性看護師ふたりが車輪付き担架を押してはいってきて、看守の手伝いで、タカラをそれに載せた。仰向けに横たえられて部屋を出ていくとき、タカラがまばたきし、最期の息が肺から漏れた。手術室に向けてストレッチャーが進むとき、ドレクスラはアラビア語で叫んだ。「時間がない！　手に気をつけろ！　指をだいじに扱え！　もうわたしの指だからな！」

死体の処置を見届けているひまはなかった。ドレクスラも準備しなければならない。外科医とそのチームが手術室で作業を進めているあいだに、ドレクスラは服を脱ぎ、ざっとシャワーを浴びた。それから、べつの手術室へ行き、椅子に座って待ちながら、ブルーの手術シートを敷いたテーブルに両手を置いた。掌が上になるように看護師が腕を置き換え、動かせないように革のバンドで固定した。

まもなくクレイシー医師が、接続された金属製の浅い容器を持ってはいってきた。ドレクスラが時計を見ていると、そばのトレイテーブルにすべてのものがならべられ、クレイシーとチームが処置を開始した。

手術チームは、まずドレクスラの左小指からはじめた。皮膚をざらざらにするために焼灼液が塗られた。ドレクスラは痛みにうめいたが、つづけるよう促した。皮膚を保護するために薄いシリコンゴム・シートが貼られ、つづいてクレイシーが、海水を入れた皿から、生きている天然の海綿をピンセットでつまみあげた。それをドレクスラの指先とおなじ大きさに切り、時間をかけて小さな楕円形にした。

高性能の指紋リーダーには、指紋がシリコンの印影や死体からはがしたものではないかどうかを、指の毛穴から分泌される自然な水分の模様を比較するソフトウェアで見分ける機能がある。だが、ドレクスラはそれを欺瞞する方法を知っていた。グリセリンを少量くわえた海水に浸した小さな海綿を、死体からはがした指紋の下に入念に差し込めば、死んだ皮膚が長時間湿気を保ったままになり、表面の水分がリーダーに感知される。

ラテックス接着剤で海綿を皮膚に貼りつけると、クレイシーは、ドレクスラの指を拡大して見られるように、手術用ルーペをかけた。きわめて慎重に、まっすぐなピンセットを、アラビア語で〝左手5〟と記されたシャーレにのばした。ヴェーッティ・タカラのピンクの肌から採取した小指の皮がはいっている。

ドレクスラは、死んだ皮膚が厚いのに驚いた。タマネギの皮のように半透明かと思っていたが、クレイシーが取りあげたものは不透明な厚い人間の皮膚組織だった。

ドレクスラはきいた。「わたしの指が自然に見えるようにするのには、どうやるんだ？」

クレイシーが、目を離さずに答えた。「横のほうにつけるセメントは、あなたの皮膚の色と合わせてある」ちょっと肩をすくめたが、作業はつづけた。「手をじっくり調べられたら、あなたの指紋ではないとわかるだろうが、それでも見分けるのは難しいはずだ」

「わたしが失敗したら、ムハーバラートがあんたに責任をとらせるだろう、先生。それがわかっていないようなら、いまはっきりといっておく」

ルーペで見ながら、クレイシーがきわめて慎重な手つきで、死んだ皮膚の側面にセメントをつけた。まるで微小なフィギュアでも塗装しているようだった。それをやりながら、クレイシーがいった。「わたしはダマスカスで最高の脈管外科医だが、美容外科医ではない。あなたにはわたしの最高の技術をほどこすし、これ以上のことはできないと納得してから出発してもらう。それでだめなら、ふたりともその結果を受け入れるしかない。額拭き！」

クレイシーが大声を出したので、ドレクスラは首をかしげたが、看護師が進み出てクレイシーの額の汗を拭った(ぬぐった)ので納得した。

クレイシーが、なおもいった。「しばらく黙っていてくれませんかね。どこで仕事をやるにせよ、そこへ行くには、この指紋が必要なんだろう。しかし、これはわたしの仕事だから、邪魔しないでくれ。あなたの脅しでわたしが汗をかいて、それがわたしの傑作にかかったら、たいへんなことになる」

指紋に関して完璧な仕事をやっても、無礼な態度のせいでセイドナーヤー刑務所にぶち込まれるかもしれないということが、クレイシーにはわかっていないのだろうかと、ドレクスラは思った。

だが、いまは大目に見ることにした。

クレイシーが、タカラの指先をドレクスラの指に置いて、ぎゅっと押さえた。まわりにまたセメントを塗り、ブラシと天然色素で色づけして、指にプラスティックの切れ端をかぶせた。それから、手術助手が組織を押さえるためのパッド付きピンセットで指先をつまみ、右の小指の処置に取りかかった。

そんなふうに左手と右手を交互に処置していった。時間がかかる細かい作業だったし、クレイシーはときどきドレクスラの警告に耐えなければならなかった。ドレクスラは、手術室の向こう側の時計に目を向けて、時間が流れてゆくのを見守りながら、いらだちをクレイシーにぶつけた。だがクレイシーは動揺することなく、処置を終えた。

二時間後、白髪のシリア人医師は、最後に処置した右の親指をパッド付きピンセットでそっと挟んだ。ドレクスラの顔を見た。「手順はわかっていると思うが、一応注意する。この湿り気を保たなければならない。洗面用具入れにローションを入れておく。市販のブランドのラベルが貼ってあるが、中身はヨーロッパとアメリカの死体研究室で使われているもので、死んだ皮膚組織が腐らないようにするための薬剤だ。二時間ごとに塗布してくれ。

それでも、その皮膚は三十六時間後には分解しはじめるし、それまでには海綿の分泌物も乾いてしまう」


セバスティアン・ドレクスラは指を保護するために大きな手袋をはめて、待っているヘリコプターのほうへ歩いていった。ヘリコプターはレッド・ビルの裏のヘリパッドで、すでにローターを回転させていた。付き添いの情報員三人が、いっしょにMi–8に乗り込み、数秒後には離陸して、ダマスカスの空港に向けて飛んでいた。

緑の濃い地形の上を飛んでいるときに、ドレクスラは情報員のひとりに、記憶している電話番号にかけるよう指示した。ヘッドセットが用意され、ドレクスラは女の声がするのを待った。

「もしもし」シャキーラ・アル＝アッザムが出た。

「わたしだ。これから出発する。今夜遅くに向こうに着く」アメリカとヨーロッパ諸国は、シリアに大規模な電子情報収集資産を向けているので、衛星通信は傍受しにくいとはいえ、暗号化されていない回線では話をぼかさなければならないとわかっていた。

シャキーラがきいた。「主人はあなたが行くのを知っているの？」

「ああ。行って問題と取り組むよう、じかに頼まれた」

「そう……彼もわたしもあなたがつつがない旅ができるのを願っているけど、望む結果はそれぞれちがうわね」

「わたしをあてにしていい」

「その都度、情報を伝えて」間を置いた。「それに、無事に帰ってくるのを楽しみにしているわ。なにかのために遅れるようなら、わたしが海外の伝手に連絡して、あなたを見つける……手伝いがいるかもしれないから」

シリアから逃げようとするなという婉曲な脅しだと、ドレクスラにはわかっていた。

「何日かで戻るよ、ダーリン」

「そうしたらお祝いしましょう」シャキーラが電話を切り、ドレクスラはMi‐8の後部に乗っていた情報員のひとりにうなずいて、ヘッドセットをはずした。

眼下に見えるのが山地からダマスカスの北の郊外に変わるのを、ドレクスラは眺めていた。一抹の不安はあったが、今後の任務には絶大な自信を持っていた。

27

コート・ジェントリーは、二十五年前の型のサーブ３４０ターボプロップ機の後部に乗り、今後の任務への不安が胸いっぱいにひろがっていた。自分で不安を煽っていることはわかっていたし、地上におりて状況を見てとるまで、つぎの動きを計画するすべはなかった。

足の下で着陸装置がおりて震動がはじまると、ジェントリーは現実に引き戻され、周囲を警戒する態勢になった。右肩の上の窓から覗くと、見晴らしのきくそこから見えるのは、果てしないグリーンの海だけだった。高度は一〇〇〇フィートもなかったはずだが、サーブは北に向けて急なバンクをかけ、横向きの座席に乗っていたジェントリーは前のめりになった。水平飛行に戻ったときに窓からまた外を見ると、海岸線の白い漆喰塗りの建物と、山腹のオリーブの段畑が見えた。

まったく平和な景色だったが、ラタキアの周囲の地域が平和ではないことを、ジェントリーは知っていた。シリア政権とそれに与するものがそこを支配しているが、反政府勢力の攻撃が頻繁に起きている。

キャビンにはほかに十数人が乗っていた。ジェントリーは話しかけなかったし、話しかけられもしなかったが、全員が警備会社や軍事会社の契約武装社員だと思われた。ヒスパニックらしい男がふたり、日本人らしい男がふたり、黒人がひとり、あとは顎鬚を生やした頑健そうな白人だった。ジェントリーもそのひとりだった。

全員が、バックパックを膝のあいだかそばに置き、無言で座っていた。

飛行場の上空に達すると、シリアに来るという決断に一瞬の不安を感じた。ラタキアの唯一の空港、殉教者アブドゥル・アル＝アッザム空港は、ふたつの設備に分かれ、それぞれに名称があった。ロシアは民間空港に文字どおり重なるようにフメイミム空軍基地を築き、着陸する前にロシア軍の存在を示すものがあちこちに見えるほど広い範囲を管理して、空港の大部分を効果的に運用している。着陸前にジェントリーが見た三機には、いずれもロシア軍の標章があった。スホーイSu‐27〝フランカー〟戦闘機が二機、巨大なイリューシンIℓ‐76ジェット輸送機一機が、すべて平行する滑走路を地上走行し、建設されたばかりの大きな耐爆格納庫の長い列が東に見えた。ロシア軍が防備を固め、長期、居座るつもりでいることは明らかだった。

ロシア軍の恒久的な海外空軍基地は、全世界にここしかないというのを、ジェントリーは資料を読んで知っていた。シリアへの影響力の維持に力を注いでいるのも当然だろう。ロシア海軍のある提督は、フメイミムは地中海の最新の〝不沈空母〟だと豪語していた。とてつもない数量の軍事航空兵器があるのを見て、ジェントリーはその発言にいっそう納得がいった。

　着陸したサーブが滑走路を走行するあいだに、シリア・アラブ空軍のMiG−25〝フォックスバット〟戦闘機二機と、ロシア軍のMi−8ヘリコプター一機、ロシア軍のMiG−29〝フルクラム〟戦闘機二機、ロシア軍とシリア軍の輸送機多数のそばを通った。

　サーブは飛行場に一カ所だけある民間機用のエプロンへ走行していき、イランの民間航空会社のエアバスA320の隣に駐機した。そこでジェントリーはほかの乗客や搭乗員のあとから、昇降口へ向かった。

　ジェントリーは、数すくない衣類と装備、KWAの命令書、ユーロを詰め込んだ財布、シリアの入国審査を通るための偽造書類がはいっている小さなバッグだけを持って、昇降口を通った。砂漠の鷹旅団にいるKWAの人間が必要なものをなにもかも用意するし、シリアの入国審査では徹底的に調べられるから、没収されるようなものを持っていくのは無意味だと、ラース・クロスナーが断言していた。

　飛行機からおりて、陽のあたる暖かい駐機場に出ると、武装したシリアの係官三人が、飽き飽きしたような顔でうなずき、ジェントリーやその他の乗客を出迎えた。一行は鉄の階段を昇って、ターミナルにはいった。そこでは迷彩服を着たシリア・アラブ陸軍の兵士たちが、周囲に立って警備していた。ほとんどがAK−103アサルト・ライフルを装備し、何人かが拳銃を携帯しているのがわかった。武装したロシア軍兵士数人も、あちこちに座っていた。空港のターミナルなのに、異様な光景だった。まして、彼らは武装しているにもかかわらず、警備やその他の役割を分担しているようには見えなかった。

入国審査の係官のあとから長い廊下を進んでいると、現政権の旗が目についた。赤、白、黒の横縞にグリーンの星がふたつの国旗と、アフメド・アル＝アッザムの写真や肖像画が、いたるところに飾られていた。シリアを統治している痩身(そうしん)のアッザムが、ビジネススーツを着て笑みを浮かべているものもあれば、軍服姿で怖い顔をしているものもあった。しかし、どちらを向いても大きな写真や肖像画があって、ターミナルを高みから見おろしていた。これから何日ものあいだ、アッザムの顔をさんざん見ることになるのだろうと、ジェントリーは思った。

カナダ人に化けているジェントリーは、X線検査を受け、金属探知器にかけられ、ボディチェックされた。装備などを入れたバッグは、むっつりした男たちに、おざなりに調べられただけだった。係官たちは、民間航空機で入国する暗殺者を捕らえることよりも、早く休憩して煙草(たばこ)を吸うほうに気持ちが向いているようだった。国内に民間警備会社や軍事会社のコントラクターが何百人もいて、しじゅうおなじ経路で出入国をくりかえしているのだろうと、ジェントリーは推測した。

しかし、国際海事衛星機構(インマルサット)の衛星電話機がバッグから出されると、税関の係官に押収された。

「電話はだめだ」係官がいった。

そのあとで、ジェントリーはほかのコントラクターとは分けられ、入国管理局のデスクへ連れていかれた。そこで書類を取りあげられて、調べられ、本人もじっくりと調べられた。係官が電話をかけ、グレイのスーツを着て口髭(くちひげ)を生やした中年の男が現われた。パスポートを受け取った男が、それとジェントリーを係官よりもさらに念入りに調べた。情報機関(ムハーバラート)の人間だろうと、ジェントリーは判断した。

口髭の男が、ようやく入国審査の係官にパスポートを返した。係官が、前のコンピュータで確認し、なまりのある英語で、ジェントリーに話しかけた。「おまえはグレアム・ウェード、カナダ人だな」

ジェントリーはうなずいた。「そうだ」

「KWAの社員で、リワー・スクール・アッサフラーに派遣される」

「砂漠の鷹旅団に。そのとおりだ」

係官がコンピュータに打ち込みはじめた。すぐにうしろのプリンターから数枚が吐き出された。係官が三種類のエンボス機で押印して、書類をたたみ、プラスティックケースに入れた。パスポートにも押印し、すべてをジェントリーに返した。ムハーバラートの男がいった。

「シリア・アラブ共和国への入国を許可する。砂漠の鷹旅団、総合保安庁、内務省の人間の付き添いなしに、軍事基地外を移動することは許されない。従わなかった場合には、逮捕されて国外追放されるか、あるいは逮捕されて刑期をつとめることになる」

ジェントリーはいった。「うろついてはいけない。わかった」

「写真、録音、地図作成、私用電話、GPS機器の使用は禁じる」

「わかった」ジェントリーは入国を許され、ロビーに出ると、軍服姿のロシア人がおおぜいいて、ビジネススーツの男たちの集団が荷物を牽いていた。その男たちはイラン人のようだった。外交官か、ビジネスマンか、その両方が交じっていて、駐機場で見たエアバスで出国するところなのだろう。

おなじ便で来たコントラクターたちは、すべて迎えの人間と出会い、ターミナルに残っている人数がしだいに減っていった。いっぽう、ジェントリーは、狭いロビーのまんなかにしばらく立っていても、だれも近づいてこないので、ターミナルから陽射しのもとへ出た。

駐車場の向こうに、後部に機関銃を取り付けたベージュのピックアップ・トラックがとまっていて、男四人がそれを囲んで立っているのが見えた。欧米の製品らしい砂漠用迷彩服を着ていたが、明らかにアラブ人だった。その男たちが視線を向けなかったので、ジェントリーは、空港に迎えにくることになっているKWAの社員を探しつづけた。

カーゴパンツをはいた禿頭の男が、わりあい新しそうな白いトヨタのピックアップ・トラックに寄りかかっているのが、目に留まった。砂漠用迷彩服の男たちとは、数歩しか離れていないが、仲間ではないように見えた。その男は、両手を腰に当て、サングラスの片方の蔓をくわえて、口からぶらさげ、ジェントリーのほうをじっと見ていた。がっしりした体格で、胸が厚く、前腕がタトゥーに覆われ、黒いTシャツを着ていた。

男はジェントリーに近づく気配を見せなかったが、まっすぐに見ていた。この作戦では、迎えの人間を見分けるのは、ジェントリーにとってはいとも簡単だった。

荒っぽい男たちと付き合うことになるはずだから、風船や旗で出迎えられるわけがない。ジェントリーは男のほうへ歩いていって、手を差し出した。「ウェードだ」

禿頭の男がサングラスをかけ、ピックアップから離れたが、握手を求められたのは無視した。ロンドンの労働者階級のなまりで答えた。「正体不明だからよ」

「なんだって？」

「KWAの配置命令に書かれているとおりの人間なんだろう」

「イエッサー」ジェントリーの偽装身分は危険の大きい仕事に雇われている民間軍事会社の社員なので、それなりに行動する必要がある。世界各地のさまざまな任務で、こういう男たちとともに働いたこともある。アメリカ国内では、もっと優秀なコントラクターとともに訓練をやった。

ジェントリーは、KWAの書類綴りをバックパックから出して、イギリス人に渡した。

イギリス人が書類を受け取って、念入りに見てから、ジェントリーをじっと見た。だれも聞いていないにもかかわらず、小声でしゃべっていた。「まずいっておくが、あんた。おれはソーンダーズだ。サーじゃない。経営者じゃなく下っ端の労働者だ。テロリストの破壊工作員に偉いやつだと思われたくない。わかったか？」

ロシア軍とシリア政府の空軍基地近くを反政府勢力がうろついているとは思えないし、仮にいたとしても、Tシャツ姿で駐車場に立っている男ふたりよりもずっと優先順位の高いターゲットを狙うはずだ。だが、ジェントリーは反論しなかった。「ソーンダーズだな。わかった」

ソーンダーズがこの稼業を長くやっていることは、見ればわかった。過酷な経験を経た男らしく、きわめて非情な雰囲気を漂わせていた。下っ端の労働者かもしれないが、クロスナーの組織では熟練のコントラクターだ。イギリス人だから、英国海兵隊(ロイヤル・マリーン)か、ＳＡＳと略される英陸軍特殊空挺部隊(スペシャル・エア・サーヴィス)のような英軍の精鋭部隊に属していた可能性が高い。

そんな男が、シリアの冷酷な殺人者の私兵軍に契約で派遣されるコントラクターになったのには、どういういきさつがあったのだろうと、思わずにはいられなかった。

だが、むろんきかなかった。

ソーンダーズがいった。「よし、これからのことを説明する。あいつらはおれたちの仲間だ」改造戦闘車(テクニカル)のまわりに立っている迷彩服の四人を顎(あご)で示した。全員が、いまではジェントリーのほうを見ていた。「あいつらは砂漠の鷹旅団で、おれたちが目的の場所へ行くのを見届けるために、どこへでもついてくる。

ダマスカスの東にあるバビーラの基地まで、長くきついドライブだ。三〇〇キロあるし、楽な道じゃねえから、ここから十五分のジャブラで組まれる車列についていく」

ソーンダーズが、トヨタの助手席側にジェントリーを連れていった。ジェントリーはドアをあけた。抗弾ベストとブルパップ式のＳＡ80アサルト・ライフルが、フロアに置いてあった。

「おれのか？」席に座って、その装備を足で押さえながら、ジェントリーはきいた。

ソーンダーズが、運転席に乗った。「いや。おれのだ。おまえのはバビーラに着いたら渡されるが、その前に、車列といっしょに行くあいだに使う予備の武器とベストを見つけてやる」

空港を出る前に、ふたりとも書類を二度、見せなければならなかった。だが、いったん外に出ると、ソーンダーズはアクセルを踏み込み、トヨタは南に向けて突っ走った。砂漠の鷹のテクニカルがついてきた。ひとりが荷台で機関銃にしがみついて立っていた。

しばらく黙って車を走らせていたので、ずっとしゃべらずにいるつもりなのかとジェントリーが思ったころに、ソーンダーズがいった。「おまえはきょうツイてるぜ、ウェード。戦闘を味わいたければ、の話だが。おれたちはきょうの午後、銃撃を浴びるだろうな」

「ダマスカスへ向かう途中で？」

ジャブラに向かうハイウェイから脇道に出たときに、ソーンダーズがうなずいた。「二、三週間前から、射撃場みたいになってる。おれはおととい、車列といっしょにこれから通る道で来たんだが、山のなかで二度攻撃された。小火器だし、調整された攻撃じゃなかった。それでも、車列に混じってたシリア・アラブ陸軍兵（SAA）がふたり撃たれた。ひとりが夜のあいだに死んだ。撃たれたのは尻だったから、大腿動脈（だいたい）をやられなきゃ、笑い者になるだけですんだのにな」ジェントリーのほうを見た。「それに、先週はISIS（ダーイシュ）に九十分、ハイウェイを遮断された。シリアの民間人七人、警官ふたりが殺された。FSA、ダーイシュ、アンヌスラ……そのハイウェイは、敵勢力がいっぱいいる地域のどまんなかを通ってるんだ」

ジェントリーは、さりげなくうなずいた。「相手が何者か、どうやって見分けるんだ？」

ソーンダーズには意外な質問だったらしく、しばらく考えていた。「旗をふってるやつがいることもあるし、装備か服でわかることもあるが、見分けるようなひまがあるのは、たいがいそいつを殺したあとだ。肌の色を見るのさ。気になるか？　撃ってくるやつがいたら撃ち返す。ここの仕事は厳しいんだ、ウェード。しかし、そんなのはかなり楽なほうだ」

「なるほど」ジェントリーにとっては楽ではなかった。アンヌスラ（ジャブハト・アンヌスラ）戦線はアルカイダのシリア版、ダーイシュは悪名高いＩＳＩＳだ。これらの集団と遭遇したら、なんの疑問も抱かずに鉛玉をぶち込むだろう。しかし、ＦＳＡ――自由シリア軍――は、異質な組織多数のゆるい連合であるとはいえ、シリア内戦では正義の側だとされている。ところが、ジェントリーはシリアで悪党の側で働くことになっている。ＦＳＡがロシアやシリア政府の部隊を攻撃したとき、はたして自分は応射できるだろうか？

　ＦＳＡ戦士と接敵しないことを願い、そのときになったらどうするかを考えるしかないと、ジェントリーは決断した。

　無言で車を走らせるあいだ、知人関係やこれまでの任地などについて、ソーンダーズがなにもきかないことに、ジェントリーは気づいた。民間軍事会社のコントラクターは、そういうふうに探りを入れるのがふつうだ。戦場でどういう働きができそうかを品定めし、信用できるかどうかを確認するためで、この業界では〝尻のにおいを嗅（か）ぐ〟といわれている。ソーンダーズにきかれた場合のために、ジェントリーは答を用意していたし、手厳しい質問を受けるだろうと考えていた。〝ウェード〟は偽名だが、実在の人間になりすましているわけなので、現実の経歴がある。ミュンヘンからベイルートまでのフライト中に、ジェントリーはそれを下調べした。

だが、ソーンダーズは過去のことや経験について、なにひとつ質問しなかった。

沈黙はありがたかったが、ここで接触することになる男たちが、これまでにいっしょに仕事をした民間軍事会社のコントラクターとはまったくの異種だという確信が、なおさら強まった。彼らは純然たる傭兵で、仲間意識などなく、任務の正当性など信じていない。

午後一時過ぎに、一行はシリア・アラブ陸軍（SAA）の小規模な基地に到着した。ソーンダーズとジェントリーは、ピックアップをおりて、警衛詰所へ行き、エンボス入りのKWAのIDカードと旅行許可証を渡した。それでも、自爆用のベストをつけていないかどうかをボディチェックされ、ピックアップも爆弾が仕掛けられていないかどうかを徹底的に調べられた。

ふたりはピックアップに戻り、あとをついてきた砂漠の鷹が検査を受けるのを待って、基地にはいり、西に海が見える敷地にならんでいる低い建物のあいだを二台で走っていった。

車種も型もまちまちの軽用途軍用トラック四台が、正面の駐車場に一列にならんでいた。二台にロシア軍の標章があり、古くて大型の二台にシリア・アラブ陸軍の標章があるのを、ジェントリーは見てとった。

ソーンダーズがいった。「あれがおれたちの車列だ。出発は一三二〇時だから、おまえの武器を探す時間がすこしはある」

ジェントリーは、ソーンダーズのあとから倉庫にはいった。そこでシリア・アラブ陸軍兵士数人に、ソーンダーズが話しかけた。またIDカードを見せ、ジェントリーには読めない書類にサインしてから、きしむ南京錠がきしむドアからはずされ、武器が山積みになっている部屋にふたりははいった。AKがテーブルや棚に積まれ、弾薬箱、大きなグリーンのヘルメットがはいっている箱、個人装備帯（チェストリグ）に取り付ける防弾鋼板が積んであった。埃（ほこり）が舞っているのが見えた。火薬とガンオイルのにおいが、鼻を刺激した。

ジェントリーはいった。「なるほど。このゴミの山から選べというんだな」

「さっきもいったとおり、おれたちの基地へ着いたら、ちゃんとした武器がもらえるが、きょうのひとっ走りにも備えてもらいたい。ここなら、ドライブのために必要なものをなんでも貸してくれる。ここにあるのは政権が支援する私兵団向けの武器だ」

装備はかなりローテクだったが、ジェントリーはあらゆる型と品質の武器の扱いと、現場でそれを工夫する訓練を受けていた。

ジェントリーは、オリーブドラブ色の重いベストと防弾鋼板を取り、ライフルを見に行った。

きょうのような任務に携帯する武器を選べる自由があったら、〈ジェムテック〉サプレッサー付きの銃身長二八センチのヘッケラー＆コッホHK416A6と、交換用の五〇センチ銃身を選んでいたはずだ。長距離から敵射手に釘づけにされたときには、長い銃身に交換する。ホログラム照準器と、迅速に取りはずしできる三倍望遠照準器（スコープ）もそろえる。レーザー目標捕捉装置、プッシュスイッチ付きの高光束（ハイ・ルーメン）フラッシュライト、調整可能な頬当て付きの六段伸縮銃床、水平前部グリップを備えたライフルにしたい。

　まあ、大きな脅威にさらされる車両移動作戦には、それが理想的な選択だ。

しかし、この薄汚れたちっぽけな武器庫に、そんなものがあるはずがない。

　そこで、ジェントリーは、すり減って虫に食われた木の銃床付きのＡＫ－47を棚から取りあげた。照準器は単純なアイアンサイトだ。戦車兵だったときに負傷したミハイル・カラシニコフが一九四七年に考案した型から、ほとんど変わっていないが、知り尽くしている武器だし、自分の技倆（ぎりょう）なら、射程五〇〇メートル以内で必殺の威力を発揮するとわかっていた。

　機構を点検して、ちゃんと使用できると判断した。旧（ふる）いナイロンの負い紐（ひも）を、ジェントリーが自分の身長と好みに合わせていると、ソーンダーズが錆（さ）びた三十発入り弾倉を入れた大きなカンバスの袋を持ちあげた。それを渡されたジェントリーは、すぐさま重い袋をテーブルに置いて、弾倉の数をたしかめた。

「弾倉十四本。四百二十発」ジェントリーはいった。「おれがこれまでに持った弾薬ぜんぶよりも多い」役柄を演じてはいたが、それは事実だった。大きい七・六二ミリ弾を発射するカラシニコフのような武器を持つときは、弾薬はそんなに多くは持たない。ジェントリーは、弾倉を一本ずつ取って、チェストリグに差し込み、選んだライフル一本に押し込んで、薬室に一発を送り込んだ。安全装置をかけ、残った弾倉五本をテーブルの向こうへ押しやった。

「二百七十発あればいい。ゴジラに襲われたときのために」

ソーンダーズが、こいつは馬鹿かと思っているような顔で、ジェントリーを見た。「そうか。ラタキア‐ダマスカス間を前にも走ったことがあるのか？」

「はじめてだというのは、知っているはずだ」

「おれは何度も走ってる。よく聞け。ラタキアの東の山地、マスヤーフ、ハマ、ホムス周辺、さらに南に下ったダマスカスの北の郊外は、政府軍の攻撃で瓦礫になったが、それでもなお反政府勢力がごまんといる。移動するテロリストや襲撃者がうようよいて、曲がり角ごとに突然現われる。たぶんこれ全部の弾薬はいらないだろうが、持ってくればよかったと思うはずだ」

話をふくらましていると、ジェントリーは思ったが、弾薬はいくら持っていても多すぎることはない、という以前のＣＩＡの教官の言葉が脳裏をよぎった。ジェントリーは、取りのけた弾倉五本のうちの三本をすくいあげて、カーゴパンツのポケットに突っ込み、重くなった体でドアに向かった。

ダマスカスに向かう準備をしている車列は、多国籍の編成だった。外国から来た欧米人の傭兵はジェントリーとソーンダーズだけだったが、ＧＡＺ軽軍用輸送車二台にロシア兵十数名が乗り、シリア・アラブ軍のロシア製ＺＩＬ‐１３１輸送車二台に若い歩兵が二十人ほど乗っていた。さらに、ジェントリーとソーンダーズにずっと付き添っている砂漠の鷹旅団の四人もいる。

　ほかにも、黒いランドローバーに、私服のアラブ人が三人乗っていた。ジェントリーはその男たちを顎で示して、何者かとソーンダーズにきいた。

　ソーンダーズも、好奇心をそそられたようだった。「ムークだろう」

「ムーク？」知っていたが、ジェントリーはきいた。

「ムハーバラート。シリアの情報機関のことだ。おれは先頭のトラックでロシア人やシリア人と話をする。わかるかもしれないが、こっちからはきかない。おまえは〝鷹〟といっしょにここにいろ」

　それぞれの集団の代表者と話をするために、ソーンダーズが車列の前のほうに歩いていき、数分後に戻ってきた。「そうだ。スーツのやつらはまちがいなくムークだ。おれたち二台の前、隊列のまんなかを走る。先頭と殿はSAAがやる。ロシアのトラック二台は先頭車両のつぎだ。五分後に出発する」

　今回は警備に雇われているのではないが、ジェントリーは高度の脅威にさらされている車列の運用にはかなり詳しかった。「おれたちの計画は？　トラックが破壊されたり、道路で銃撃戦がはじまったりしたら、支援するのか？」

「しない。おれもおまえも〝鷹〟に雇われてるから、バビーラの基地へ行って、指示に従うのがおれたちの仕事だ。ハイウェイで反政府勢力と戦って切り抜けるために金をもらってるわけじゃねえ。そいつはよその哀れなやつらに任せる。ロシア軍やSAAが停止しなかったら、おれたちも停止しない。やつらが停止したら……そのまま進むか、車列といっしょにいるかは、おれが決める」

ジェントリーはいった。「軽車両七台、四十五人、機関銃一挺では、小規模な敵部隊ならおそれをなして逃げるかもしれないが、大部隊に見つかったら、絶好の機会だと思われる」

ソーンダーズが、あきれ顔で目を剝いた。「飛行機からおりて一時間もたたないのに、おれにやりかたを教えるのか、ウェード？」

「おい」ジェントリーはいった。「おれもあんたも下っ端に変わりはないだろう」

ソーンダーズが、土埃にまみれたアスファルトに唾を吐いた。「おれたちが車列に混じるのは、ほかの車よりも狙いにくいターゲットになれて、悪党どもがほかの車を撃つからだ」

「それがおれたちの計画か？」

ソーンダーズが、抗弾ベストをつけ、フロアのライフルを取って、薬室に一発を送り込み、安全装置がかかっているのを確認した。「いっただろ、ウェード。きょうおれたちは銃撃を浴びる。そうなるまでのんびりして、いい天気を楽しむんだな」運転席のほうへまわった。

ジェントリーは、サングラスをかけて、ピックアップの助手席に乗り、古いAK‐47を持って身構えた。そうやって自分の側に目を配るほかに、できることはなかった。

長い午後になりそうだという予感がした。

28

パリ警視庁司法警察局のアンリ・ソヴァージュ警部は、昼過ぎのにわか雨のなかでパリを出て、南に車を走らせた。いろいろな考えが頭に浮かんでいたが、精いっぱいそれを押しのけて、いまの仕事に集中しようとした。

右前方で、樹木に覆われた一平方キロメートルのなかごろを、砂利の私設車道がくねりながら、森の奥へとのびていた。ソヴァージュは、2ドアのルノーでそこに近づいたときも、速度を落とさなかったが、私設車道を覗き込んで、細かいところまで見分けようとした。

やがてそこを通り過ぎ、ソヴァージュは車を走らせつづけた。車の流れに切れ目がなかったので、方向転換してひきかえす場所は、しばらく見つからないかもしれないと気づいた。しかし、戻るのはいまのところ、仕事のうちではなかった。

それに、自分を操っているシリア人に、ひきかえせといわれないことを、心底から願っていた。

ソヴァージュは、携帯電話を出してかけた。つながるとすぐにいった。「入口ゲートは閉まっている。だれも見えない」

「よし」応答があった。一キロメートルうしろで、マリクと名乗るシリア人資産(アセット)が、フォルクスワーゲンのミニバン、ゴルフ・トゥーランの助手席に乗っていた。マリクの車は、ソヴァージュとおなじ道路を走っていた。アラビア語でマリクが配下にその情報を伝えるのが聞こえた。

「おれはどうすればいい?」ソヴァージュはきいた。

「三十秒後に、おれたちは敷地のそばを通過する。あとでサン・フォルジェのド・ラ・モット通りで落ち合おう」

マリクのフランス語は発音がひどいとソヴァージュは思ったが、口に出さなかった。とはいえ、きょう頼まれたことはやったので、すこし強く出た。「どうしてまたおれに用があるんだ? その館についてわかったことを教えて、ここへ案内した。もう家に帰らせてくれ」

「ド・ラ・モット通り、十分後」電話が切れた。

ソヴァージュは、携帯電話を助手席にほうり投げ、大声で悪態をついた。二時間前にフォスの葬式へ行ったし、あすにはアラールの葬式に出席することになっている。アンドレ・クレマンの死体はまだ出ていないが、殺されるのを見たから、まもなくやはり葬式に行くことになるだろうとわかっていた。いまも暗い気分なのに、クレマンの子供たちを墓のそばで抱き締めるときには、友人を巻き込んだことを悔やんで自殺したくなるにちがいない。

なにもかもなげうって自殺すれば、自分を操っているエリックやシリア人にひと泡吹かせることができると思い、一瞬、そうしたくなった。だが、考え直した。だめだ……自殺はしない。エリックのお利口な手先になる。いわれたことをやり、金を儲けてから、家族を連れて、さっさとここから逃げ出す。いい暮らしをするのが、いちばんいい意趣返しだと、自分にいい聞かせた。死んだ友人たちへの借りは、自分が彼らのために楽しむことで返す。ビアンカ・メディナを見つければ、たっぷりと報酬がもらえるし、それだけの働きをしたという自信があった。

その金をうまく使うことにしよう。

十分後、ソヴァージュはサン・フォルジェの町の花市場に車をとめて、ボンネットにもたれていた。フォルクスワーゲンがそばにとまり、スライディングドアがあいた。

ソヴァージュはじっと立っていた。「ノン。車には乗らない」

マリクが、目を剝いた。「乗るさ。乗らなかったら、いま撃ち殺す」

拳銃のスライドを引いて戻す金属音が、暗い車内から聞こえ、自分の生死を自分で左右する力をすこし取り戻すという幻想は、あっというまに消えた。

ソヴァージュは、ミニバンに乗った。

フォルクスワーゲンのミニバンは、花市場の駐車場を出た。ソヴァージュは、壁にもたれてフロアに座り、マリクの配下ふたりと向き合った。ブルーシートは敷いてなかったので、すこし安心したが、撃ち殺したあとでフロアをホースの水で洗い流せばいいだけだと気づいた。

マリクが助手席から後部に来て、ソヴァージュの前でしゃがんだ。「あの館に女が監禁されていると、どうしてわかった？」

「おれの同僚ふたりがハラビーのアパルトマンで死体で見つかってから、だれもがハラビー夫妻を探している。刑事部のチーム(ラ・クリム)が一〇〇人時(マンアワー)かけて、自由シリア亡命連合の動画を調べ、重要メンバー十三人を割り出した。その十三人の男女全員の電話を追跡し、何人かを監視したが、これまでのところ、この一件とつながりは見つかっていない」

「それで？」

「おれは見つけた。捜索をハラビー夫妻の家族にまで拡大した。リーマの甥(おい)がきのうの夜、この館へ行ったのが、GPS追跡でわかった。それに、まだそこにいる。おれはけさ、五時半にここへ来たんだが、六十代のヨーロッパ人が車ではいっていった。写真を撮って拡大し、ヴァンサン・ヴォランという元情報機関員だと確認した。ヴォランはいま、ハラビー夫妻に雇われてる」

マリクは、感心していた。「それで……その男はいまもいるんだな？」

「ああ。シリア人らしい男ふたりといっしょだ。おれが狙いをつけた甥とはべつの男だから、館にはほかにも何人かいるだろうな」

「館についてなにがわかった？」

「なにもわからない。そのことから、おおよその察しはつく」

「説明しろ」

「館はクック諸島のダミー会社が登記している。所有者、居住者、なにが行なわれてるかを調べても、なにもわからない」

「それをあんたはどう解釈……」

「つまり、所有しているのを隠すことに利益がある企業の持ち物か、あるいは対外治安総局(DGSE)か国内治安総局(DGSI)の隠れ家のたぐいだ。ヴォランが来てるから、あとのほうの可能性が高い。ヴォランはもう公式には政府の人間じゃないが、フランスの情報機関との連絡を保ちながら自由シリア亡命連合に協力してる、というのがおれの推理だ」

マリクの目に不安がにじむのを見て、ソヴァージュは緊張を解いた。マリクは手に余ることに関わっているのだと、ようやく気づいたようだ。ソヴァージュはなおも強く出た。「そうとも、フランス政府が介入するかもしれない。あんたたちは本気で銃をふりまわしてあの屋敷に突入し、女を連れて脱出しようと思ってるのか？」

マリクは答えなかった。逆に質問した。「警察が館を見つけるまで、どれくらいかかる？」

「おれにわかるわけがない」

「エリックはそういう答を嫌うだろう」

ソヴァージュは、溜息をついた。「知らない(ジュ・ヌ・セ・パ)。まだ警察の監視は行なわれてないし、刑事部でも話題になってないが、だれかが点と点をつなぐのは、時間の問題だろう。自由シリア亡命連合の人間がほかにもそこにいて、憲兵隊が捜査してた場合、刑事部のわれわれか憲兵隊が、遅かれ早かれ突き止めるにちがいない」

マリクがいった。「エリックがわれわれに連絡してきた。今夜、こっちへ来る」

ソヴァージュはきいた。「そのあと、あんたはどうする？」

「エリックにやれと命じられたことをやる。おまえも賢ければそうするだろう」

「おれは情報収集と監視のために雇われたんだ」

マリクがいった。「これからもそれがおまえのおもな役割のはずだ。だが、近くにいるようにしろ」

ソヴァージュは、肩をすくめた。「やつが着いたら電話してくれれば――」

「いや」ミニバンがとまった。ドアがあいた。前とおなじように、運転手はひとまわりして、花市場の駐車場にとめてあったソヴァージュの車のそばに戻っていた。「おれの配下がひとり、エリックが着くまでおまえといっしょにいる」

「なんのために？」

「おまえはびくついている。今夜、おまえにくわわってもらう必要がある。おまえが逃げるようなことがあっては困る」

「びくつくのがあたりまえだろう！　おれは殺し屋じゃない。殺人の共犯でもない」

「不思議だな。エリックはおまえが優秀だといっていたが」

ソヴァージュは目を閉じた。「こんなことはもうごめんだ」

「これはほしいんだろう？」

ソヴァージュは目をあけた。マリクが、グレープフルーツ大に丸めたユーロ札の束を差し出した。

「それはなんだ？　おれはキプロスに口座があるし――」

「小遣いだよ。エリックからだ。感謝のしるしだ。これが終わったときに、街を出るのに、これがあったほうが楽だろう。今夜終わる」

ソヴァージュは、金を受け取った。金はいつでも受け取る。

29

ソーンダーズとジェントリーは、南東に向かう小規模な車列のなかごろを走った。最初は政権の支配地域で、誰何されずに検問所を通った。ロシア軍の車両が近づくとゲートがあき、最後尾のシリア・アラブ陸軍の輸送車が通過してから閉まった。ジェントリーは、ソーンダーズに防御を命じられた範囲に目を配り、片時も注意を怠らなかったが、無線交信にも耳を澄ましていた。ソーンダーズは、携帯無線機を車列のチャンネルに合わせていたが、通信は大部分がSAA部隊間のもので、アラビア語だったので、ジェントリーにはたまにしかわからなかった。しかし、大きな脅威が前方にあるのを見つけたら、声色でわかるはずだと思った。

ジェントリーはロシア語をかなり流暢にしゃべれるが、ソーンダーズには知られたくなかった。ロシア軍が先に危険を発見してくれればいいのだが、と思っていた。そのほうが、脅威についての情報を早めに詳しく知ることができる。

シリアの僻地にもかかわらず、自分たちが走っているハイウェイの状態がいいのは意外だった。アメリカのたいがいのハイウェイとおなじくらい整備されていて、往来はまばらだったが、走っている車はかなりの速度を出していた。

ソーンダーズは口数がすくない男だったが、ジェントリーもおなじなので、最初の一時間は、ほとんど言葉を交わさなかった。むさくるしくストイックな傭兵という伝説(レジェンド)に合わせて、ジェントリーはずっと黙って乗っていた。だが、しばらくすると、砂漠の鷹旅団の基地に着いたあとのことを予測するために、ソーンダーズから情報を引き出す必要があると判断した。それに、到着したあとで基地を脱け出す方策を考えるためにも、探りを入れたかった。

道路の横、農地、田舎(いなか)の建物、遠くの山に目を配りながら、ジェントリーはいった。「おれはほとんど東南アジアで働いていた」

「おれがなにかきいたか？」

「いや」

「そうだ。きいてない」

「このあたりがどうなっているのか、あまりよく知らないといいたかっただけだ」

「いずれわかる。みんな身をもって学ぶ。そうでないやつは死ぬ」

「〝そうでないやつ〟にはなりたくない。あんたの話はなんでも役に立つだろう」

「おまえは〝鷹〟を訓練するために雇われた。おれはおまえを訓練するために雇われてない」

「砂漠の鷹を訓練するのは知っている……が、いっしょに展開すると聞いた」

ピックアップの運転台で、ソーンダーズが一瞬、ジェントリーのほうを見てから、フロントウィンドウに目を戻した。「どこで聞いた？」

「ラース・クロスナー本人から」

ソーンダーズが、肩をすくめた。「ほとんど毎晩、やつらはおれたちを砂漠の鷹特殊部隊といっしょに送り出す」

「なにをやるんだ？　具体的に？」

「前触れなしの急襲、逮捕、昔ながらの暗殺」

「ダマスカスで？」

「そういうときもあるし、そうでないときもある」ソーンダーズが、またジェントリーを見た。「気になるのか？」

「いや……好奇心できいた」ジェントリーは、もうすこし無理をしてみた。「敵(オッポ)は何者だ？」

ソーンダーズが、またいい返した。「気になるのか？」

「同志討ちを避けたいだけだ」この内戦の特定の反政府組織を狙うのは気が進まないことを悟られるわけにはいかないが、砂漠の鷹とKWAの契約武装社員(コントラクター)がじっさいなにに関与しているのかは知っておく必要がある。

ソーンダーズが答えなかったので、ジェントリーは運転席のほうを向いた。「なあ、おれたちがどういう敵を相手にしているのか、状況報告(シトレプ)みたいなものを聞かせてくれたら、ほんとうに助かるんだ。ついでにうしろを護(まも)ってくれと、おれを説得できるかもしれないぜ」

「おまえにうしろを護れとは頼んでない」

「そうだが……べつに損はないだろう」

ソーンダーズは、自分の考えにふけりながらじっと座って運転していたいようだった。だが、ほどなく溜息をついた。「ちくしょう、いいだろう。おまえを黙らせるために、このあたりの有力組織について、二分間授業をしてやる」

「ありがたい」

「だが、自分の防御範囲から目を離すな。ダマスカスに着く前におまえが殺されたら、無駄な授業になっちまう」

「了解だ」

ソーンダーズがサイドウィンドウをあけて唾を吐き、ふたたび閉めた。「よし、授業開始だ。まず味方の話をしよう。現政権と忠実な支援者だ。ロシア軍はシリア国内に駐留してて、アッザム政権を後援し、支えてるが、アッザムのために戦ってる私兵団のほとんどを嫌ってる。ことにスンニ派の私兵団を嫌い、なかでも砂漠の鷹旅団を憎悪してる。いまの〝鷹〟は強大になりすぎたと見てるからだ。つまり、そいつらが銃口の向きを変えて、アッザム政権と戦いはじめるのは時間の問題だと、ロシアは考えてる。ロシアはアッザム政権に賭けてるんだよ。アッザムの命令によって駐留して、アッザムの首根っこを押さえてる。だから、アッザムへの脅威になるおそれがある勢力は、ロシアのシリアにおける権益への脅威だと見なされる」

「もっともな話だな」

「キリスト教徒の大部分は、アッザムを支持してる。アッザムがシーア派の一派のアラウィー派で、マイノリティとして、世俗的な政府を運営していると見なしてるからだ。アッザムは、自分を支持してれば、どんなマイノリティも迫害しない。スンニ派の聖戦主義者（ジハーディスト）が支配層になったら、キリスト教徒はたいへんな目に遭う。聖戦主義者が政府を乗っ取ったよその国がすべてそうなった。キリスト教徒は、アラウィー派が好きなわけじゃないが、アラウィー派が支配しなくなったら自分たちが破滅するのを知ってる」

「なるほど」

「もちろん、近視眼的な見かただ。アッザムは、現状に文句をつけるやつはだれだろうと殺す。キリスト教徒も含めて。しかし、いまはそんなふうだ」

「わかった」

「ロシアはアッザムの正規軍のシリア・アラブ軍とは仲がいい。砂漠の鷹ともときどき協働するが、この三者のあいだに愛情はまったくない。

それから、シーア派の外国人勢力がいる。レバノンから来たヒズボラは、アッザムを支援しているが、ほかの勢力とはつるまない。イランもおなじだ。数個大隊の戦闘員を送り込んでいて、攻撃の際はロシアの航空支援を受けるが、シリア・アラブ陸軍や〝鷹〟みたいなスンニ派私兵団といっしょに戦うことはない」

「どうしてシーア派がアッザムのために戦っているんだ？」

「アッザムがシーア派に属するアラウィー派だからだ。イランは、中東ではシーア派がスンニ派に数で劣っているのを知ってるから、アッザムがろくでなしのシーア派でも、中東のほかの国家指導者よりも親密になれる。だから、イランはアッザムを支援してる。イランがロシアと仲睦まじくなるのに、それが役立ってる。だが、じきに状況はすべて変わるかもしれない」

「どういうことだ?」

「アッザムが、シリア領内のイラン軍を増強させ、無期限の駐留を承認しようとしてるっていう噂がある。ロシアはシリアを中東の前哨地域として使うつもりでいるから、いい顔はしないだろう。イランが地歩を固めて、基地や領土をほしがったら、四年間つづいてきた三国の野合は、血なまぐさい騒乱に変わるだろう」

ソーンダーズの言葉は、アッザムがイランの指導部と交渉するためにテヘランへ行ったというヴォランの話と、つじつまが合う。

ソーンダーズが、運転しながらバックミラーを調整した。車列が急坂に差しかかっていたので、周囲への警戒を一段と高めているようだった。ジェントリーは、授業からひとまず離れて、ハイウェイの自分が担当する側の斜面に鬱蒼と茂っている松林に目を凝らした。

ソーンダーズが話をつづけた。「とまあ、味方はそんなふうだ。反政府勢力とテロリストの話に移ろう。反政府勢力は政権側よりも十倍分裂してる。アッザム政権が倒れないのは、そのおかげだ。FSA——自由シリア軍と呼ばれてるが、じっさいは集団と部族が数十あって、ほとんどが軍隊とはいえないし、自由とはまったく無縁だ。それから、ＩＳＩＳだが、以前は東部と北部にしかいなかったが、いまではダマスカス周辺の小さな孤立地帯(ポケット)にもいる。あとはアンヌスラ……要するにアルカイダだ。たいがい北部にいるが、現われてほしくない場所にも突然現われる。このあたりでもかなり活動してる」

ジェントリーはつぶやいた。「たまげたな」

「アメリカはずっと北のほうと東で、ＩＳＩＳと戦ってる。それは結構だが、クルド人も支援してる。そっちはありがたくない」

「クルド人は？」

「ああ、北部でおもにＩＳＩＳと戦ってるが、アッザム政権とも戦い、シリアの領土を切り取ってる。それから、クルド人のことをいうときには、部族、派閥、政治集団で区別しなきゃならない。ひとつの主体じゃないんだ。クルド人の戦闘組織ＳＤＦ――シリア民主軍――は、クルド人、スンニ派、アッシリア人、トルクメン人から成っている」

「外国人傭兵は？　おれたちのことだ。おれたちみたいなやつらは？」

ソーンダーズが、ジェントリーの顔を見て笑った。「いい質問だ、ウェード。たしかに、私兵団はすべて、自分たちの外国人コントラクターが好きだが、あとはすべて、ほかの勢力を嫌ってる。砂漠の鷹がおれたちを好いてるのは、特殊部隊を訓練させ、関与を否認するような戦いをやるのを手伝わせてるからだ」

「あんたがいったような急襲だな」

車列は、南東に向けてのろのろと走っていた車の列を追い越した。ジェントリーとソーンダーズは、追い越すときに一台一台をじっくりと見た。

ソーンダーズがいった。「〝鷹〟はことに、虎部隊と呼ばれてるシリア陸軍部隊といがみ合ってる」

「どんなふうに？」

「よくあるギャングのいがみ合いだ。いいか、やつらはここで戦争をやってるんじゃないんだ」

ジェントリーは眉根を寄せた。「そうじゃないのか？」

「ちがう。ギャングの抗争だ。〝鷹〟は犯罪組織の頭目が動かしてるし、〝虎〟もおなじだ。石油や密輸ルートを奪い合って戦ってる。縄張りをめぐって争う。こんなめちゃくちゃな国で、二十五もの勢力がたがいに殺し合ってるのに、砂漠の鷹旅団はなおかつ味方のはずの部隊と争ってる。まったくめちゃくちゃだ」

偽装身分からなんとかして脱け出し、ほんとうの仕事に取りかかれるよう、祈るしかないと、ジェントリーは思った。さもないと、シリアの犯罪組織の理解しがたい摩訶不思議な縄張り争いに巻き込まれて殺されかねない。

ジェントリーがなにかをいう前に、ソーンダーズがハンドルの上に身を乗り出し、フロントウィンドウごしに目を凝らした。「これまでの二キロくらいのあいだに、ハイウェイをバスが走ってるのを見たか？」

ジェントリーは、首をかしげた。「バス？　見たおぼえはない。なぜだ？」

「バスの運転手は、ハイウェイでは最高の情報提供者だ。なにが起きてるのかを知ってる。バスを見かけたら、その道路はかなり安全だと思っていい。バスを見なかったら……」ソーンダーズが、ミラーを覗き込んだ。「そのときは……ヘルメットのストラップをきつく閉めて、安全装置をはずせ」

ジェントリーのほうを見て、さらにいった。「おれもバスを見ていない」

事実だった。小型セダン、ハッチバック、民間トラックは何台か見たが、数分前からバスは一台も通っていない。

そのとき、大型の白いトレーラー・トラックが、反対車線を近づいてきた。ソーンダーズの側なので、ジェントリーは注意を向けなかった。ライフルを点検していると、無線機からアラビア語の激した声が聞こえた。声音からして異変が起きたのだと察し、ジェントリーは目を戻した。

ソーンダーズがいった。「トラックを見ろ」

ジェントリーは見た。大型トラックには点々と弾痕があった。道路の先で攻撃されたにちがいない。なんとか走っていたが、かなり大きな被害を受けていた。

「目をあけてろ、ウェード。突入するぞ」

最初はロシア語で、つぎにアラビア語で、無線により命令が伝えられ、ソーンダーズのピックアップも含めて、車列は速度をあげて道路を突っ走った。殺戮地帯とおぼしきところを加速して通過するのは賢明な対応だと、ジェントリーは思った。敵は自分たちが選んだ戦闘陣地に防御を固めて配置されているが、車列のジェントリーたちは有利な位置を選ぶことができない。戦闘がはじまったら、きわめて不利な戦いになる。

ジェントリーは、フロントウィンドウごしにすぐ前の砂漠の鷹の改造戦闘車(テクニカル)を見た。荷台の銃手がベルト給弾式機関銃のうしろに立ち、チャージング・ハンドルを引いて、すぐに射撃できるようにしていた。戦う構えで、銃身を左右に動かしていた。

ジェントリーは、ピックアップのあいたサイドウィンドウからアサルト・ライフルを突き出し、南の地形に狙いをつけた。起伏のある高い山地が、緑なす樹木や藪(やぶ)に完全に覆(おお)われている。どちらの方角にも人工の建物は見えなかった。待ち伏せ攻撃にはうってつけの場所のようだった。樹林にどんな敵部隊が潜んでいるにせよ、ロシア軍、シリア・アラブ陸軍の兵士、砂漠の鷹、機関銃を見て、無防備な車が通るあいだ、射撃を控えてくれることを願うしかなかった。

カーブを曲がり、細い排水路に架けた六メートルの長さの橋を渡るために、車列は速度を落とさなければならなかった。砂漠の鷹のテクニカルの前方で、ハイウェイにぽつぽつと穴があいて土煙があがり、車列が攻撃されないようにというジェントリーの願いはついえた。

一瞬の間を置いて、敵のライフルの乾いた銃声と銃弾が空気を裂く音が聞こえた。

「触敵(コンタクト)、左!」ソーンダーズが叫び、片手でブルパップ式のライフルを運転席側のサイドウィンドウから突き出した。右手で引き金を絞って撃ちながら、左手でハンドルをあやつっていた。

ジェントリーの側の右にはターゲットがなかったので、武器を持ったやつが見えたら撃とうと決心した。撃ってくるのは自由シリア軍戦士(FSA)かもしれないが、じっとして殺されるつもりはない。

ジェントリーは、悪党の側にひきずり込まれていた。あとで嫌な気分になるだろうが、いまは生き延びることに集中するつもりだった。

そのとき、ピックアップの五〇メートルほど前方のハイウェイで爆発が起き、火の玉が空に噴きあがった。つぎの瞬間、車列の二番目を走っていたロシア軍のＧＡＺ輸送車が、急ブレーキをかけた。三番目のロシア軍輸送車もブレーキをかけ、そのうしろにいたシリアのムハーバラートのランドローバーが、停止した輸送車を避けようとして、急ハンドルを切った。ランドローバーは、ＧＡＺの後部に追突した。

ソーンダーズが悪態をわめき、速度を落として、ピックアップを左の反対車線に入れ、前方でもつれている車の群れを避けようとした。

なにが起きたのか、ジェントリーにはもうわかっていた。大型のＩＥＤ（簡易爆破装置）が、ハイウェイの下の排水路に仕掛けられていて、先頭を走っていたシリア軍のＺＩＬ－１３１輸送車の直前で起爆された。爆発が数秒早すぎたようで、輸送車は大破をまぬがれ、爆発でできた漏斗孔(クレーター)にもはまらなかった。だが、ＺＩＬ－１３１はクレーターの左で、左側を下にして横倒しになり、対向車線をふさいでいた。

巨大なクレーターができ、破片がその周囲に散らばっているので、東に進みつづけるにはハイウェイからおりて、藪(やぶ)をゆっくり越え、傾斜した排水路におりて、向こう側に登るしかない。

それには一分以上かかるし、その間、山の上から銃撃されるから、ほかの選択肢があるようなら無謀すぎると、ジェントリーにはわかっていた。

横倒しになった輸送車の生き残りのシリア兵が車の下から這(は)い出し、岩、土くれ、ハイウェイのアスファルトの小さな破片が、ジェントリーのピックアップに降り注いだ。

ソーンダーズが、無線機に向かってどなった。「バックしろ！　バックしろ！」

ジェントリーはまわりを見まわした。ざっと銃撃して、先頭車両を爆薬で破壊しただけで退却するのが攻撃側の目標ではないことは、明らかだった。ちがう。先頭車両を破壊したのは、車列を停止させるか、速度を鈍らせ、順次に狙い撃つためだ。

ジェントリーは、サイドウィンドウから身を乗り出し、最後尾のシリア軍輸送車をバックさせようとして、躍起(やっき)になって手をふった。そうすれば、まだ走れる輸送車が、すべてバックで殺戮(さつりく)地帯から西に離脱できる。ところが、輸送車がとまり、兵士たちがおりはじめたので、ジェントリーは愕然(がくぜん)とした。

「やつら、脱出している！」ジェントリーは、ソーンダーズに向かってどなった。

いままでは双方が激しく撃ち合っていた。ロシア軍輸送車の兵士と砂漠の鷹のテクニカルが、北と南の斜面の薄い煙に向けて撃っていた。

携帯無線機からアラビア語の声が聞こえ、ソーンダーズがいった。「殿(しんがり)の車両が動けなくなった。くそ！　よけて通る！」

損壊した輸送車から跳びおりるシリア兵を避けながら、ソーンダーズはピックアップをバックさせようとしたが、加速したときに機関銃の連射が白いボンネットを縫(ぬ)った。ジェントリーの乗っていた運転台にすさまじい音が轟(とどろ)いた。超音速で飛ぶ重い鉛の塊が、ボンネットとエンジンをひきちぎった。オイル、冷却液、蒸気が、フロントウィンドウに降り注いだ。

ピックアップがガクンと揺れてとまった。ソーンダーズが、ギアを入れようとしたが、すぐに叫んだ。「車は死んだ！　脱出しろ！」

30

コート・ジェントリーは、助手席側のドアをあけ、ハイウェイに転がり落ちて、アサルト・ライフルを片手で持ち、身をかがめてピックアップの後部へ走っていった。そこで、ソーンダーズが来るのを待ち、ほんの一瞬、右後輪の蔭にしゃがんだ。ソーンダーズは、ほんとうの盟友とはいえないかもしれないが、この戦闘では相棒だし、生き延びる確率を高めるためには、おたがいが必要だというのを、ふたりとも承知していた。

ふつうなら戦闘でジェントリーが脇役をつとめることはありえないが、偽装を維持しなければならないと冷静に判断していた。会社の先輩とともに現場で働く傭兵として、二人組のチームではナンバー2（ツー）として行動しなければならない。

ソーンダーズがピックアップの後部にやってきて、東のほうを覗（のぞ）き、ハイウェイの北と南の斜面に視線を走らせた。すさまじい銃撃のなかで聞こえるようにどなった。「ハイウェイの両側に敵射手がいる！」

ジェントリーも、ピックアップの荷台の蔭から頭を持ちあげた。ハイウェイの北と南の両方で、木立から銃撃の煙が立ち昇っていた。ほとんどはジェントリーがかがんでいる位置から四〇メートルほど東だった。右を見ると、ハイウェイの横に岩場の凹地があるのに気づいた。雑草が生い茂っているので、ほとんど見えない。煙のほうに目を戻した。「敵は陣地の位置をまちがえている！　待ち伏せ攻撃はＩＥＤが爆発したところを中心にしているから、おれたちのところから東にだいぶずれている。南側の排水路まで行ければ、北と南の斜面からすこしは身を隠せる」

後部あおりの反対側にいたソーンダーズには、ジェントリーのいう地形が見えなかったが、そちら側にはべつの選択肢がないようだった。「行け！」ソーンダーズが命じ、ジェントリーはなにもないハイウェイを横切って、路肩を越え、低い藪を目指した。

その間も、四方で銃撃の轟音が響いていた。

見通しがきく場所をジェントリーは一五メートル走り抜き、数発がまわりのアスファルトや地面に突き刺さった。ジェントリーは身を躍らせて転がり、うつぶせでハイウェイ脇の浅い凹地の低い藪と岩場に潜り込んだ。地面にぶつかったときに、膝と前腕に石が食い込んだ。ふたたびライフルを肩付けし、上の斜面に視線を走らせて、まだピックアップのそばにいるソーンダーズを呼んだ。「移動しろ！」

ジェントリーは、ＡＫ‐47の銃床に頬を押し当てたままで、旧式のアイアンサイトごしにターゲットを探した。数秒後にソーンダーズが上に落ちてきて、転がって伏射の姿勢をとり、すぐさまジェントリーの横で斜面に目を配りはじめた。

ジェントリーは、ハイウェイに視線を戻していた。砂漠の鷹旅団の四人は、いまも改造戦闘車に乗っていたが、だれも機関銃を撃っていなかったし、ひとりは機関銃のすぐうしろで、荷台から体を半分乗り出した格好で倒れていた。その前のムハーバラートのランドローバーは、二番目のロシア軍輸送車の後部に食い込んで、炎上し、煙を吐き出していた。その前のロシア軍輸送車はハイウェイで方向転換して、西にひきかえす態勢になっていたが、運転手が撤退命令を待っているような感じだった。屋根のない荷台から五、六人が全員で、山の斜面の樹林に向けて発砲していたので、撤退していないのはジェントリーにとってありがたかった。

しかし、敵の射撃は味方の射撃を物量でしのいでいた。ハイウェイに当たる銃弾の数からして、高みから車列を掃射している敵の兵器は十数挺を超えていると思われた。

ソーンダーズが身を起こし、斜面に向けて連射を放った。ジェントリーの右側に多めに、東側にはすくなめに撃っていた。「やつら、南からおれたちを側面攻撃しようとしてる!」弾倉が空になると、ソーンダーズはいった。

ジェントリーも、自分たちの陣地の正面にあたる林に動きがあるのを見ていた。敵が真上の斜面に陣地を移したら、自分たちがいる雨裂は丸見えになるとわかっていた。

自分も含めて、車列が全滅の危機に瀕していると気づいた。

さらに、親政権の小規模な車列がやってきた西から、カーブの先で銃撃戦が起きているのに気づいていない民間人の車が、つぎつぎとハイウェイを走ってきた。方向転換して危険から遠ざかろうとする車もあったが、戦場を突っ切ろうとした車もあった。その決断は、惨事を招いた。煙と混乱の場を抜けたとたんに、橋が爆破されて通れなくなっていることがわかったからだ。民間人の車二台がＩＥＤのこしらえたクレーターの手前で急ブレーキをかけ、運転手がどうしようかと迷っているＧＡＺ輸送車のうしろで動けなくなるのが、ジェントリーのところから見えた。

ジェントリーは、南東に目を戻し、はじめて敵を目視した。ロケット推進擲弾(RPG)の曳く煙から、斜面の一〇〇メートル上にいるとわかった。急いで二発目をこめようとしている顎鬚(あごひげ)の男に、ジェントリーはアサルト・ライフルの照星を合わせた。

その男の胸を撃ち抜いたとき、内戦のどちらの側について戦っているのかということは、いっさい頭になかった。

動けなくなった最後尾の輸送車からおりたシリア兵三人が、ピックアップの蔭にいて、ジェントリーとソーンダーズがいる雨裂に向けて駆け出した。三人が密集して走っていたうえに、だれも掩護(えんご)のために残らなかった。ハイウェイの路肩に三人が達したときに、ジェントリーはそのまずい動きに気づいて、ソーンダーズに叫んだ。「掩護射撃！」

ジェントリーは北の斜面にＡＫ-47の連射を放ち、いっぽう隣のソーンダーズは、南の斜面の樹林に弾倉の全弾を送り込んでいた。アサルト・ライフルの弾倉が空(から)になると、ジェントリーは目がくらむような速さで交換した。新しい弾倉を使って弾薬がなくなった弾倉をはじき出し、新しい弾倉を押し込むという手順だった。それをやりながら、ハイウェイの端にいるシリア兵を見た。

三人とも、雨裂にはたどり着けなかった。ひとりは路肩に倒れて死に、もうひとりは負傷して、ハイウェイのそばの高い叢（くさむら）で転げまわっていた。斜面の射手からはその姿が丸見えだった。三人目は向きを変えて、非装甲のシリア・アラブ軍のＺＩＬに向けて道路のまんなかを走り、それを頼りない掩蔽（カヴァー）（敵の砲爆撃から防護する天然物か人工物）に使おうとしていた。

ソーンダーズが弾倉を交換するために撃つのをやめたとき、交信が聞こえ、携帯無線機を持ってきたのだとわかった。装備をしこたま詰め込んだソーンダーズのベストのポケットから、アラビア語の興奮した声が聞こえていた。

煙がぱっと噴き出した木立をジェントリーが連射していると、交信がアラビア語からロシア語に変わった。

ジェントリーは、それをソーンダーズに訳して伝えた。「敵の改造戦闘車（テクニカル）二台が東から接近している」

ソーンダーズが、ジェントリーのほうを見た。「おまえ、ロシア語がわかるのか？」

ジェントリーは、ふつうなら偽装身分のときに自分がわかる言語がばれるようなことはしないが、否定するわけにはいかなかった。「頭をひっこめていたほうがいいという程度にはわかる」

ソーンダーズが、北の斜面にライフルを向けて短い連射を放った。「そんなことは通訳がいなくてもわかる！」

ジェントリーとソーンダーズが伏せている場所のすぐ近くの藪（やぶ）を、ライフルの銃弾の奔流が引き裂いた。「くそ！」ジェントリーは南東の樹林の奥に見えた閃光めがけて撃った。

こんどは何人ものアラビア語が、無線機から聞こえた。ソーンダーズはターゲットに注意を集中していたが、ジェントリーはきいた。「こいつらは何者だといってるんだ？」ロシア軍はいまのところ、敵の正体を無線で伝えていなかった。

ソーンダーズが、また撃った。「ここでそんなことを気にしてるのは、おまえだけだ、ウェード！」

ジェントリーが煙を透かして東の遠くへ目を凝らすと、近づいてくるピックアップがどうにか見分けられた。ハイウェイを走らず、樹林の下の薮に沿い、急な斜面を通っていた。動けなくなった車列に向けて、無謀な速度で進んでいた。二台とも長く太い砲身が荷台から突き出しているのが見えて、ジェントリーは戦慄した。機関銃の銃身よりもずっと大きく、太い。

それがなんであるのか、ジェントリーには察しがついていた。ソーンダーズに向けていった。「あのテクニカルはZU-23を積んでいる」

「こんちくしょう」ソーンダーズがつぶやき、確認のためにライフルのスコープを東に向けた。

ZU-23はロシア製の二連装二三ミリ対空機関砲で、本来は防空兵器だが、世界中の反政府勢力がそれをテクニカルに据えつけ、空と地上の両方のターゲットに使える、きわめて威力のある効果的な武器として使用している。ZU-23の機関砲弾が二発当たったら、大型トラックを破壊して乗っているものを全滅させることができる。

ソーンダーズは、ジェントリーの推理を確認した。ライフルの三倍スコープで、もっとよく見ようとした。見ているあいだ、超音速の銃弾が鋭い音をたてて頭の上を通過し、すぐうしろの岩に当たったが、気にしていなかった。すこしは安全なところに、ソーンダーズが首をひっこめた。「おまえのいうとおりだ。ズタズタにされる前に、あれを始末しないといけない」

テクニカル二台は、まだ五五〇メートルほど離れていて、ライフルでは命中させる確率が低いが、ZU‐23にとっては至近距離だった。

四方の銃撃は、現実離れした激しさだった。ジェントリーとソーンダーズ以外の親政権部隊のすべてが、北と南の斜面の個々の戦士と交戦しているようだった。また、テクニカルの接近を警告したのはロシア軍だったが、近距離からの銃撃があまりにも熾烈(しれつ)なので、だれもそのあらたな脅威と有効に交戦するいとまがなかった。

だが、ジェントリーには、ターゲットを狙い撃つのに利用できる掩蔽(カヴァー)がある。そこで、ふたたび膝(ひざ)立ちになり、アサルト・ライフルの素朴なブレードサイトで狙いをつけ、近いほうの機関砲のうしろに座っている銃手を狙撃しようとした。ロケット推進擲弾(RPG)と一分半前の大型IEDの爆発による煙を透かして、動いている小さなターゲットを照準器に捉えるのは、ほとんど不可能に近かった。

「この距離じゃ、銃手には当たらない」

ソーンダーズはそういって向きを変え、南の斜面の敵兵と交戦した。ソーンダーズのライフルが、連射を三度放った。

ジェントリーは、テクニカルに注意を集中し、近いほうの一台のフロントウィンドウに狙いをつけた。茂った藪にはいったり出たりしていたので、見えるのはほんの一瞬だった。あきらめてふたたびそのうしろの銃手に照準を定めようとした。右でソーンダーズがふたたび長い連射をばらまいたが、ジェントリーは注意をそらさなかった。

ジェントリーは一発を発射し、それがZU‐23の発射機構に当たって跳ね返った。銃手の頭のすぐそばで、機関砲から火花が散った。

ソーンダーズが発砲をやめ、つぎにジェントリーが撃ったときに、ライフルのスコープで弾着を見た。ふたたび銃手のすぐそばで、対空機関砲に命中した。「かなり近いぞ！」ソーンダーズがいった。「よし！　おれのを使え！」SA80アサルト・ライフルを肩からおろした。三倍スコープがあれば、ジェントリーが銃手に命中させる確率が高くなるし、自分では無理だとわかっていたからだ。ジェントリーはライフルを交換し、SA80の負い紐をかけもせずに、ZU‐23の銃手の頭部のわずかに露出したところに、照準器のホログラムの赤い点を重ねた。

三倍スコープがあっても、銃手の頭はかなり難しいターゲットだった。ジェントリーは一発放ち、銃手はのけぞって荷台から落ちた。

「斃した」ジェントリーは落ち着いていった。

「たまげたな！」ソーンダーズが、激しい銃撃の音よりひときわ高く叫んだ。「もうひとりも殺(や)っちまえ！」

　そのとき、もう一台のテクニカルのＺＵ‐23が射撃を開始した。二連装機関砲がそれぞれ二度、閃光を発し、ほとんど同時に砲声と弾着の音が、ジェントリーとソーンダーズの陣地に届いた。機関砲弾四発は先頭のロシア軍輸送車の前で爆発し、破片が輸送車を貫通し、車列のあちこちで兵士が爆風に薙(な)ぎ倒された。

　ジェントリーは、そのＺＵ‐23の銃手を狙い撃ったが、はずれ、もう一度撃った。こんどは首に命中し、銃手が座席から吹っ飛んだ。だが、そのために、ジェントリーは数方向からの猛烈な量の銃撃を引き寄せた。ふたりの前やうしろに銃弾が当たって、草や岩が飛び散ったので、ふたりとも凹地(おうち)の底にならんで伏せた。

　ジェントリーとソーンダーズは、射線からわずかにはずれているそこで、目を見合わせ、ソーンダーズが騒音に負けない大声で叫んだ。「いっただろうが！」発狂したように笑って、ジェントリーにＳ60の新しい弾倉を渡した。「これだけ弾薬があっても使い果たしちまうんだよ！」

　いかれてる、とジェントリーは思った。ソーンダーズが、ジェントリーのベストから弾倉を引き抜いて、ＡＫ‐47にこめてから、凹地の横の縁から突き出し、三十発すべてを斜面に向けてあてずっぽうで放った。ジェントリーは、Ｓ80を凹地の横方向に持ちあげ、底に伏せたときに見つけていた遠い敵兵の群れの方角に、短い連射を何度も放ち、全弾を撃ち尽くした。

アサルト・ライフルを下げると、弾倉を交換しようとして、ソーンダーズのほうを向いた。装備をめいっぱい詰め込んであるソーンダーズのベストに手をのばしたとき、一五メートルしか離れていない排水路に動きが見えた。ふたつの人影が木立を抜け、斜面の上のほうの岩場に登ろうとしていた。顎鬚を生やし、ワイヤストックのカラシニコフを構えて、ハイウェイに用心深く近づこうとしていた。反撃できる位置を見つけただれかを、側面から攻撃しようとしていることは明らかだった。ジェントリーとソーンダーズの存在が気づかれていないのは、地面にぴたりと伏せ、弾倉を交換するために撃つのをやめているからだった。

一秒後には見つかるとわかっていたので、ジェントリーはベストの弾倉から手を離し、ソーンダーズのベルトからHKセミオートマティック・ピストルを抜いた。拳銃を握ると同時に、膝立ちになり、ソーンダーズの上に跳び乗って、射撃の台にした。ジェントリーが拳銃を突き出すと、敵はふたりともその動きに反応し、ライフルをジェントリーの方角に向けた。

ジェントリーは撃った。ひとり目に速射で二発撃ち込み、ふたり目にも二発撃ち込んでから、またひとり目に二発、ふたり目に二度撃ち込んだ。ふたりとも仰向けに木立のなかに倒れ込み、重なり合って死んだ。

どちらもAK-47から一発も放つことができなかった。

ソーンダーズが右肩ごしに目を向けたとき、そのふたりが倒れて低い木立のなかに見えなくなった。

ソーンダーズはなにもいわなかった。ただ弾倉を交換し、すこし身を起こして、斜面に向けて発砲した。

ZU-23一門がふたたび四発を連射したので、ジェントリーが斃した銃手の代わりの銃手が機関砲を操作しているのだとわかった。ジェントリーは拳銃を捨てて、すばやくSA80の弾倉を交換し、また長距離射撃をやろうとした。

だが、そのとき、間断ない銃撃の音に新しい音が重なっているのを聞きつけた。

ソーンダーズも聞いていた。「ヘリが来る！」

「味方か？」ジェントリーはきいた。

「ここはロシアとシリアの空域だ。反政府勢力も聖戦主義者も、空は制してない」ジェントリーのSA80を取りあげ、AK-47を返してから、西の空を指さした。ロシア軍のMi-28攻撃ヘリコプター一機が、五〇〇メートルほど離れたところから、ハイウェイの上を突き進んでいた。ジェントリーがヘリコプターに目を向けたのとほぼ同時に、兵装架から黒い条が何本も噴き出して、待ち伏せ攻撃地点に向けてのびていった。

「伏せろ！」ジェントリーは叫んだが、また斜面を撃っていたソーンダーズには聞こえなかった。ジェントリーが手をのばしてソーンダーズの抗弾ベストをつかみ、凹地の底に伏せさせたとたんに、ロケット弾が条を曳いてふたりの真上を通過した。

ロシア軍のロケット弾は、凹地から離れたところに弾着した。ジェントリーの位置とテクニカルのちょうど中間だった。攻撃ヘリがまたロケット弾を発射し、こんどはもっと東から爆発音が聞こえた。

Mi‐28が頭上を通過したとき、ジェントリーは膝立ちになった。SA80のスコープがなくても、テクニカル二台が南の斜面沿いでバラバラになって燃えているのが見えた。

車列の生き残り全員が斜面をライフルで掃射するあいだ、ロシア軍のヘリコプターは上空で旋回し、機関砲とロケット弾ポッドを駆使して、あらゆる臨機目標を破壊していた。

数分後、無線からアラビア語で撃ちかた待ての命令が聞こえ、ロシア語でそれがくりかえされた。ジェントリーとソーンダーズは、新しい弾倉に交換してから、仰向けに寝そべった。この十分間の働きとアドレナリンの分泌で、疲れ果てていた。

ソーンダーズが、血にまみれた手袋をはめた手を、ジェントリーのほうにのばした。「ありがとうよ、相棒。みごとな射撃だった」

「まぐれだ」ジェントリーは、ソーンダーズの手を握ったときに、血に気づいた。「撃たれたのか？」

「いや」ソーンダーズは腕を持ちあげて、ウェードと名乗っている男に見せた。「岩で肘を切った。たいしたことはない」浅い傷から血が流れていた。Tシャツも肩のところがちぎれていた。ジェントリーのほうをずっと見ていた。「おまえはこの手のことをけっこうやってきたんだな？」

「ときどきは」ジェントリーは、よろよろと起きあがった。

「東南アジアっていったな？　この五十年間、東南アジアでこんな激しいのがあったっていうニュースは、見たことがないし、テト攻勢のときはまだ父親もおまえの種を仕込んでなかったはずだ」

偽装に疑問が持たれているのだと、ジェントリーにはわかった。ただこう答えた。「ほかの場所にも行った」それで話を終え、ソーンダーズもそれ以上はいわなかったが、濃いサングラスごしにずっと視線を据えているのがわかった。話題を変えるために、ジェントリーはいった。「念のためにいうが、おれはAK-47の弾薬を使い果たさなかった」

ソーンダーズが、鼻を鳴らした。「まだバビーラまで、半分も行ってない」

一理ある。「ああ、たしかに」ジェントリーはつけくわえた。「でかい攻撃だったが、やりかたがかなりまずかった。だからおれたちは生きていられるんだ」

「これからは幸運がめぐってくるさ。これまでおれは悪運つづきだったからな」

輸送車に向けて歩きながら、ソーンダーズがいった。「おまえは好奇心丸出しだったから、おれたちが戦ってた相手のことを教えてやろう。このあたりでZU-23を積んだテクニカルを持ってるのは、ジャブハト・アンヌスラだけだ」

「アルカイダの現地組織だな？」

「そうだ」

ジェントリーは反応を顔に出さなかったが、シリアに到着してすぐにアッザムと戦っている民主的な勢力を殺したわけではないと知って、すこし気持ちが軽くなった。

銃撃戦の数分後、シリア・アラブ陸軍（ＳＡＡ）の歩兵約四十人が乗る二トン積みトラック五台が、つかえている一般車のあいだをゆっくりと抜けてきた。さらに、破壊された車両や散乱する死体のあいだを通り、警備態勢をとった。死傷者が処置された。壊れた車両をどかして、ハイウェイの大きな穴を迂回できる道を林のなかに敷設するために、作業車両が来ると、ソーンダーズは知らされた。

車列の損害は酸鼻（さんび）をきわめていた。車両が煙をあげて燃えていたし、いたるところに死体や血痕があった。空薬莢（からやっきょう）数千個、空（から）弾倉数十本が、割れたアスファルトの上に散らばっていた。負傷者がうめき、襲撃側が攻撃ヘリをものともせずに増援して戻ってくるかもしれないので、斜面の監視をつづけろと、何人もが大声で命じていた。

砂漠の鷹旅団の兵士四人のうち、三人が生き残っていたが、そのひとりはＡＫ-47の銃弾に片手を撃ち抜かれていた。ジェントリーは手の傷にたくみに包帯を巻いてやり、あとのふたりがＳＡＡのトラックの後部にその兵士を乗せるときに手を貸した。

ロシア兵は戦闘中にふたりが死に、小隊衛生兵も含めた五人が負傷していた。ＳＡＡは兵士三人が死亡、六人が負傷していた。

合わせて六人が死に、十二人が負傷していたが、もっと大きな数字になるおそれがあったことを、ジェントリーは知っていた。

ジェントリーが、皮膚と筋肉が引き裂かれたが骨は無事だった十八歳のＳＡＡ二等兵の脚に包帯を巻いているあいだに、西洋人の軍事コントラクターがＺＵ-23二門の銃手を撃ったおかげで、車列の兵士すべてが命拾いしたという話が、あたりでひろまっていた。ハイウェイの北側の排水路を見つけて隠れていたおかげで生き延びたムハーバラートの三人がやってきて、ジェントリーと握手をした。

べつの状況ならジェントリーがおおよろこびで殺すような相手が、笑みを向けて煙草（たばこ）を勧め、背中を叩いた。

現実離れしている、とジェントリーは思った。

31

セバスティアン・ドレクスラは、旅行中の一日ずっと、新しい指先でなににも触れないように、あらんかぎりの努力をした。その難行にほぼ成功した。四時間チャーターしたモスクワ行きの便でシリアを出るときには、携帯電話と荷物以外のものには触らなかった。機内のトイレでは、手袋をはめて、ズボンのジッパーをそっと動かした。

ダマスカスからヨーロッパに行くには、ロシアを経由するのがもっとも簡単だった。フランスへ行くのに何時間もかけて遠まわりしなければならないのはあいにくだが、経済制裁のため、民間航空便でシリアを出入りするのを許されている国は数すくない。

モスクワのシェレメーチェヴォ国際空港で、ドレクスラはVIP専用通路を通り、税関審査と入国審査を終えた。到着ロビーに出てからすぐに出発ロビーへ行き、パリ行きの便にチェックインした。空港内を急ぎ足で進むあいだも、新しい指紋をできるだけかばい、午後三時十分発のシャルル・ド・ゴール国際空港行きエールフランス便に乗った。

ファーストクラスのキャビンで、指紋がグラスに触れないように気をつけながら、ウォッカのオンザロックを飲み、食べ物はすべて断わった。西欧に戻るのにもっとも重要な段階が迫っていたし、手はできるだけ使わないほうがいい。

エールフランス便は午後六時十五分に到着し、ドレクスラは入国審査の窓口に真っ先に行った乗客たちにくわわっていた。疲れた笑みを浮かべて、カウンターの上にパスポートを差し出した。係官に、指紋リーダーに手を載せるようにといわれ、接着した部分が記録されないように、用心深くまっすぐに手を置いた。

入国審査の係官は、髭(ひげ)をきれいに剃(そ)っているドレクスラと、パスポートの顎鬚(あごひげ)を生やしたフィンランド人ヴェーッティ・タカラの写真を見比べ、ちょっと顔をしかめたが、あまり疑っているようすはなかった。スクリーンを見て、指紋が一致しているかどうかをたしかめたようだった。

「フランスには何日滞在しますか?」係官がたずねた。

「三日間。そのあと、列車でヘルシンキに帰ります」

タカラのパスポートにスタンプが捺(お)される音を聞いて、ドレクスラは恍惚(こうこつ)となった。母国に……とにかく、かなり母国に近づいた。

セバスティアン・ドレクスラはマリクに、パリに到着しだい連絡すると伝えていたが、飛行機の到着が四十五分早かったので、まだ電話はかけなかった。ヒルトン・ホテル・パリ・シャルル・ド・ゴールのスイートの豪華なリビングに座り、〈トム・フォード〉の紺のシャークスキンスーツにできた皺(しわ)をのばしていた。コーヒーが前に置いてあったが、目もくれずに、これから話そうとすることに神経を集中していた。

　スイートの小ぶりなダイニングルームのドアがあき、ビジネススーツを着た男好きのするブロンド女がはいってきた。女のドイツ語にオーストリアのなまりがあるのを、ドレクスラは聞き分けた。「重役のみなさまが、いまからあなたさまに会うそうです、ヘル・ドレクスラ」

「ありがとうございます（フィーレン・ダンク）」ドレクスラは立ちあがり、女の脇からドアを通った。

　男四人がテーブルに向かって座り、いずれもいかめしい顔をしていた。高飛車（たかびしゃ）な態度で握手が求められ、他人の指紋がつぶれてしまうのではないかとドレクスラは心配になった。だが、挨拶（あいさつ）が終わると、心配は無用だったとわかった。四人とも弱々しい男で、握手も軟弱だった。

　ドレクスラは、四人の名前を知っていたが、まとめて〝銀行家〟と見なしているだけだった。四人はドレクスラの雇い主マイアー私設銀行の重役で、ドレクスラの要請によってその土曜日の夜にシャルル・ド・ゴール国際空港にやってきた。スイス最古の秘密銀行の重役が一度の会合のために呼び出され、六〇〇キロメートルもの旅をするのは、尋常なことではなかった。鏡のように磨き込まれたテーブルに向かって座ったとき、自分はそれだけの敬意を受けているのだと思い、ドレクスラはおおいに満悦せずにはいられなかった。

　よくよく考えると、その満悦は薄れていった。ちがう……敬意を受けているのは自分ではない、彼女だ。彼らがここに来たのは、シャキーラ・アル＝アッザムのためだ。この四人は、自分を必要悪と見なしている。シャキーラの汚れた金と、スイスでの自分たちの清潔で完璧な暮らしのあいだの、安全器(カットアウト)だと。

テーブルの上座の男は、四十歳のシュテファン・マイアー。銀行創業者アルドゥス・マイアーの孫の孫にあたる。銀行と家族の序列では兄ロルフに次ぐ副頭取だが、わずかなりとも汚い仕事に手を染めているのはシュテファンだけなので、ドレクスラが会ったことのある唯一の重役だった。

マイアーがいった。「あなたがダマスカスのわたしたちのクライアントの重要な案件でこちらに来ているのは知っている。順調に進んでいるのかね？」

パリでの仕事の詳細をマイアーは知りたくないはずだと、ドレクスラにはわかっていた。責務を履行(りこう)するようシャキーラが自分に要求していることさえ知らせればいい。シャキーラの満足がいくように責務を果たせば、シャキーラは預金や取り引きを増やして銀行に報いるだろう。その仕事に失敗したら、シャキーラが預金を引き揚げるおそれがある。

ドレクスラはいった。「仕事は今夜、終えるものと考えています」

「すばらしい」マイアーが答えた。「クライアントは、あのかたの口座のために、あなたが要求されている以上の仕事をしていることに、たっぷりと報いてくださるだろう。それに、彼女の御夫君も、海外の権益を維持しているあなたの働きぶりに満足しておられる」

「それはよろこばしいですね」

シュテファン・マイアーがいった。「当行もあなたの仕事にはおおいに満足している」

副頭取の口からそういわれるのは、いい気分だったが、テーブルの向かいの四人は、いずれも笑みを浮かべていなかった。気を揉みながらつぎの言葉を待っているのだと、ドレクスラにはわかっていた。作戦の最中にシリアにいた情報工作員が会合を要求した理由を、早く知りたくてたまらないのだ。

探り合いはたくさんだと、ドレクスラは思った。単刀直入にいった。「みなさんをお呼びたてしたのは、すぐにわたしを配置換えしていただきたいというためです」

沈黙が流れるなかで、ドレクスラは四人の顔を眺めた。驚きも警戒の色もなく、感情が表われていなかった。

ドレクスラは、言葉を継いだ。「シリアには二年いました。頼まれたことは、すべてやりました。そろそろ新しい仕事に移る時機です」

「理解できない」マイアーがいった。「あなたをシリアに配置したのは、あなたの……法的問題にはもっとも安全な場所だったからだ。二年たってもインターポールはあなたへの興味を失っていないはずだ。それに、あなたが自由に動きまわれて、しかもわたしたちを必要とする大きな事業があるシリアのような国は、あまり多くはない」

「シリアはわたしにとって、あまりにも危険な環境になっているんですよ」

「でたらめだ」下顎がたるんでいるイギリス人の業務担当重役、イアン・プレザンスがいった。「内戦では現政権が勝利を収めそうになっている。楽勝だろう。ISISもクルド人もFSAも、倒れる寸前だ。ロシアがアッザムを護るだろうし、ひいてはきみも護られる」

ドレクスラは、うなずいてプレザンスに賛成であることを示したが、こういった。「わたしが不安視しているのは、ISISやFSAではありません。シャキーラとアッザムのことが不安なのです。仕事でふたりの板挟みになっているのです」

シュテファン・マイアーが、口をとがらした。「どういうことかね？」

「じつはパリに来た仕事のことです。わたしがそれを適切にやり、アッザムにそれがわかったら……シリアに戻ったら殺されるでしょう」

マイアーが、プレザンスのほうをちらりと見た。いらだたしげな目つきをしたのは、この会議で殺人のような粗野な話題が出たからだろう。マイアーが椅子にもたれ、こんどはプレザンスが身を乗り出した。

「これはわたしときみがふたりで話し合うほうが――」

「わたしは何年にもわたり、本行の資産数十億ドルを護ってきたし、あなたがたがいうわたしの法的問題のことを、あなたがたはわたしを雇った日から知っていた。孤立状態から連れ出してほしい、切迫した危険から脱け出せるようにして、べつの安全な場所を用意してほしいと頼んでいるだけだ。これからも銀行のために切れ目なく働く。ただ、シリア大統領と大統領夫人の板挟みにはなりたくない」

そこにいた最年長のブルーノ・オルヴェッティは、財務担当重役だった。会合に出席しているのは、マイアーの兄の目と耳の役目を果たすためだった。シュテファン・マイアーを監視し、ロルフに報告する目的で、こういう会議に出席するのだ。そのオルヴェッティがいった。「きみがいう危険な立場だが、きみのやっていることとどれくらい関わっているのかね？」

「おっしゃる意味がわかりませんが」

「きみはシャキーラ・アル＝アッザムと肉体関係があるのだろう？」

オルヴェッティがそれをどこまで知っているのか、ドレクスラには見当がつかなかった。おそらくカマをかけているだけだろうと思った。シャキーラと微妙な問題で緊密に仕事をしているから、そういう関係だと決めつけたのだ。シャキーラは男好きがする女だし、ドレクスラも女が寝たがるような男だからだ。

ドレクスラはいった。「あいにくはずれですよ、ブルーノ。関係などありません」

驚いたことに、シュテファン・マイアーが口をひらいた。「きみはクライアントの言葉に疑問を呈するのかね？」

ドレクスラは黙っていた。

「ご本人が兄に、あなたがたふたりが関係があると話したんだよ」マイアーが、ちょっと笑った。「ロルフがいうには、彼女はあなたがほんとうに好きらしい。よくやった。あなたは地獄のファーストレディのハートをとろかしたんだ」

ドレクスラは、すぐに立ち直った。「それならなおのこと、みなさん、引き揚げさせてください。一年くらい前から、ずっとかなりの……プレッシャーを……大統領夫人がわたしにかけていたんです。それで大統領と対立することになり――」

イアン・プレザンスが、眼鏡をはずして、たるんだ目をこすった。「やめたまえ。クライアントにセクシャルハラスメントを受けているというために、ここに来たのかね？」

マイアーとあとのふたりが、忍び笑いを漏らした。

セバスティアン・ドレクスラの首の筋肉がひきつったが、平静は失わなかった。「こちらのいい分は申しあげましたよ。わたしがシリアに戻れば、まずまちがいなく殺されるでしょうし、大統領はわたしの雇い主……つまりあなたがたに、自分と自分の権益に敵対する行動の責任があると見なすでしょう。大統領はまだ夫人への影響力がありますからね。資産をあなたがたの銀行から引き揚げるよう、説得するかもしれません」

マイアーが答えた。「シャキーラは、夫がなにを知っていようが、疑っていようが、なにを要求しようが、そんなこととは関係なしに金融資産をいつでも移すことができる。あなたの要求に応じてもおなじことだ。あなたをダマスカスから呼び戻したり、帰らせなかったりしたら、シャキーラは怒って資金をよそに移すかもしれない。それをどうやって阻止すればいいんだ？」

「当然の疑問ですね。わたしが戻らなくても銀行にはなんの害もありませんよ。なぜなら、シャキーラは、わたしがフランスで死んだと思い込むはずだからです。それにはあなたがたの助力はいらない。ただ、その後、手助けしてもらいたいだけです。わたしの作戦が成功したあとで、シャキーラはわたしが死んだと知らされる。マイアー私設銀行に借りができたわけです」

「そんなごまかしをやるとは」マイアーが、にやりと笑っていった。「きみはよっぽど芝居がかったことをやる才能に恵まれているにちがいない。シリア大統領夫人と寝たり、自分の死を演出したり」

ドレクスラは、まばたきもしなかった。「ヘル・マイアー、あなたの銀行に雇われているあいだに、わたしは二十五人以上の男女を殺したり、死なせたりするよう命令されてきました。わたしがやらなかった芝居が、この銀行にはほかにもあるのでしょうね」

マイアーはドレクスラを睨(にら)みつけたが、すぐには答えなかった。プレザンスが口をひらきかけたとき、ドレクスラが片手をあげた。

「みなさん、わたしはこの任地を離れたいと頼んでいるだけです。わたしがやるような仕事をやる人間を、あなたがたは必要としている。香港、リオ、ケイマン諸島で仕事をやらせてください。ダマスカスに戻すのだけはやめてほしい」

シュテファン・マイアーは、数秒のあいだ厳しい目で見据えていたが、やがてゆっくりとうなずいていった。「わかった、セバスティアン。あなたはわれわれの銀行が繁栄するのに欠かせない仲介人だ。フランスでの任務を達成してくれ。シャキーラの宮殿での地位を護(まも)ってくれ。それから……そのあとで、あなたをシリアから引き離す」

「では、ダマスカスへ戻らなくてよいのですね？」

マイアーがいった。「愛人に、さらば(アディユー)、幸運(ボン・シャンス)を祈るというために戻りたくはないだろう？」

銀行家たちにもてあそばれているのはわかっていた。退屈な暮らしに登場した魅力的な人間だからだ。肥(ふと)って弱々しい彼らは、一日でもいいからそういう人間になりたいと思っている。だからこそ、からかい、卑しい仕事をしていると蔑(さげす)むのだ。

ドレクスラはいった。「彼女には二度と会いたくありません」

マイアーが、肩をすくめた。「よろしい。パリで死を偽装するというあなたの計画は承認された。あなたが気に入るような任地が見つかるまで、スイスでかくまうことにしよう」

ブルーノ・オルヴェッティが、テーブルごしに指を突きつけた。「いいか、ドレクスラ、忘れるな。きみはわれわれにとって最高のフィクサー、汚れ仕事師かもしれないが、われわれにとっては、シャキーラ・アル＝アッザムのほうが、きみよりもはるかに重要なのだ。彼女が満足なら、われわれも満足だ。きみがここでの任務に成功しなかったり、死んだように見せかけるというごまかしがうまくいかなかったりしたら、シリアに送り返す」

ドレクスラは立ちあがり、銀行家たちにうやうやしくお辞儀(じぎ)をしてから、ドアに向かった。これほどやる気になるのは、数年ぶりのことだった。命綱は投げられた。それをつかんで安全な場所へ行くには、医師ふたりと盛りを過ぎた元フランス情報機関員にかくまわれているファッションモデルを殺せばいいだけだ。

これまで何度も煮え湯を飲まされたアメリカ人のことが意識に浮かんだが、マリクとその配下にはその男を始末するのにじゅうぶんな人数と武器がある、と自分にいい聞かせた。

今夜、アフメド・アル＝アッザムが送り込んだムハーバラートの暗殺者マリクと合流し、フランスの悪徳警官とともに、ビアンカ・メディナを見つけて連れ出す。そして、ふたりでメディナを手にかける。そのあと、この作戦の扱いはきわめて困難になるが、メディナを殺せば、シャキーラは満足する。そのときにこちらが死んだとシャキーラが思い込めば、シリアとはすっぱりと手を切ることができる。

だが、その前にやることがある。しばらくのあいだ、ヨーロッパを離れることはない。レンタカーに乗るとすぐに、ドレクスラは指先から死んだ皮膚をはがし、哀れなヴェーッティ・タカラに別れを告げた。

32

夕闇がしだいに濃くなるなかで、ヴァンサン・ヴォランは、ラ・ブロス村の近くにある広壮な館の車まわしに立っていた。ヴォランの正面で、温室のそばの私設車道を進んできたリンカーン・ナビゲーターが、ヘッドライトを点滅させた。

ターレク・ハラビーが、館の横のドアから出てきて、ヴォランとならんで立った。やはり近づいてくる車を見ていた。

「あなたが呼び寄せた警備員ですね？」

ヴォランはうなずいた。「最高の腕前の人間だ」

「金で雇える範囲で」ハラビーがつけくわえた。

「ウィ。その事実と向き合わなければならない。七年も内戦がつづいて、あなたがたの運動にうんざりしているものも多い。まだ生きていて、報酬をもらわずにあなたがたのために戦う男女は、ほとんどが戦闘のことをまったく知らない」ナビゲーターが速度を落としてとまると、ヴォランはつけくわえた。「この戦闘を行なう技倆（ぎりよう）がある男たちは、あなたがたの闘争に思想面で傾倒してはいない。しかしながら、信条を大切にする男たちだ。この館を脅（おびや）かすものから護るはずだ」

ハラビーは、サファリジャケットの下に手をのばして、持ち慣れないものに触れた。銃でなにかを撃ったことは、これまで一度もない。きょうはそれを何度も考えている。シリアにいたころには、武装した反政府勢力に囲まれ、政府軍やISISのどなり声が届くところにいたこともあったが、武器を手にしたことはなかった。あくまで兵士ではなく医師だった。

しかし、いまはワルサーP99セミオートマティック・ピストルをコーデュロイのズボンに突っ込み、予備の弾倉をサファリジャケットのポケットに入れている。数時間前に、元フランス外人部隊兵士四人の応援が到着するのを待つあいだに、ヴォランに薦められ、最初は断わった。シリア人の刺客たちからビアンカ・メディナを護ろうとしているのは、特殊部隊や先進的な戦闘訓練の経験がない盛りを過ぎた元シリア軍兵士五人と、リーマの甥の高校の物理学教師と、六十五歳の元フランス情報機関員だけなのだと、ヴォランが反論した。自分も三十五年前にレバノンで怒りにまかせて武器を使ったことが一度あるだけだと、ヴォランは告げた。

それに、レバノンではターゲットに当たらなかった、とヴォランはつけくわえた。

そういった状況を認識すると、ハラビーはヴォランから拳銃を受け取った。撃ちかたと弾倉の交換について、五分間教わり、リーマにはその拳銃のことをいってはいけないと注意された。安全策として夫が拳銃を持つことを、リーマは許さないはずだからだ。

警備員が到着したので、拳銃を返そうかとハラビーは思ったが、すぐに考え直した。嫌悪と畏怖が入り混じった異様な口ぶりでヴァランがたびたび話題にする、セバスティアン・ドレクスラという男に、応援の四人が太刀打ちできるという確信が持てなかった。

この作戦を台無しにするおそれがある仲間たちとおなじように、この四人にも目を光らせていようと、ハラビーは思った。

SUVのドアがあき、四人がおりた。銃身の短いサブマシンガンを、すでに肩から吊っていて、大きなバックパックを背負っていた。四人とも五十代らしく、ふたりは見るからに肥満していた。

自分が雇ってともに行動したアメリカ人暗殺者とは、似ても似つかなかったので、ハラビーはがっかりした。

四人の男が後部からバッグをおろしているときに、ヴァランがハラビーに小声でいった。

「何年も会っていなかったが、彼らは世界中でひとつのチームとして活動してきた。かなり評判が高い。心配するな……腕はたしかだ」

ヴァランの言葉尻から、やはり四人の外見に不安をおぼえているのだと、ハラビーは察した。

ヴァランが進み出て、駐車場のまんなかで男たちと向き合い、温かい親しげな握手を交わし、背中を叩いて出迎えた。そして、ひとりをハラビーのところへ連れてきた。ヴァランがいった。「ドクトゥール・ハラビー、ムッシュウ・ポール・ボワイエを紹介する」ハラビーは、灰色の顎鬚(あごひげ)をきちんと刈り込み、薄い髪をオールバックにした、がっしりした男の手を握った。

　ボワイエがフランス語でいった。「おれと部下たちは、あんたのために働く。日暮れまでに準備を整えたいので、正式な紹介はあとにしよう」

「当然ですな（ビャン・スュール）、ムッシュウ・ボワイエ」

　四人全員が、館にはいっていった。ボワイエの仲間三人は、ハラビーのそばを通るときに、目をあげなかった。

　ハラビーはヴォランのほうを向いた。だが、ハラビーが不安を口にする前に、ヴォランがいった。「ボワイエはフランス人で、フランス外人部隊では少佐だった。あとの三人は、スコットランド人のキャンベル、インド人のラガリ、ハンガリー人のノヴァクだ。全員、外人部隊にいたことがある」

　ハラビーはいった。「四人か、ヴァンサン？　それだけでじゅうぶんならいいが」

　ヴォランが、笑みを浮かべた。「ドレクスラがこの館を見つけたら、支援要員を呼ぶにちがいない。しかし、アッザムではなくシャキーラの仕事をしているから、シリア政府の資産（アセット）は使えない。あなたがアパルトマンで会ったような地元の警官を雇うかもしれないが、そんな連中は、マドモワゼル・メディナまで一〇〇メートル以内に近づく前に、薙（な）ぎ倒されるだろう」

　その助言を聞いて、ハラビーはいくぶん安心した。

　ヴォランがいった。「さあ、ボワイエが部下をどこに配置したかを見て、あなたの手のものが監視をうまく補えるように、移動させよう」

自由シリア亡命連合の警備陣と話し合うために、ふたりは館に戻った。また夜が来る。ヴォランの自信とは裏腹に、闇とともに危険が迫っていた。


館の反対側では、リーマ・ハラビーがワインセラーに通じる階段をおりていた。一日に二度、ビアンカのようすを見にいき、一時間いっしょにいて、アメリカ人がもうどこかでシリアに潜入しようとしているはずだから、希望を捨ててはいけないと、やさしくなだめていた。リーマは階段の下で広いワインセラーの奥に視線を投げ、フィラスを見て溜息をついた。フィラスは昨日の晩、ずっとここにいて、きょうも一日ずっといるから、小さなワインテーブルに突っ伏していても、リーマは怒らなかった。ビアンカがいる部屋のドアさえ閉まっていて、錠前がおりていれば、甥のフィラスがときどき居眠りをしても差し支えはない。コンクリートの床を歩くとき、足音があたりに響いたので、フィラスが起きるだろうとリーマは思った。起きなかったので、大声で呼んだ。

「きのう寝袋を持ってきてあげたじゃないの、フィラス。寝袋にはいって休めばいいのに」

若い高校教師のフィラスは、身動きしなかった。

「フィラス？　わたしたちのお客さんはどうしているの？」

こんどはフィラスも身じろぎしたが、テーブルの上で片腕をちょっと動かしただけで、その拍子にワイングラスを床に落とした。グラスが割れ、リーマはびっくりしたが、もう一客の赤ワインが半分残っているグラスがあるのを見て、さらに驚いた。その狭い一角に向けてリーマは駆け出し、床に空き瓶が二本、転がっているのに気づいた。「フィラス！」リーマはどなった。フィラスが身を起こし、背中をまっすぐにしたが、なにがなにやらわからず、まごついていた。

明らかに酔っ払っていた。

リーマは、客用の部屋のほうへ行って、掛け金に手をかけ、動かしてみた。ドアがあいたのでうろたえた。つづいて、部屋にだれもいないとわかって、恐怖にかられた。狭い部屋を横切ってバスルームへ行った。ドアはあいていて、だれもいなかった。

リーマはワインセラーに駆け戻り、ビアンカ・メディナがいた部屋の隣の物置へ行った。万が一そこに隠れているかもしれないと思い、ドアをぱっとあけたが、清掃用洗剤、モップ、家具磨きなどの家庭用品が棚にならんでいるだけだった。

「フィラス！」リーマはまたどなった。「彼女はどこへ行ったの？」

ワインセラーに戻ると、フィラスはよろけながら立っていたが、伯母の質問には答えなかった。

リーマは携帯電話も無線機も持っていなかった。フィラスのiPhoneを使おうとしても暗証番号を知らないと気づいた。非常事態の前に、こういうときの手順を決めておくべきだったのだ。リーマは甥に駆け寄って、拳銃がまだあるかどうかをたしかめるために、ジャケットをめくった。

ビアンカに拳銃を奪われていなかったとわかり、リーマはほっとした。フィラスのズボンから拳銃を抜き取り、さっと向きを変えて、木の階段を精いっぱいの速さで昇った。安全装置がかけてあるかどうかはわからなかったが、ビアンカを撃つつもりはなかったので、それはどうでもよかった。はったりの道具にすぎないが、ビアンカを見つけたときには、それがないと効き目がないとわかっていた。

ビアンカ・メディナは、暖炉の間から館の裏手の石の中庭(パティオ)に出るドアをあけた。手入れされた芝生の向こうに広葉樹の林があり、夕闇のなかで暗く、薄気味悪く見えた。だが、その闇にまぎれれば、姿を消すことができる見込みがあるとわかっていたので、恐怖にあらがい、そこまで走るために気を引き締めた。

時がたつにつれて、ビアンカは、アッザムがジャマルをあっさりと殺すのではないかと心配になった。アメリカ人がベストを尽くして、アッザムがそれに踏み切る前にダマスカスにたどり着いたとしても、やはり殺されるおそれがある。この三日間、ビアンカは子供のことと、自分の窮地と、子供を救うために自分がなにもできないということばかりを考えていた。子供が死の危険にさらされているところから何千キロメートルも離れたワインセラーの奥の狭い部屋でじっとしているのが、母親として耐えられなかった。

自分の持ち合わせている道具を使って行動しようと、ビアンカは決心した。美貌、魅力、知性、子供を護(まも)ろうとする母親の徹底した粘り強さで。

もうひとつある……たいがいの男が酔いつぶれるまで、いっしょに飲むことができる。十五、六歳のころからワインをたくさん飲んでいたおかげで身についたのだ。

ビアンカはドアをノックして、フィラスにセラーのワインをグラスに注いで持ってきてほしいと頼んだ。十分後にはフィラスを手なずけて、ボルドーをいっしょに飲んでいた。フィラスの暮らしや家族のことをたずね、リーマとハラビーの甥で、いとこをふたり戦争で亡くしていると知った。ハラビー夫妻のアダルトチルドレンなのだ。

ふたりは一時間話をして、ワインを二本空けた。フィラスがときどき上の階からの確認メールを受信し、異状はないと返信していたが、だれかが交替しにおりてくるのではないかと、ビアンカはずっとひやひやしていた。そうなったら、新手の見張りを相手に、おなじことをくりかえさなければならなくなる。人生の話をして、赤ワインをまた飲む。

だが、フィラスはすぐにとろりとした目になり、テーブルに突っ伏した。意識を失ってはいなかったが、部屋のバスルームへ行くといったビアンカが辛口のシャンパンの棚の裏へ行ったのもわからないくらい、方向感覚が狂っていた。フィラスがまわりの状況に注意を払っておらず、吐くのを我慢していることが確実になると、ビアンカは階段を駆けあがった。

そのあと、キッチンと暖炉の間を通り抜けた。そしていまは、館から完全に逃げ出す好機だった。道路まで行って、車に乗せてもらえるという自信があった。車に乗れば、携帯電話を貸してもらえるはずだ。ジャマルの子守りのヤスミンに連絡し、反政府分子の亡命シリア人に拉致されたことを、アッザムに伝えてもらうという計画だった。そうすれば、ジャマルの身は安全だ。

　ビアンカは立ちあがって、深く息を吸い、走り出そうとした。

「一歩でも動いたら、あなたのその長い脚を撃つわよ！」

　うしろから聞こえたリーマ・ハラビーの声は、これまで聞いたことがなかったような厳しさだった。ビアンカはぴたりと足をとめた。両手をあげたが、すぐにはふりむかなかった。

　ビアンカはいった。「マダム、お願いだからわたしを自由にして。そうしてくれないとあの子は生き延びられない」

「あなたの息子が生き延びるには、子供のために命を懸けると約束したアメリカ人に頼るしかないのよ。それにはあなたが約束を守って、ここにいなければならない」

　ビアンカはふりむき、両手をおろした。

「あなたとわたしはずいぶんちがうわね、ドクトゥール」

「そのとおりよ」

「あなたにはひとが信じられるという意味よ。わたしはそれほどにはひとを信じられない」

「だれでも信じるわけではないわ。でも、あの男は信じる。やれると彼が信じていることを信じる。わたしにはそれでじゅうぶんよ」

「でも、いまのダマスカスがどんなふうか、あなたにはわからない。彼が生き延びられるなんてありえないし、失敗したら、わたしがあなたたちにジャマルの秘密を打ち明けたことを、彼はしゃべってしまうでしょう」

「信じるのよ、お嬢さん。アッラーは、わたしたちを助けるために彼を遣わしたのよ」

「あのアメリカ人が天使だとしたら、リーマ、死の天使よ」

リーマの顔が険しくなった。「もしかすると、わたしの国にいま必要なのは、それかもしれない」ビアンカの顔を見た。「ひとりの男が、あなたの子供のために命を危険にさらしている。あなたになんの借りもなく、あなたの子供にもわたしにも、なんの借りもない。でも、やっている。彼を信頼しなさい。それに、わたしのいうことも信じたほうがいいわ。こんど逃げようとしたら、この手であなたを殺す」

リーマは、ビアンカを連れて暖炉の間を通り、キッチンの奥のワインセラーへの階段のほうへひきかえした。手にした拳銃は下げていた。もう必要ないはずだが、またビアンカが逃げようとした場合のために持っていた。

ふたりがキッチンにはいると、ヴァンサン・ヴォランと新警備チームのリーダーのボワイエがそばを通った。リーマは、気まずそうに軽くうなずいた。ビアンカは床を見つめたままで、ふたりともすぐに階段をおりて見えなくなった。

ボワイエが首をふり、ヴォランのほうを向いた。「ヴァンサン、捕らえている人間を閉じ込めておけないようでは、やる気満々の敵が侵入しないようにするのは難しいかもしれないぞ」

「それならなおのこと、きみを雇ってよかった。いまなにが起きたにせよ、二度と起きないようにする。きみたちは外部の脅威に気を配ってくれれば、それでいい。館のなかのことは、わたしがちゃんとけじめをつける」

ボワイエがいった。「そっちの人間は、館の周囲と、窓に配置してくれ。おれのチームはふた手に分かれる。ふたりが正面、ふたりが裏だ。夜のあいだ、ひとりあたり九〇度の範囲を監視する」肩から負い紐（ひも）で吊っているＭＰ５サブマシンガンのコッキングレバーを引いた。

「やつらが来ても準備はできている、友よ（モナミ）」

33

ジェントリー、ソーンダーズ、砂漠の鷹旅団の兵士ふたりは、政府側の検問所でときどき停止しながら、ダマスカスに近い旅団の基地に向けて、昼過ぎからずっと南に車を走らせた。北で待ち伏せ攻撃に遭ったあとなので、敵部隊とまた交戦するだろうと予想していたが、攻撃されることはなかった。とはいえ、ホムスとダマスカスの中間で、破壊されて燃えた車の残骸(ざんがい)のそばを二度通過し、ハイウェイでべつの襲撃があったのだとわかった。また、ハイウェイ付近で反政府勢力の活動が見られるために、急遽(きゅうきょ)設営された検問所が、二カ所にあった。

ソーンダーズは当初、ラタキアに近い空軍基地からダマスカス近くの基地までの移動を、午後五時に終える予定を立てていたが、四人の車がダマスカス国際空港自動車道に乗り、街の南東のバビーラ地区にはいったときには、八時半に近かった。それから数分走って、砂漠の鷹(リワー・スクール・アッサフラー)旅団基地にはいるのを待っている車の短い列にならんだ。

ジェントリーは、特務愚連隊(グーン・スクワッド)と呼ばれるCIAの索敵殺戮(さつりく)チームの一員か個人契約の暗殺者として、仕事でシリアに来たことが何度かあった。一度は、シリア北東部のハサカという街でナイジェリアのエネルギー大臣を暗殺した。だが、シリアの首都に来るのは、今回がはじめてだった。南東の周辺部へ行くために街を一周するあいだに、郊外のひろがりに感心した。きちんと開発された現代的な都市で、ハイウェイから見たかぎりでは、電力やインフラに支障をきたしてはいないようだった。もっとも、まだ残っている反政府勢力の拠点へ行ったら、そこだけは電灯がつかず、道路が荒れ果てているにちがいない。

しかし、いまは政権の地理的な心臓部にいるし、アッザム政権はおおむね秩序を維持しているように思われた。

ジェントリーたちの車は基地の正面ゲートで停止し、セキュリティ・チェックを通って、コンクリートとレザーワイヤーのバリケードを抜け、大きな長い兵舎に向かった。多難な一日で疲れ果てた四人が、そこで車をおりた。砂漠の鷹旅団の兵士ふたりが離れていき、ジェントリーはソーンダーズのあとから、夜の闇のなかをそれとはべつの方向へ歩いていった。

ソーンダーズはジェントリーを監理部の建物に連れていって、そこで基地入場の手続きを終え、砂漠の鷹旅団に雇われているKWA社員のIDカードを受け取って、土曜日の夜に勤務していた数すくない将校に紹介された。それから、ふたりはまた闇のなかに出ていった。

ふたりは兵舎や倉庫がならんでいるところを十分歩き、基地中央に近い建物にあるKWAのチームルームにはいった。スーパーヒーロー映画のDVDを再生しているテレビを囲んで、十人ほどが暗がりに座っていた。ソーンダーズはそちらを顎で示していった。「おい、みんな。ウェードを紹介する」

何人かがうなずき、ふたりがうなった。半分は顔もあげなかった。

ほとんど挨拶(あいさつ)にはなっていなかった。

テーブルに向かって座っていた、半ズボンとタンクトップ姿の筋肉がたくましい四十代の男が、南アフリカのなまりで話しかけた。「襲われたそうだな」

ソーンダーズがいった。「アンヌスラのやつらの大がかりな待ち伏せ攻撃だ。敵は二十五人以上、機関砲を積んだ改造戦闘車(テクニカル)が二台」

「味方の損耗は?」

「戦死者(KIA)六人、戦傷者(WIA)十二人。Mi-28が出てきて片をつけた」

「すげえな」壁ぎわのソファに下着で横になっていた、顎鬚(あごひげ)にタトゥーのアメリカ人がつぶやいた。「きょうおれたちは、破片手榴弾がてめえの顔に跳ね返ってこないようにドアから投げ込むやりかたを、ターバン野郎に教えてやっただけだ」

べつの男——オランダのなまりがあるのを、ジェントリーは聞き取った——がいった。

「あんたらは、そいつらを殺(や)ったんだろう?」

ソーンダーズが、ジェントリーの背中を叩いた。「腕利きの射手が来たぞ。この新人、カナダ野郎のウェードは、五〇〇メートル離れたZU-23二門の銃手を仕留めた」

「やるじゃねえか」アメリカ人がいったが、攻撃についてはもう質問しなかった。

南アフリカ人が立ちあがり、握手をするためにジェントリーに近づいた。「おれはファン・ヴィック、チームリーダーだ。あんたのことは、けさクロスナーからじかにメールが来た。部隊にくわえれば、あんたは何年もいっしょにやってきたみたいにうまくやるといってた。

ケチくさいやつにしては、たいへんな褒め言葉だ」

ジェントリーにしてみれば、ここでいっしょになる連中に、クロスナーがなにひとつ伝えないほうがありがたかったのだが、ちょっとした秘密が漏れてしまった。

ジェントリーはいった。「ベストを尽くすよ」

「どうやら、もうだいぶ働いたようだな」

ソーンダーズがきいた。「今夜も急襲に出かけるんだろう、ボス？」

「いい報せ」ファン・ヴィックがいった。「今夜は非番。悪い報せ。あす〇六〇〇時、北東へ向かう。旅団第一大隊の先鋒中隊と協働し、何日か展開することになりそうだ」

ジェントリーは、ソーンダーズの表情を見て、驚いているのだとわかった。「どうしておれたちがやらなきゃならないんだ？」ソーンダーズがきいた。

「パルミラの東で、あらたに治安維持と掃討を行なう。どうやら大規模な作戦らしい。ロシア軍とシリア・アラブ陸軍が中央をやる。イランが西、私兵団が東を受け持つ。砂漠と都市部の反政府勢力拠点の平定を手伝うということ以外は何も知らない」

ソーンダーズが、ジェントリーの顔を見た。「近ごろ、パルミラの東の砂漠では北に自由シリア軍、南にISISがいて、ハイウェイのM20がそのあいだにある。この進軍では、あらゆる敵と戦うことになる」

「それはすごい」ジェントリーの頭脳は、めまぐるしく働いていた。ターゲットはダマスカス郊外にいるので、街の反対側とはいえ、クロスナーによっておなじダマスカス郊外の基地に派遣されたのは、とてつもなく幸運だと思っていた。ところが、あすの朝いちばんに車に乗って、まったくちがう地域へ移動しなければならないとわかった。

しかも、ジャマルがいる家の住所を知るために、ヴォランやビアンカに連絡しなければならない。それには電話かコンピュータが必要だが、傭兵はいずれの使用も禁じられている。クロスナーによれば、砂漠の鷹旅団の通信室で通信機器を使用するのを許されているのは、KWAのチームリーダーだけで、しかも英語がわかる情報将校の監視を受けながら使うのだという。通信室を覗(のぞ)けるとは期待していなかったので、ヴォランに連絡する手段を今夜中に見つけなければならない。これから向かうような戦域では、携帯電話を買って国際通話をかけるようなチャンスは、まずなさそうだからだ。

そもそも、ジャマルやビアンカにそんな時間の余裕があるかどうかはわからない。ドレクスラがフランスで、血眼(ちまなこ)になってビアンカを見つけようとするにちがいない。

ソーンダーズが抗弾ベストをむしり取るように脱いで、ドアのそばの床にほうり投げた。きょうの銃撃戦のときに負った切り傷や打ち身をざっと見た。「おれはこの新人に、助けてもらった礼にビール一杯おごると約束した。いっしょに来たいやつは、三十分後にここに集合してくれ」ジェントリーに向かって、ソーンダーズはいった。「明朝〇五〇〇時に、あんたの装備をそろえて、ちゃんとした武装警備員(オペレーター)にしてやる。だが、今夜は……アンヌスラに勝ったのを祝おうじゃないか」

ジェントリーは、小首をかしげた。「それじゃ……基地を出て、どこでも好きなバーへ行けるのか？」空港でムハーバラートの人間に、砂漠の鷹旅団の将校といっしょでなければ、出かけてはならないといわれている。

「ちょっとちがうんだが、基地をどうやれば脱け出せるかを探り出したんだ。砂漠の鷹の少佐をひとり、おれたちの計画に加担させてる。酒さえ飲ませておけば、いっしょに来てくれる。それにちゃんとしたパブなんかじゃない。あいにくこっちには、そういう店は何軒もないんだ。ディスコだし、汚い店だが、酒はある。一晩中ここにじっとしてるよりは、ずっとましだ」

疲れていたので、ジェントリーはディスコに行きたい気分ではなかったし、そもそもディスコは嫌いだったが、うまくいくのが実証済みの基地を脱け出す方法を知る、絶好のチャンスを逃すわけにはいかなかった。

「ユーロしかない」

ソーンダーズがいった。「やつらはよろこんでユーロを受け取る。それじゃ、一杯目は全員におごってくれてもいいぞ」

チームリーダーのファン・ヴィックが、奥の空いている二段ベッドをジェントリーに教えた。ジェントリーはそこで、抗弾ベストとアサルト・ライフルとバックパックをおろした。バスルームへ行って、シャワーを一分浴び、清潔な服に着替えた。グレイのカーゴパンツ、〈メレル〉のブーツ、無地の黒いTシャツ。服を着て、キッチンからボトル入りの水を一本取ると、ジェントリーはチームルームに戻った。

ソーンダーズが、カジュアルな私服に着替えていたので、びっくりした。ブルージーンズ、ポロシャツ、首にゴールドのチェーンを巻き、ブレスレットもつけている。ほかにふたりか三人が、夜の街に出かける支度をしているようだった。


十五分後、ジェントリーは、モータープールにある建物のそばで、ソーンダーズとKWA契約武装社員(コントラクター)三人のうしろの暗がりにしゃがみ、砂利道とトラックやその他の車両がびっしりとまっている狭い駐車場の向こうにある基地のフェンスをじっと見ていた。砂色のウラル－4320装甲トラック二台が、ジェントリーの一〇〇メートル右にあって、明るく照らされている正面ゲートに向かい、ガタゴトと走っていった。

自分がこういうことをやっているのが、まだ意外だった。まるで、子供のころに父親や弟といっしょに見た、第二次世界大戦中の捕虜収容所から脱走する映画の一場面のようだ。髭(ひげ)をきれいに剃(そ)っている戦闘服姿の肥(ふと)ったアラブ人が、金属製の建物の横をまわってきた。KWAの五人がしゃがんでいるところの、すぐそばだった。ジェントリーは、基地警備隊に見とがめられたのかと思ったが、闇に固まっている男たちに向けて、アラブ人が片手をあげ、ソーンダーズが呼びかけた。「元気か(キーフ・ハーリク)、あんた(ハビービ)」

その男の名はワリードだと、ジェントリーは教わっていた。それはファーストネームだが、だれもほかの呼びかたはしない。ワリードは砂漠の鷹旅団の少佐で、ジェントリーの見たところでは、これに自主的に加担しているようだった。KWAコントラクターたちといっしょにしゃがみ、正面ゲートに目を向けて、いっしょに動き出す機会を待っていた。

モータープールの縁にある付属の建物は、フェンスから五、六メートルしか離れておらず、そのためにフェンスの一部がゲートの警衛詰所から死角になっていた。そこが自分たちの狙いだと、ソーンダーズが説明した。六人は、トラックがゲートに到着するのを待った。ゲートのところで、トラックは一台ずつとまり、基地を出ていくときに警衛と話をしていた。

六人は、ひとりずつ移動した。ソーンダーズが先頭で、道路を全速力で突っ切り、モータープールを通って、暗いフェンスに近づいた。こんどは金網のフェンスに沿って走り、小さな付属の建物の蔭にはいって見えなくなった。

つぎがオランダ人で、そのあとがクロアチア人、砂漠の鷹旅団の少佐、ジェントリーという順番だった。道路を渡るときに、遠くのジープのライトがジェントリーのほうを向いて光ったが、ジェントリーはモータープールの敷地まで行き、古い二トン積みトラックの蔭で身をかがめてジープをやり過ごし、見つからずにすんだ。

一分後に、ジェントリーは付属の建物の蔭であとの四人と合流し、数秒後にアルゼンチン出身のKWAコントラクターがくわわった。四人が待つあいだに、ソーンダーズとワリードがいっしょに、フェンス破りに取りかかり、あらかじめ切ってから、なんともないように見せかけるためにより合わせてあった金網をほぐした。

ふたりはたった二分で、五人が這って通れるような隙間をフェンスにこしらえた。

敵が基地警備のこの弱点を知ったら、バーへ行く男たちとおなじように、それに付け込むにちがいないと、ジェントリーは気づいた。ジェントリーとダマスカスでの任務にとっては朗報だったが、なんとも奇妙だった。

ワリードが最初に通れるように、ソーンダーズがうしろにさがった。ジェントリーは、ソーンダーズのほうに身をかがめた。「夜中に何者かがこの穴を通るんじゃないかと、心配にならないのか？」

「おれたちは戦うためにここに来たんだから、大歓迎だね。それに、こういう小さな弱点を見つけて付け込むような戦闘力があるやつがいたとしたら、そいつはよっぽど度胸がある。おれたちはつねにライフルと装備をそばに置いてる」ソーンダーズが、肩をすくめた。「なんていうかな、KWAの仕事をしてたら、安全よりも酒のほうがだいじなのさ。おまえにもいずれわかる」

六人はワリードの自家用車に乗り込んだ。装備が充実している新車のヒュンダイ・エラントラだった。中級の将校とはいえ、中東の私兵団の将校がそれほど稼げるはずはないが、砂漠の鷹旅団はじつは犯罪組織だと聞いていたので、ワリードが金持ちなのに大きな驚きはなかった。

セダンに六人が乗るのは窮屈だったが、暑苦しいピックアップの荷台に半日乗っていたことを思えば、いまのほうがジェントリーにはずっと快適だった。ダマスカス国際空港自動車道に向かうあいだに、運転していたワリードがカーラジオを一〇七・五キロヘルツの英語放送局に合わせ、DJがイギリスとアメリカのヒット曲を流した。ダマスカスで西海岸のラップがラジオから鳴り響くのは、あまり心地よいものではなかった。

それから三十分間、ジェントリーはダマスカスで検問所を避ける方法の上級セミナーを、ワリードから学んだ。ワリードは検問所が設置されている場所をすべて知っているらしく、表通りを数分走ったかと思うと、そこからそれて裏道、横丁、駐車場を通って、ヘッドライトを消してから、表通りに戻った。そこでヘッドライトをつけて速度をあげる。そういう手順を、延々とくりかえした。

検問所を怖れてはいないと、ワリードは説明した。なにも悪いことはしていないし、基地を脱け出した砂漠の鷹旅団の将校には関わりたくないので、検問所を護っている国民防衛隊兵士は関心を持たないはずだ。ただ、検問所でとめられるたびにIDチェックでいい合って時間がかかるのが嫌なのだと、ワリードはいった。

古めかしい感じのダマスカス旧市街までは、五、六キロメートルぐらいだっただろうが、車でそこへ行くのに三十分近くかかった。バーブ・トゥーマー地区のアルケシュレー通りにあるバーの近くで駐車場を見つけて、車をおりると、六人は脚をのばした。

ワリードが駐車場で私服に着替え、戦闘服をトランクに入れてあったバックパックに押し込んだ。六人はバーに向けて歩き出した。

シリア・アラブ陸軍の戦闘服を着て、樹脂製銃床のAK-47を持った、十八歳ほどとおぼしい若者ふたりが、歩道で六人に近づいてきた。ジェントリーとKWAの四人が書類を差し出すと、二等兵ふたりはおのおのの書類をフラッシュライトで照らして調べた。ワリードはふたりにお愛想をいったが、やはり書類を見せなければならなかったことに、ジェントリーは気づいた。それにSAAの二等兵ふたりは、ワリードの少佐という階級にも敬意を払わなかった。

ワリードは私兵団の人間だし、二等兵ふたりは正規軍に属しているから、正式な将校ではないと見なされているのだ。

夜遊びに来たジェントリーとあとの五人は、徒歩でパトロールしている二等兵と別れて、〈バー80〉にはいった。土曜日の夜の十一時だったので、二フロアのディスコはほとんど満員だった。正面ドアで武装した用心棒のボディチェックを受け、人込みを縫って、ポロシャツとジーンズの武装警備員の横を通り、二階のバーへ行った。

六人は、暗い店の中央のテーブルに陣取った。ジェントリーは、全員に一杯ずつおごるといい、ソーンダーズといっしょにカウンターへ注文しにいった。

飲み物を持って戻ると、ジェントリーは腰をおろし、アイリッシュ・ウィスキイをちびちびと飲みながら、テーブルを囲んでいる五人を観察した。すぐさま、あまり楽しい集いにはならないだろうと感じた。全員がスコッチやその他のウィスキイを注文し、黙って飲みながら煙草を吸い、あたりを見まわし、テーブルの仲間とは口をきかなかった。ほんとうに楽しんでいるのはワリードだけのようで、一杯目を飲み終えると、ほろ酔いかげんになっていた。

ジェントリーのテーブルには、ソーンダーズ、ワリード少佐、クロアチア人、アルゼンチン人、オランダ人がいた。クロアチア人は、ブロズと名乗ったが、それがファーストネームなのか、姓なのか、ジェントリーにはわからなかった。ブロズはクルーカットの大男で、鼻が平たいため、ボクサーのようにも見えた。アルゼンチン人はブルネッティと名乗った。顎鬚と口髭を生やし、顔が浅黒かった。顔立ちは整っていたが、目が暗く、怒っていた。

オランダ人の名はアンダース。長身のブロンドで、口髭と山羊髯を生やしている。ほんとうは立派な顎鬚にしたいのだろうが、顔がそれに応えてくれないようだった。

ブルネッティが全員の二杯目を持って戻ってくるときに、ジェントリーはあたりを見まわし、客たちが浮かれ騒いでいるのに驚いた。ロシア軍の兵士十数人の一団がいた。身なりがいいので空軍だろうし、がっしりした体格からしてパイロットではなく地上員にちがいない。その一団の中核は隅のテーブルにいて、ほかの客とは交わっていなかったが、数人が単独任務で店内を冒険してまわり、男好きのするアラブ女を口説いたり、下のダンスフロアへ行くために階段へ向かっていたりしていた。

だが、バーにいる客の大部分は、明らかにシリア人だった。ジェントリーはそのことにまごつくとともに、興味をそそられた。ここは反政府勢力の孤立した抵抗拠点から数キロメートルしか離れていないのに、彼らは毎日の暮らしがなんの心配もなくつづいているかのように過ごしている。酸鼻な状況の地勢的な中心なのに、ジェントリーのまわりで百人ほどが酒を飲み、水ギセルで煙草を吸い、笑い、しゃべり、異性とじゃれ合い、ジョークをとばしている。

シリア中で男、女、子供が、爆撃され、飢え、強制移住させられ、虐殺されている――この七年間で五十万人が死んだ――だが、ダマスカス旧市街には、いつものように自由奔放な土曜の夜が訪れている。

この光景が現実離れしていると思えるのには、もうひとつの理由があった。厳しい宗教倫理が布かれているアフガニスタン、サウジアラビア、パキスタンとは、まったくちがうからだ。まるで、ラスヴェガスかシカゴかボストンのバーのようだ。〈バー80〉にはヒジャーブ（ベール）をつけている女はいないし、見たかぎりでは、長い顎鬚を生やしている男もいない。男も女もジュエリーをふんだんにつけ、かなりヘアメイクをしていたし、平均年齢は、三十以下だった。

中東でジェントリーが訪れた土地は、ほとんどがもっと保守的だったが、ダマスカスの雰囲気は、西に一〇〇キロメートルしか離れていない、レバノンのベイルートを思い出させた。だが、それはヒズボラが支配して、パーティの灯が消えたようになる前のことだった。

ソーンダーズが、ジェントリーのほうに身を乗り出した。「おれたちは、じつに情けない集まりだぜ」

ジェントリーは首をかしげた。「どういう意味だ？」

「まわりを見ろ。ここにいるシリア人どもは、ほとんどが兵士だが、愉快にやってる。おれたち傭兵はどうだ？　悪魔を押さえつけるために酒をがぶ飲みしてる。注意しとくぞ、ウェード。おれたちは話相手にはならない」

「友だちをつくるためにシリアに来たんじゃない」

「それなら、うってつけの場所だ」

ソーンダーズが、飲み物のほうを向いたので、ジェントリーはあらたな目的意識で、まわりの客たちをじっくりと入念に観察した。だれかがジェントリーに注意を向けていたとしても、話をしたり、踊ったり、家に連れていく女を探している、ふつうの独身男にしか見えなかったはずだ。

だが、ジェントリーは女をひっかけようとしているのではなかった。携帯電話を探していた。

そのあいだにブルネッティが、母国語の英語にくわえてアラビア語も流暢（りゅうちょう）にしゃべれるソーンダーズに、明朝の北への展開について、ワリードに質問してくれないかと頼んでいた。ワリードの声を聞いて、二杯目を飲み終えただけなのに、だいぶ酔っているのがわかった。呂律（ろれつ）がまわらないので、アラビア語がよけい聞き取りづらかったが、ソーンダーズはちゃんと訳した。

「パルミラの近くのロシア軍特殊部隊基地で二日後に重要なことがあるので、SAAが防御円陣を張って支援することになっているそうだ。おれたちは街の東の外周警備の隙間（すきま）を埋める……シリアでもかなり荒れ果てた土地だ。砂漠と岩山ばかりだが、ハイウェイM20沿いにいくつか小さな町がある」

ジェントリーはいった。「ロシア軍特殊任務部隊（スペツナズ）は、自分たちの身も護（まも）れないのか？」

ソーンダーズが、それをワリードに伝え、返事を聞いてからいった。「将軍か政府高官が基地を視察するんだろうと、ワリードは考えてる。SAAがロシア軍基地の周囲に防御円陣を敷く理由は、ほかに考えられない」

ワリードがまたなにかをいい、不満げな口調なのがジェントリーにもわかった。かなりがっかりしているようだった。ソーンダーズがいった。「こいつは展開からはずされたんだ。バビーラの旅団本部に残るそうだ」

ジェントリーはいった。「それが不服みたいだが」

ソーンダーズが、不愉快そうに首をふった。「戦いたいわけじゃない。街を乗っ取ったときに〝鷹〟のやることにくわわれないから怒ってるんだ。やつらが基地に帰ってくるときには、週末にずっとショッピングモールにいたような感じになる」

ジェントリーは、よくわからないというように顔をしかめた。それを見て、ソーンダーズがいった。「略奪だよ。砂漠の鷹は名うての略奪者なんだ。それをやる前に、おれたちがその地域の敵を追っ払うのさ」

ソーンダーズがまたワリードになにかをいい、グラスのウィスキイを飲み干した。立ちあがり、ジェントリーにいった。「心配するなといってやった。金歯を持って帰ってくると約束した。〝鷹〟がおれたちKWAコントラクターを送り込むのは、ほんとうに残虐なことをやらせるためっていうのを、だれでも知ってる」一瞬、ジェントリーに笑顔を向けたが、ジエントリーはその裏にあるものを見通した。ソーンダーズは、なにかに取り憑かれている。

ジェントリーは顔をそむけてカウンターに向かい、歩きながら大声でいった。「〈ジャック・ダニエル〉を一本買ってくる」

34

セバスティアン・ドレクスラが、レンタカーのメルセデスを運転して、夜の雨を抜け、トゥシュ・ル・ノブル飛行場の敷地外にある広い倉庫のあいたドアからはいったときにはすでに、これといった特徴のないセダン五台に運転手が乗り、エンジンをかけて待っていた。

その飛行場はパリの南西にあるが、もっと重要なのは、ビアンカ・メディナがかくまわれているのをアンリ・ソヴァージュが嗅ぎつけた館から、三キロメートルしか離れていないことだった。そこでマリクが、飛行場に隣接した倉庫を、隠れ家に使うために借りた。襲撃後にビアンカを連れてきて監禁できるように、マリクの部下たちがすでに手をくわえていた。

マリクの計画どおり、すべてがとどこおりなく進み、メディナを奪回したら、飛行場に迎えの自家用機を呼ぶ。メディナ、ドレクスラ、警護数人が乗り、自家用機が離陸する。まず、だれもメディナを探すおそれのないセルビアを目指す。そこで隠れ家に監禁し、ドレクスラとメディナがロシアを経由して最終的にシリアへ行けるように、書類を調達する。

マリクがその計画を提案し、ドレクスラはシリア、ロシア、セルビアのいずれにも行くつもりはなかったが、承認した。生きているメディナをトゥシュ・ル・ノブル飛行場の倉庫まで連れてくるのすら論外だと思っていた。

しかし、今夜はマリクの計画に調子を合わせ、マリクとその配下が作戦から離れて、ビアンカ・メディナとふたりきりになるまでは、その計画を進める。そしてメディナを殺し、自分の死を偽装し、シャキーラの束縛から脱け出す。

シュナップスを飲みながら、スイス・アルプスの静かな山荘に二、三日こもることを、ドレクスラは楽しみにしていた。任務を完了し、シリアとの結びつきは過去のものになる。危険な暗殺者マリクが残され、なにもかも狂ってしまった作戦について弁解するはめになるだろうということが、愉快でたまらなかった。

ドレクスラがメルセデスをおりると、マリクが配下やセダン五台とは離れて立っているのが見えた。内密で話がしたいのだ。マリクのほうへ歩いていくときに、自分とマリクが正反対の目的のために行動していることを危ぶむべきかもしれないと、ドレクスラは思った。マリクの経歴を、ドレクスラは知っていた。元特殊部隊兵士で、軍情報部に引き抜かれ、イランで神聖部隊（ニール・エ・ゴドス）の特殊部隊兵士によって暗殺・爆破訓練を受けた。その後、非公式偽装工作員（NOC）としてヨーロッパに派遣されて、そこで暮らし、パリのシリア大使館の総合保安庁工作担当官のもとで活動した。マリクと彼が指揮する十三人——すべて軍情報部の軍補助工作員で、諜報活動の訓練を受けている——は、危険な秘密活動が必要になったときに、フランスやヨーロッパのその他の地域で、アッザム政権の手足として働く。

ドレクスラ自身も、この二年間、パリ、ベルリン、ブリュッセルでさまざまな男女を暗殺するときに、マリクの腕前を利用してきた。

今回のパリの作戦で、ドレクスラはかなり危うい立場に置かれている。ビアンカ・メディナを見つけた瞬間に抹殺できればありがたいが、襲撃中に彼女を殺すのは、不可能ではなくても、かなり難しいだろうと、ドレクスラは思っていた。マリクかその配下に殺すのを見られてはならない。

しかし、シリア人コマンドウの襲撃チームを使うというのは、ドレクスラの考えではなかった。アフメド・アル＝アッザム本人が、ヨーロッパにいたシリアの軍補助工作員の展開を命じたのだ。武装した男たちの応援なしでは、ビアンカのもとへたどり着くことはできないと判断したからだ。

ドレクスラは、シリア人コマンドウ・チームのリーダーのほうへ行った。リーダーのマリクは、ドレクスラのエリックという暗号名しか知らない。ふたりは握手を交わさなかった。

マリクが、革のホルスターに収めたベレッタPT92セミオートマティック・ピストルを差し出した。ドレクスラは、それを受け取り、弾倉に弾薬があり、薬室に一発が送り込まれているのをたしかめてから、ウェストバンドに押し込んだ。ドレクスラがもう一度手をのばすと、足首（アンクル）ホルスターに収めた銃身の短いシルヴァーのリヴォルヴァーを、マリクが渡した。それも装塡（そうてん）されているのを確認してから、ドレクスラは足首に留めた。ベレッタ用の予備弾倉三本も受け取って、黒っぽいジーンズの尻ポケットに入れた。

マリクは、拳銃弾とサブマシンガンの弾丸を阻止できるケヴラーのソフトな抗弾ベストもドレクスラに渡した。すべてドレクスラがあらかじめ要求していたもので、マリクが用意した。

ドレクスラがジャケットを脱いで、抗弾ベストを着たとき、白いセダンの助手席側のドアがあき、男がひとりおりてきた。アンリ・ソヴァージュだと、すぐにわかった。じかに会ったことはなかったが、二年前から育てあげて操ってきた男なので、顔も履歴も頭にはいっていた。

ソヴァージュが、マリクの工作員ひとりにうしろから見張られながら、倉庫のなかを近づいてきたので、ドレクスラは声が響かないように、マリクの耳もとでささやいた。「武器は取りあげたんだろうな」

「もちろんだ。それに、けさからずっと見張りをつけてある。今夜のことをあいつはだれにも漏らしていない」

マリクは先刻、ソヴァージュのここ数日の行動について、ドレクスラに電話で説明した。ソヴァージュがもう金のために協力しているのではないことは、はっきりしていた。銃を持った男十四人に囲まれているから、これに関わっているのだ。情報工作官がスパイを影響下に置いて操る仕組みとしてそう悪くはないが、服従させる時間が長くならないほうが望ましいと、ドレクスラは考えていた。女を確実に捕らえるまでは、生かしておかなければならないだろうが、そのあとは死んだ共謀者三人とおなじように、使い捨てられる。

ソヴァージュが、ドレクスラとマリクの前で立ちどまった。倉庫にあらたに現われたドレクスラのほうに、もっぱら注意を向けていた。「あんたがエリックだな」

ドレクスラは、手を差し出した。「よろしく」

ソヴァージュの目に怒りが宿っているのがわかったので、ドレクスラは手をひっこめた。

ソヴァージュがいった。「地獄に堕ちろ。おまえらはひとり残らず、地獄に堕ちればいいんだ。おまえらはおれの相棒を殺した。おまえらのろくでもない活動には、もう協力しない」

ソヴァージュは機嫌を損ねているが従順に従うと、マリクは説明していた。しかし、その後、気骨を取り戻したのだと、ドレクスラは見てとった。「厄介なことになっているし、おまえが怒っているのは無理もない。今夜の仕事を終えて、われわれの目標を達成したら、おまえのわれわれに対する責務は果たされたことになる」

ソヴァージュが、煙草（たばこ）に火をつけた。「あんた、耳が遠いのか？」

ドレクスラは、溜息をついた。「いい分は聞いた。だが、わたしはおまえの心のなかを見抜いている。これを切り抜けて生き延びたいと、おまえは考えている。よく聞け、友（モナミ）よ。おまえの今夜の仕事は、背後での応援だ。女を捕らえられなかった場合のためだ。今夜、おまえは安全だ。危険には近づかないし、加担したことがばれるようなおそれもない。しかし、現場にはいてもらう」

ソヴァージュは、長いあいだドレクスラを睨（にら）みつけていたが、やがてあきらめて目をそらした。

「おれは選べる立場じゃない」

に入るはずだ」

「だれでも選べる。しかし、ドアの奥で起きることよりも、われわれが頼むことのほうが気

ソヴァージュが、夜の闇に紫煙を吐き出した。「どういうことになるのか、説明してくれ」

「説明しよう」ドレクスラはいった。「われわれは館を襲撃するが、おまえは周辺にいてくれ。マドモワゼル・メディナが、邸内にいなかった場合、われわれは一からやり直さなければならないが、それにはパリの警察の幹部の力が必要になる。しかし、彼女がいて、捕らえることができれば、おまえはもうわたしのために働かなくていい。あすの朝、無事に目が醒めたときには、金持ちになっている」

ソヴァージュが、肩をすくめた。なんとかなだめることができたようだった。ソヴァージュがいった。「女はいる。護衛が五、六人いる」

ドレクスラは笑みを浮かべ、マリクのほうを見た。「それなら、わたしの仲間と彼の手のものが、てきぱきと片づけるだろう。マリク……このあとはおまえに任せるぞ」

くせ毛のシリア人のマリクが、エンジンをかけたままで近くにとまっている車五台のほうへ手をふった。「車に乗って、展開前地点へ行く。通信チームひとりが自由シリア亡命連合の隠れ家の北側でおりて、電話回線を遮断し、おなじチームのもうひとりが、電子妨害作戦のために、おまえといっしょに西側へ行く、ムッシュウ・ソヴァージュ。強襲チームは近くの農場の農道を通って、館の南と西の森に侵入する」

マリクが、時計を見た。「現在、午後十一時だ。いま出発し、午前零時に館を強襲する位置につく。行くぞ」

ドレクスラ、ソヴァージュ、マリク、周囲に立っていたコマンドウたちが、セダンに乗り込み、ほどなく総勢十六人が倉庫から雨のなかに出ていった。ソヴァージュを除く全員が武器を持っていた。そして、ドレクスラを除く全員が、シリアに連れ戻すためにビアンカを救出するのだと思っていた。

〔下巻につづく〕

襲撃待機

Stand By,Stand By

クリス・ライアン

伏見威蕃訳

湾岸戦争での苛酷な体験により、帰還後悪夢に悩まされているＳＡＳ軍曹ジョーディ・シャープ。ＩＲＡの爆弾テロに巻き込まれて妻が死亡した時、彼は首謀者を自ら処刑する決意をした。北アイルランドの荒野から南米を舞台に展開する復讐戦。元ＳＡＳ隊員の著者が豊富な経験と知識を駆使して描く冒険小説の話題作

パインズ
—美しい地獄—

Pines

ブレイク・クラウチ
東野さやか訳

川沿いの芝生で目覚めた男は所持品の大半を失い、自分の名前さえ言えなかった。しかも全身がやけに痛む。事故にでも遭ったのか……。やがて自分が任務を帯びた捜査官だったと思い出すが、保安官や住民は男が町から出ようとするのをなぜか執拗に阻み続ける。この美しい町はどこか狂っている……。衝撃のスリラー

ハヤカワ文庫

ジュラシック・パーク（上・下）

Jurassic Park

マイクル・クライトン

酒井昭伸訳

バイオテクノロジーで甦った恐竜たちがのし歩く驚異のテーマ・パーク〈ジュラシック・パーク〉。だが、コンピューター・システムが破綻し、開園前の視察に訪れた科学者や子供達をパニックが襲う！　科学知識を駆使した新たな恐竜像、空前の面白さで話題を呼んだスピルバーグ映画化のサスペンス。解説／小畠郁生

ハヤカワ文庫

訳者略歴　1951年生，早稲田大学商学部卒，英米文学翻訳家　訳書『暗殺者グレイマン』グリーニー，『たとえ傾いた世界でも』フランクリン＆フェンリイ，『レッド・プラトーン』ロメシャ（以上早川書房刊）他多数

HM=Hayakawa Mystery
SF=Science Fiction
JA=Japanese Author
NV=Novel
NF=Nonfiction
FT=Fantasy

暗殺者の潜入（あんさつしゃのせんにゅう）
〔上〕

〈NV1438〉

二〇一八年八月二十日　印刷
二〇一八年八月二十五日　発行
（定価はカバーに表示してあります）

著者　マーク・グリーニー
訳者　伏見威蕃（ふしみいわん）
発行者　早川浩
発行所　株式会社早川書房
郵便番号　一〇一 - 〇〇四六
東京都千代田区神田多町二ノ二
電話　〇三 - 三二五二 - 三一一一（大代表）
振替　〇〇一六〇 - 三 - 四七七九九
http://www.hayakawa-online.co.jp
乱丁・落丁本は小社制作部宛お送り下さい。送料小社負担にてお取りかえいたします。

印刷・中央精版印刷株式会社　製本・株式会社明光社
Printed and bound in Japan
ISBN978-4-15-041438-2 C0197

本書は活字が大きく読みやすい〈トールサイズ〉です。